# 寻味水间

大运河饮食笔记2
浙东运河、隋唐大运河卷

张泽峰 著

中国言实出版社

大运河杭州段

浙东运河的端点 宁波三江口

# 目录

浙东运河卷

## 菜根之味

从北京到杭州，行至拱宸桥，便到了词典上所定义的京杭大运河的最南端。事实上，"大运河"并未到此为止，河水贯穿杭州市余杭、拱墅、下城、江干四个城区，出三堡船闸，汇入钱塘江。

在钱塘江南岸的滨江区西兴街道，有另一条运河跨曹娥江，经过绍兴市，向东延伸至宁波市甬江入海口，把京杭大运河与海上丝绸之路连通起来，这条连贯浙江东部的运河被称作浙东运河，又名杭甬运河，全长 239 公里。

浙东运河经西兴，进入萧山区境内，在柯桥区钱清镇与钱清江故道相交。随后运河向东南进入越城区境内，与曹娥江相交。自西兴至曹娥江的这一段运河又名"萧绍运河"。过曹娥江后，运河进入上虞区境内，分为两支。北侧运河又名"虞姚运河"，从曹娥江东岸上虞百官的上堰头至余姚市曹墅桥连接姚江；南侧运河又名"四十里河"，自曹娥江至通明坝汇入姚江，另有后新河、十八里河并行。此后运河的主河道进入自然河道，在丈亭镇分出支流称"慈江"，在宁波市鄞州区高桥镇大西坝分出支流称"西塘河"。此后干流经姚江与奉化江在宁波三江口汇合成甬江，最后在镇海招宝山东面汇入东海。

浙东运河的历史，可追溯到春秋时期越国的山阴故水道，与吴之邗沟的挖掘属同一时代。《越绝书》云："山阴故水道，出东郭门，直渎阳春亭，去县五十里。"晋惠帝（259 — 307 年）时，为满足灌溉需要，由会稽内史贺循主持，修建了从钱塘江东岸的西兴至会稽城的西兴运河。至南北朝时，运河的形制已经基本成形，近乎今之运河。

西兴，初名固陵，六朝时名西陵，五代吴越改称西兴至今。宋置镇，清废，后世习惯上仍称作西兴镇。西兴地处钱塘江渡口，隔岸与杭州相对，水陆交通便利。古代在此设渡置驿，为商旅聚集之地，其中有为数众多的"过塘行"经营运河运输业务。元、明、清置有盐场。明清时期一度成为茶叶、烟叶、土布、海盐等商品的集散地，官府在此设盐课司，向盐商征税，有"浙东第一关隘"之称。明万历年间萧山县令王世显的《西兴茶亭碑记》云："西兴，浙东首地，宁绍台之襟喉，东南一都会也。土民络绎、舟车辐辏无虚日。"

萧山，建县于西汉元始二年（2年），始名余暨，属会稽郡。三国时吴国黄武年间（222—229年），改名永兴。唐天宝元年（742年），以萧然山为名，改永兴县为萧山县，属越州。《汉书·地理志》载："勾践与夫差战，败，以余兵栖此，四顾萧然，故名萧然山。"

南宋建炎四年（1130年），宋高宗驻跸越州，以"绍奕世之宏休，兴百年之丕绪"之意，改次年为绍兴元年（1131年），升越州为绍兴府。自此萧山县隶属于绍兴府，1912年废府，萧山县改为省直属县。直到1959年，萧山县才改属杭州市。

萝卜，十字花科萝卜属植物，古称芦菔、莱菔。萝卜是一种我国常见的蔬菜，全国各地均有种植，我们食用的是萝卜的肉质根。在温室大棚种植技术普及之前，耐储存的萝卜曾是中国人冬季饭桌上最重要的蔬菜之一，北方尤甚。清代赵翼的《连日无蔬菜至平旦买得萝卜大喜过望而纪以诗》云："食指忽然动，篱落见芦菔。"

萧山气候湿润，土地肥沃多沙，境内坎山、赭山、义蓬、瓜沥、城北等乡镇盛产"一刀种"萝卜，因其长度与菜刀相近，加工时轻轻一刀可分为两半而得名。"一刀种"脆嫩多汁,滋味清爽,"熟食甘似芋,生荐脆如梨"。杭州人炖肉煨汤,喜欢加上切块的"一刀种"萝卜,酥酥糯糯,清甜适口。

洗净的"一刀种"萝卜,切成2厘米宽的粗条,摊放在芦帘或竹帘上自然晾晒,经过数日的风吹、日晒、霜盖,萝卜条褪去青春的容颜,颜色变得枯白,萎缩蜷曲。晾晒好的坯料加盐揉透入缸,层层压紧,腌渍三五天再次取出晾晒。二次晾晒好的萝卜条再用淡盐腌渍,七天后装坛密封保存,月余便成了地道的萧山萝卜干。腌好的萧山萝卜干,色泽浅棕金黄,皮嫩肉脆,咸中带甜,甘香味美,回味悠长。

在杭州,萝卜干是一种常见的小咸菜,但现在想吃到传统的萧山萝卜干却非易事。萧山萝卜干,是一种与时间有关的食物,既需要时间的风干,也需要时间的酝酿。传统萧山萝卜干采用自然晾晒风干的办法,费时费力,且出产量低。现代工艺生产萧山萝卜干采用盐脱水法,每百斤萝卜可生产40斤萝卜干,而传统工艺只能生产十几斤萝卜干。只有那些固守田园的老人,才会不惜人力、成本,在秋冬季节制作两坛传统风味的萧山萝卜干,馈赠亲友,贻送儿女。这流传百年的传统技艺竟有失传之虞。

俗语云"咬得菜根,百事可做",如今腌菜根却比咬菜根更难了一些。若世间菜根皆如萧山萝卜干一样甘美,咬菜根也就变成了生活中的乐事。

## 湘湖莼思

杭州的气质在于水，面海而栖、濒江而建、傍溪而聚、因河而兴、由湖而名，集海、江、溪河、湖于一城。西湖固然是美的，但经过精心的雕琢和修饰，山水间寄托了太多诗意和传说，苏小小的冢、白娘子的塔、苏东坡的长堤、林和靖的梅花，都让那一泓湖水变得唯美而疏离，幸好杭州还有湘湖。

湘湖本是萧山的湖，绍兴的湖。在曹娥江以西至钱塘江边的浙东运河上，旧有萧山、绍兴两个县城，皆属绍兴府，有西兴、钱清、柯桥、皋埠、樊江、陶堰、东关、曹娥等乡镇密集排列。

湘湖本是古海湾演变而成的一个潟湖，后来湖水淡化成为淡水湖，称作"西城湖"，最早始载于北魏郦道元的《水经注》。7500年前，古越的先民曾乘着独木舟，渔猎于湘湖，耕种于斯。北宋时期，西城湖终于湮废成为一片低洼土硗之地，"雨则暴涨，稍干曝则渠、巷皆坼"。北宋政和二年（1112年）时任萧山县令的杨时"以山为界，筑土为塘"，废田为湖。因其"山秀而疏，水澄而深，邑人谓景之胜若潇湘然"，遂称"湘湖"。当时湘湖的蓄水，可灌溉湖畔九乡14万亩稻田，"水能蓄潦容干涧，旱足分流达九乡"。杨时之于湘湖，正如李泌、白居易、苏东坡之于西湖。古时湖畔建有德惠祠今已不存，新建有忆杨亭以纪念杨时之功。

杨时，字中立，号龟山。《宋史·杨时传》："至是，游酢、杨时见程颐于洛（今洛阳），时盖年四十矣。一日见颐，颐偶瞑坐，游酢与时侍

萧山湘湖

立不去。颐既觉，则门外雪深一尺矣。"后人便用"程门立雪"比喻求学心切和对智者的尊敬。

在过去的 900 年中，沿湖居民不断围垦种粮，湘湖面积随着时间的推移日趋缩小，至上世纪 60 年代湖面仅存 1400 余亩，塘闸、霪穴的设置和灌溉功能已不同往昔。近年经还湖扩建，湖面积恢复到 35 平方公里。湘湖最初呈葫芦形，南北两岸傍山。明嘉靖三十三年（1554 年），乡人孙学思为了便于湖西孙氏与湖东吴氏两姓往来，在湖的中狭处兴建"跨湖桥"，把湖分成上、下湘湖。后世上湘湖淤塞成田，现在的湘湖不过是下湘湖的一隅。而当初不利于水利灌溉的跨湖桥，如今也变成了湖上的一道风景线。

在黛色的群山环抱中，有一片浩渺的碧波，便是湘湖。"两岸好山青嶂列，一泓新水绿罗铺"，树影婆娑，云影徘徊，几只白鹭不经意地掠过水面，飞向湖光山色的深处。相对于淡妆浓抹总相宜的西湖，湘湖几乎是不施粉黛的，就这么素面朝天地在那里沉静着。

西湖，是李泌的西湖，是苏东坡的西湖。湘湖，是杨时的湘湖，是陆游的湘湖。

陆游（1125—1210 年），字务观，号放翁，越州山阴（今绍兴）人。从湘湖到山阴，不过百里，湘湖也是陆游少年悠游过的湖，暮年蛰居过的湖。

湘湖中出产莼菜，南宋嘉泰年间《会稽志》记载："萧山湘湖之莼特珍，柔滑而腴。"陆游一生中写了 40 余首歌咏湘湖莼菜的诗词。其中有一阕《朝中措》："湘湖烟雨长莼丝，菰米新炊滑上匙。云散后，月斜时，潮落舟横醉不知。"

莼菜，又名茆、蕨菜、露葵、水葵、马蹄菜、湖菜等，多年生水生宿根草本植物，属毛茛目睡莲科莼亚科，喜温暖，宜清水，以苏州太湖、杭州西湖、萧山湘湖、松江三泖所产最为著名。

莼菜外形好像缩小版的睡莲，二月初生，三月多嫩蕊，嫩的茎叶富含胶质，清淡而滑爽。明代袁宏道的《湘湖》记述莼菜："其根如荇，其叶微类初出水荷钱，其枝丫如珊瑚，而细又如鹿角菜。其冻如冰，如白胶，附枝叶间，清液冷冷欲滴。其味香粹滑柔，略如鱼髓蟹脂，而清轻远胜。半日而味变，一日而味尽，比之荔枝，尤觉娇脆矣。其品可以宠莲嬖藕，无得当者，惟花中之兰、果中之杨梅，可异类作配耳。"

莼菜入口滑润而清淡无味，多佐以荤鲜做汤，其鲜味方才毕现。李渔在《闲情偶寄》中赞莼菜之美："陆之蕈，水之莼，皆清虚妙物。二物为羹，和以蟹之黄、鱼之肋，名曰'四美羹'。"

游历杭州，总要一尝著名的"西湖莼菜羹"。碧绿的莼菜与白的鸡丝、红的火腿同烹，鲜醇而清冽。饮罢一盅莼菜羹，便觉尝尽了西湖之味，殊不知坊间所售"西湖莼菜羹"，所用莼菜多为湘湖所产。1935 年版《萧山县志稿》记载："杭州盛行莼菜，西湖所产无多，皆由萧山贩往。"

## 陈香绍兴

绍兴是一座古城，从新石器时代中期的小黄山文化开始，已有先民生活于境内。夏称于越，亦称大越，简称越。春秋时期，于越民族以今绍兴一带为中心建国，称越国。秦王政二十五年（前 222 年），降越君，称会稽郡。隋大业元年（605 年）起称越州，此后越州与会稽郡名称交替使用。南宋高宗赵构取"绍奕世之宏休，兴百年之丕绪"之意，下诏从建炎五年（1131 年）正月起改元绍兴，升越州为绍兴府，是为绍兴名称之由来。

绍兴古运河最早可追溯到 2500 多年前的山阴故水道。吴越争霸时，越王勾践为运输物资，开凿了山阴故水道。《越绝书》云："山阴故水道，出东郭门，直渎阳春亭，去县五十里。"这条自绍兴城东至上虞东关的古运河遗迹至今犹在。

东汉会稽太守马臻筑成鉴湖，沟通郡城与曹娥江。西晋时会稽内史贺循主持修建从钱塘江东岸的西兴至会稽城的西兴运河，使之贯通萧绍。清嘉庆《山阴县志》记载："城外之河，曰运河，自西兴来，东入山阴，经府城至小江桥而东入会稽，宋绍兴年间运漕之河也。去县西一十里，西通萧山，东通曹娥，横亘二百余里。旧经云：晋司徒贺循临郡凿此。"

认识绍兴美食，我是少年时从小学语文课本中鲁迅的文章开始的。《孔乙己》中的盐煮笋和茴香豆，《社戏》中"正旺相"的罗汉豆至今仍记忆犹新。语文课本里的鲁迅是一位斗士，现实中的鲁迅先生虽少写饮食方面的文章，但却是一个喜好饮食的生活家。

1935年3月6日，鲁迅从上海写信给母亲说："小包一个，亦于前日收到，当即分出一半送老三。其中的干菜，非常好吃，孩子们都很爱吃，因为他们是从来没有吃过这样的干菜的。"

鲁迅信中赞赏的"干菜"就是"乌干菜"。以前绍兴有"三乌"，即乌毡帽、乌篷船和乌干菜。

乌毡帽曾是绍兴民间常见的帽子，内外皆乌黑，圆顶，卷边，前端呈现畚斗形，冬经风雨夏遮阳，除酷夏时节，几乎四季可用，为农民及各种工匠所喜。鲁迅《故乡》："他（闰土）正在厨房里，紫色的圆脸，头戴一顶小毡帽，颈上套一个明晃晃的银项圈……"现在乌毡帽不大有人戴了。

在陆路交通不便的旧时代，乌篷船曾是水乡人出行最便捷的工具。周作人在《乌篷船》一文中这样描写故乡的乌篷船："乌篷船大的为'四明瓦'（Symenngoa），小的为脚划船（划读uoa）亦称小船。但是最适用的还是在这中间的'三道'，亦即三明瓦。篷是半圆形的，用竹片编成，中夹竹箬，上涂黑油，在两扇'定篷'之间放着一扇遮阳，也是半圆的，木作格子，嵌着一片片的小鱼鳞，径约一寸，颇有点透明，略似玻璃而坚韧耐用，这就称为明瓦。三明瓦者，谓其中舱有两道，后舱有一道明瓦也。船尾用橹，大抵两支，船首有竹篙，用以定船。船头着眉目，状如老虎，但似在微笑，颇滑稽而不可怕，唯白篷船则无之。三道船篷之高大约可以使你直立，舱宽可以放下一顶方桌，四个人坐着打麻将，这个恐怕你也已学会了罢？小船则真是一叶扁舟，你坐在船底席上，篷顶离你的头有两三寸，你的两手可以搁在左右的舷上，还把手都露出在外边。在这种船里仿佛是在水面上坐，靠近田岸去时泥土便和你的眼鼻接近，而且遇着风浪，或是坐得稍不小心，就会船底朝天，发生危险，但是也颇有趣味，是水乡的一种特色。不过你总可以不必去坐，最好还是坐那三道船罢。"现在的乌篷船渐渐失

绍兴的早晨

去交通的功用，蜕变成了旅游观光的一种文化符号，游人到绍兴多喜欢乘坐乌篷船做水上游。

　　"三乌"之中，只有乌干菜依旧活跃于绍兴人的日常生活中，历久不衰。乌干菜，也叫霉干菜。乌干菜一般用尚未抽薹的白菜、油菜和芥菜等腌制后干制而成，以芥菜干最为鲜美，其中又以百脑芥所制干菜最为上乘。一株成熟的百脑芥，菜心多达二三十个，质地鲜嫩，颜色翠绿，晒成的干菜颜色乌亮，越蒸越软，越蒸越香。清末《诸暨县志》《上虞县志》均载："芥菜有大叶、细叶两种，细者俗呼九头芥，即冬芥，亦曰雪里蕻，越中各邑多有之，干后北方人称绍兴干菜，广东呼干菜汤为绍兴汤。"

　　绍兴的乌干菜，因芥菜有春、冬之别，产量以春菜为高，质量则以冬菜为好。收割的芥菜先在田间地头或房前屋后晒一两天，再洗净挂在竹竿

乌干菜扣肉

上晒干，然后堆放在一起霉制熟成。当芥菜的颜色由绿转黄时，下盐腌制，然后挤净盐水，晾晒成黄里透红的干菜。晒好的梅干菜并不马上食用，还要入瓮封存继续熟成一段时间，滋味才能既香且鲜。

清袁枚《随园食单》："冬芥名雪里红。一法整腌，以淡为佳；一法取心风干，斩碎，腌入瓶中，熟后杂鱼羹中，极鲜。或用醋煨，入锅中作辣菜亦可，煮鳗、煮鲫鱼最佳。"

乌干菜有蔬菜的甘香，有盐的咸香，还有在时间里酝酿出的霉香。用乌干菜来煮菜、烧鱼、炖鸡、蒸豆腐，样样提味增鲜。乌干菜加淡笋一同烧煮、晒干，称作干菜笋，做汤绝佳。乌干菜单独蒸软下饭也别有风味，俗语"乌干菜，白米饭"。周作人《腌菜》一文中说："酷热天气，用简单的干菜汤淘饭也是极好，绝不亚于虾壳笋头汤的。"

在绍兴，乌干菜最有名的吃法还是乌干菜焖肉。切成寸段的乌干菜和五花猪肉用母子酱油、绍酒、白糖拌匀腌渍，一层菜一层肉地铺在碗中，上笼蒸一个小时左右。蒸好的焖肉颜色红亮，软嫩酥烂；干菜乌黑油亮，鲜香适口。一种历经时间珍藏的陈香，一种稍纵即逝的鲜香，互相成全，成就了陈香的绍兴之味。

# 从百草园到咸亨酒店

读鲁迅日记及其友人的回忆录，可见鲁迅是一个喜好饮食的人。然而鲁迅的文章却甚少写饮食，偶尔提起，只是作为小说背景中的道具，或是装饰，比如《孔乙己》中的茴香豆，《阿Q正传》中的油煎大头鱼，《在酒楼上》中的茴香豆、冻肉、油豆腐、青鱼干，《风波》中"乌黑的蒸干菜和松花黄的米饭"，或许他觉得饮食只是生活中微不足道的事情吧。而鲁迅的弟弟周作人则喜欢写饮食长物，四方饮食、南北点心、故乡风物皆可书写，后经整理辑成一本饮食文集《知堂谈吃》。

这一对中国现代文坛的双子星，一个喜欢写针砭时弊的杂文，一个喜欢写闲适散淡的小品；隐约对应着绍兴饮食的两个对立的位面，一个生鲜，一个陈香。

鲁迅的文章辛辣苍凉，其作品中不多的天真，似乎都集中在对少年生活中的缅怀中。鲁迅在《朝花夕拾》的小引中曾说："我有一时，曾经屡次忆起儿时在故乡所吃的蔬果：菱角、罗汉豆、茭白、香瓜。凡这些，都是极其鲜美可口的，都曾是使我思乡的蛊惑。"《从百草园到三味书屋》里一个人的蝉鸣虫唱，桑葚、蜈蚣、斑蝥、蟋蟀、覆盆子和木莲们。《社戏》中与少年玩伴煮罗汉豆："罗汉豆正旺相，柴火又现成，我们可以偷一点来煮吃。大家都赞成，立刻近岸停了船；岸上的田里，乌油油的都是结实的罗汉豆。"

罗汉豆即蚕豆，又称胡豆、兰花豆、南豆、佛豆等，豆科野豌豆属一年生草本。原产欧洲地中海沿岸、亚洲西南部至北非，相传西汉张骞自西域引入中原。

周作人《罗汉豆》中说："豆类里边我觉得罗汉豆最有意思，这在别处都叫做蚕豆，只有我们乡下称为罗汉豆，也不知道是什么缘故。我喜欢它因为吃的花样很多，虽然十九都是'淡口吃'，用作小菜倒是用途极少，我只知道炒什锦豆，剥豆肉蒸熟加麻酱油拌吃，以及与干菜蒸汤而已。剥半老的肉油炸为玉兰豆，或带皮切开上半，油炸后哆张反卷，称兰花豆，可以下酒，但顶好的还要算是普通的煮豆，取不老不嫩的豆煮熟加盐花，色绿味鲜，饱吃不厌，与秋天的煮大菱同样的可喜，而风味不同。"

因为孔乙己的"茴"字的四种写法，茴香豆成了外乡人心中绍兴的第一名产。"鲁镇的酒店的格局，是和别处不同的：都是当街一个曲尺形的大柜台，柜里面预备着热水，可以随时温酒。做工的人，傍午傍晚散了工，每每花四文铜钱，买一碗酒，——这是二十多年前的事，现在每碗要涨到十文，——靠柜外站着，热热的喝了休息；倘肯多花一文，便可以买一碟盐煮笋，或者茴香豆，做下酒物了，如果出到十几文，那就能买一样荤菜，但这些顾客，多是短衣帮，大抵没有这样阔绰。只有穿长衫的，才踱进店面隔壁的房子里，要酒要菜，慢慢地坐喝。"

绍兴一带有童谣曰："桂皮煮的茴香豆，谦裕、同兴好酱油，曹娥运来芽青豆，东关请来好煮手，嚼嚼韧纠纠，吃咚嘴里糯柔柔。"周作人的文章中说："茴香豆是用蚕豆，越中称作罗汉豆所制，只是干煮加香料，大茴香或桂皮。"现在咸亨酒店的茴香豆依然是这种做法。

咸亨酒店本是鲁迅堂叔周仲翔在绍兴城内都昌坊口开设的一家小酒店，创建于清光绪二十年（1894 年），店名取《易经》中"含弘广大，品物咸亨"之句的"咸亨"两字，但只经营了几年就歇业了。后来鲁迅在《孔乙己》《风波》和《明天》等作品中，把咸亨酒店作为背景，使咸亨酒店名扬海内外。现在的"咸亨酒店"是1981年鲁迅先生一百周年诞辰之际新开的，2007年11月，咸亨酒店改建成五星级的鲁迅文化主题酒店，"孔乙己"们只能望而却步了。

在京杭大运河的北端，天津也有一种用发芽蚕豆加五香制作的下酒小吃，叫作"乌豆"，糯柔清香。

绍兴还有一种鸡肫豆，是黄豆制作的。周作人在《记盐豆》一文中写道："小时候在故乡酒店常以一文钱买一包鸡肫豆，用细草纸包作纤足状，内有豆可二十枚，乃是黄豆盐煮漉干，软硬得中，自有风味。"

除了放葱段还是放葱丝的油煎大头鱼，鲁迅笔下的饮食大多只有名目，却无做法。

《在酒楼上》中写到"青鱼干"，其实就是青鱼的腌腊制品，也是越中常见的食物。周作人《鱼腊》中说："在久藏不坏这一点上，鱼干的确最好，三尺长的螺蛳青，切块蒸熟，拗开来的肉色红白鲜明，过酒下饭都是上品。"

《在酒楼上》文中的"冻肉"便是绍兴民间除夕"分岁"时必备的鲞冻肉。鲞，即干鱼，是一种浙东常见的食品，为绍兴、宁波两地居民所喜食。"鲞"字旧时写作"蓁"，上美下鱼，《正字通》："诸鱼干者皆为鲞。"白鲞，是用大黄鱼制作的咸干品，肉质紧实，咸中带鲜。

鲞冻肉用白鲞和猪肉文火煮成，咸鲜合一，鲜香酥糯。周作人《鲞冻肉》中说："鲞冻肉是乡下过年必备之品，《越谚》里说：'为过年下饭，通贫富有之，男女雇工贺年，必曰吃鲞冻肉饭去。'做法很简单，只是白

绍兴的酒店　（摄影 _ Hedda Morrison）

鲞切块，与猪肉同煮，重要的是冻了吃而不是吃现煮的。”

　　《随园食单》中有一味"台鲞煨肉"："法与火腿煨肉同。鲞易烂，须先煨肉至八分，再加鲞；凉之则号'鲞冻'。绍兴人菜也。"

## 逐臭之旅

人类食臭的习惯可能开始于旧石器时代之前。一方面，原始社会的食物保鲜手段有限，难免会食用腐烂发臭的食物；另一方面，在掌握用火之前，适度腐烂发霉的食物比新鲜食物更容易消化吸收，即动物食腐本能的残留。

酸、甜、苦、辣、咸，中国人的"五味"之中并无臭味，然而臭物在中国却有广大的群众基础，"臭"在中国人的饮食生活中占有一个重要的位置。从字面上理解，臭就是馊败腐坏之意。臭食的"臭"，其实是霉菌分解蛋白质的过程中产生含硫化合物的气味，但蛋白质分解会生成大量的氨基酸。所以臭食大多香臭并存，亦可称之为"霉鲜"。无论从视觉与嗅觉感受上，还是从食品卫生角度考量，臭物都难以给人"美食"之感，不喜欢的视若秽物远远避之，喜欢的甘之若饴百吃不厌。

现代科学家研究后得出一个结论：物质浓且杂就是臭，物质淡而纯就是香。很多发臭的食物"闻着臭，吃着香"，就是这一道理。有时候，霉香和腐臭只有一线之隔。

从古到今，从南到北，从蔬菜、豆制品到鱼虾、肉类，中国食物似乎没有不能臭的。从臭味食品的多样性上，北方不及南方；从臭味的刺激程度上，江浙地区可谓食臭之冠，其中又以宁绍平原为最。

北京的臭食，以臭豆腐为代表。臭豆腐属于豆腐乳的一种，颜色青灰，气味腐臭，吃起来却鲜香可口。吃棒子面贴饼子或窝窝头，配上臭豆腐，曾是过去老北京平民的传统饮食。食用时加入少许香油、花椒油、辣椒油等调味，味道更佳。北方的臭豆腐以"王致和臭豆腐"最为著名，流传至今已有 300 多年，然而王致和臭豆腐的创制者却是安徽人。

北京还有一种豆汁儿，以制作绿豆粉条等食品后的残渣进行发酵制成。《燕都小食品杂咏》中说："糟粕居然可作粥，老浆风味论稀稠。无分男女齐来坐，适口酸盐各一瓯。"并说："得味在酸咸之外，食者自知，可谓精妙绝伦。"喝豆汁必须配切得极细的水疙瘩（大头菜）丝，拌上辣椒油，喝豆汁儿时搭配炸得焦黄酥透的焦圈，风味独到。但以我喝豆汁儿的经历而言，豆汁儿的味道只是酸腐，远称不上"臭"。

过去在我的故乡德州，冬天很多人家会腌一小缸酱豆子萝卜咸菜，也叫豆豉咸菜。煮好的黄豆盖上麦秸焐上几天，豆子会发霉产生黏稠的液体，即是焐好的酱豆子。把酱豆子和切片的萝卜加盐拌匀，装在缸坛里密封发酵数日就可以吃了。腌好的酱豆子萝卜，豆子霉香，萝卜在霉菌的作用下变得柔软适口。有的人家喜欢吃刚腌了一两天的酱豆子咸菜，萝卜脆而略带辛辣；有的人家喜欢吃霉制了好久的酱豆子咸菜，萝卜绵软，略有臭味，入口即化。

在苏北的徐州、邳州等地，有一种盐豆子，俗称"老盐豆"，又叫"臭盐豆""臭豆子""咸豆"等。苏北的盐豆子，在发酵好的黄豆中加辣椒面、姜丝、盐等拌匀，搁在太阳下晾晒几天，待六七成干时便成了干盐豆。盐豆常见的吃法有两种：一种是制作盐豆子萝卜咸菜，一种是盐豆子炒鸡蛋。盐豆子萝卜咸菜与我乡的酱豆子萝卜咸菜如出一辙，但臭味更浓一些。盐豆子炒鸡蛋则把晒好的盐豆子在油锅中炒一炒，倒入蛋液翻炒几下就可以了，卷在煎饼里，臭、辣、咸、香，口味丰富而别致。

过了淮河，苏南的臭食丰富起来，这一食臭地带一直向南延伸，连接起钱塘江流域的宁绍平原。

南方所谓的"臭豆腐",其实是臭豆腐干,并非青灰色的臭豆腐乳,是用白豆腐干在臭卤中浸泡而成的。在江南的乡村,很多人家的廊下墙角都会有一个坛子,里面收藏的便是臭卤。臭卤做起来很简单,把腌菜卤装在坛中酝酿一段时间自然发酵就成了臭卤。臭卤坛子里投上竹笋、香菇、腌菜等增鲜增臭,就那么随意放在院子里,任凭风吹雨打、日晒夜露,随着时间的推移,坛子里的臭卤变得越来越臭,气味越来越浓郁。任何蔬菜只要在臭卤里浸泡上一天半日,清淡无味的蔬菜都变得滋味浓郁。

臭豆腐干经过油炸,外酥脆里软嫩,微咸而腴美,是江南脍炙人口的风味小吃,湖广、江浙皆有之,而今以长沙火宫殿的炸臭豆腐比较有名。

高邮人汪曾祺在《五味》中写道:"除豆腐干外,面筋、百叶(千张)皆可臭。蔬菜里的莴苣、冬瓜、豇豆皆可臭。冬笋的老根咬不动,切下来随手就扔到臭坛子里。——我们那里很多人家都有个臭坛子,一坛子'臭卤',腌芥菜挤下的汁放几天即成'臭卤'。臭物中最特殊的是臭苋菜秆,苋菜长老了,主茎可粗如拇指,高三四尺,截成二寸许小段,入臭坛。臭熟后,外皮是硬的,里面的芯成果冻状。噙住一头,一吸,芯肉即入口中。这是佐粥的无上妙品。我们那里叫作'苋菜秸子',湖南人谓之'苋菜咕',因为吸起来'咕'的一声。"

饮食以鲜甜清鲜为特色的苏州也有食臭之风。清乾隆年间的苏州人沈复在《浮生六记·闺房记乐》中写其妻陈芸喜食臭,"其每日饭必用茶泡,喜食芥卤乳腐,吴俗呼为臭乳腐,又喜食虾卤瓜"。近朱者赤,后来沈复自己也成了"逐臭之夫","余掩鼻咀嚼之,似觉脆美,开鼻再嚼,竟成异味,从此亦喜食。芸以麻油加白糖少许拌卤腐,亦鲜美;以卤瓜捣烂拌卤腐,名之曰双鲜酱,有异味"。

臭豆腐干在苏州的吃法有很多种,可蒸可炖、可炸可炒。臭豆腐干

（左）绍兴三臭　（右）油炸臭豆腐

洗净，擦上少许盐，码放碗里放一些新鲜毛豆子，蒸熟即是一道家常的
"清蒸臭豆腐干"。半臭的豆腐干切成小块，油炸至金黄色，另起锅与
香菇、木耳、扁尖和毛豆子等同炒，便是苏州人家待客的"炒臭豆腐干"。

　　绍兴人称臭为"霉"，臭卤坛子里捞出来的全是霉菜，霉豆腐、霉千张、
霉苋菜梗、霉菜头，等等。周作人离家多年后，仍对故乡的霉臭食物念念
不忘。1952 年他在《亦报》上发表的《腌菜》一文中说："我们家里在冬
季也腌了些菜，预备等到夏天吃'臭腌菜'，名臭而实香，生熟都好吃，
可是经牛君一提，便忍不住先蒸了碗，而且搁上些'开洋'。"

　　绍兴人爱吃臭苋菜梗，绍兴有名的"蒸双臭"即指蒸臭苋菜梗和臭豆腐。
周作人在《苋菜梗》一文中说："近日从乡人处分得腌苋菜梗来吃，对于
苋菜仿佛有一种旧雨之感。"文中还介绍了苋菜梗的制法："苋菜梗的制
法须俟其'抽茎如人长'，肌肉充实的时候，去叶取梗，切作寸许长短，
用盐腌藏瓦坛中；候发酵即成，生熟皆可食。平民几乎家家皆制，每食必备，

与干菜腌菜及螺蛳霉豆腐千张等为日用的副食物，苋菜梗卤中又可浸豆腐干，卤可蒸豆腐，味与熘豆腐相似，稍带枯涩，别有一种山野之趣。"

宁波食臭之风，更甚于绍兴。老宁波人都知道著名的"宁波三臭"。"三臭"指臭冬瓜、臭苋菜管、臭菜心（臭芋艿梗），闻着臭，吃着香。蒸好的"三臭"软塌塌、香糜糜、臭兮兮，松软香糯，咸香不腻。宁波人把臭苋菜梗称作"敲饭榔头"，其咸香下饭可见一斑。

自北向南，沿海一带的居民，喜欢把生的海鲜拌上酒、醋、酱油等作料生食，称之为"醉"。最常见的有醉蟹、醉虾、醉泥螺等。沿海地区还有食用鱼虾发酵食品的习惯，虾酱、蟹酱、蟛蜞酱自不必少，天津的名菜"老爆三"食用时需佐以卤虾油，北京涮羊肉的蘸料里也少不了卤虾油。广东、福建等地把这种用小鱼虾腌渍、发酵、熬炼后得到的琥珀色汁液，称作鱼露。在海南白沙，居住于山区的人们喜欢用发酵过的高山熟稻米，加鲜鱼肉、猪肉、牛皮或鸡蛋等配料制成的发酵食品，酸爽鲜美，称之为鱼茶。

宁波位于大陆与海洋之间，属于典型的江南水乡兼海港城市，既是中国大运河南端出海口，又是海上丝绸之路的起点。来自内陆的霉臭与来自海洋腥臭在此相遇，霉鲜、海鲜并存，兼容并蓄。宁波的臭卤坛子，万物皆可臭，臭豆腐、臭冬瓜、臭烂茄糊、臭咸斋、臭苋菜管、臭芋艿梗、臭灰蛋、臭竹笋、臭茭白、霉鳓鱼……宁波堪称中国臭食之都。

## 咸香的城，宁静的海

　　宁波，别称甬城、甬上。早在七千多年前，先民们就已经在这里繁衍生息，创造了灿烂多姿的河姆渡文化。公元前两千多年的夏朝，宁波的名称为"鄞"；春秋时为越国境地；秦时属会稽郡的鄞、鄮、句章三县；唐开元二十六年（738年）设明州，辖鄮、慈溪、奉化、翁山4县。明洪武十四年（1381年），为避国号讳，明州府改称宁波府，取"海定则波宁"之义，沿用至今。

　　宁波，简称"甬"，在周朝已有此称。"甬"是象形字，杨树达的《积微居小学述林》："甬本是钟，乃后人用字变迁，缩小其义为钟柄。"在鄞、奉两县的县境上，山的峰峦酷似覆钟，故称甬山，山下之江名甬江，这一带地方也就被称为"甬"地了。

　　宁波揽甬江、临东海，全市海域总面积为8232.9平方公里，海岸线总长为1594.4公里，港湾曲折，岛屿棋布。宁波是中国海鲜的主要盛产区域之一，黄鱼、带鱼、墨鱼、石斑鱼、香鱼、弹涂鱼、海鳗、梭子蟹、海虾、蚶子、缢蛏、牡蛎、泥螺、海蜇、苔菜等，四时不绝。海产品经干制后，鱼翅、海参、黄鱼鲞、明府鲞、新风鳗鲞、红膏炝蟹、酒醉泥螺、虾干、贡干、鲍鱼等可以致远。宁波菜以海鲜为主要原料，以蒸、烤、炖见长，轻形式，重实味，鲜咸相兼，美味可口。

　　宁波最有代表性的传统美食，莫过于三臭、一蟹和一汤。三臭即臭冬瓜、臭苋菜管和臭菜心；一蟹是红膏呛蟹；一汤为黄鱼咸菜汤。

呛蟹

　　呛蟹以膏满肉肥的鲜活梭子蟹为原料，用冷开水和盐、白酒、葱、姜调配的浓咸卤腌渍一两日即可食用。在上世纪 80 年代，宁波、舟山等沿海一带，几乎家家户户都有瓶罐装的呛蟹、蟹糊，从年头吃到年尾。腌好的呛蟹色彩艳丽、鲜咸滑嫩。蟹肉饱满鲜嫩，细腻柔滑；蟹膏咸香肥美，回味无穷。

　　宁波的红膏呛蟹，因地区不同味道亦有区别。在江东、江北、海曙老三区，呛蟹的咸味略淡，吃时加少许黄酒调味，鲜香肥美；而宁海、奉化的呛蟹腌得特别咸，少了些鲜味，多了些盐卤渍透的醇厚；在余姚、慈溪一带，当地人吃呛蟹喜欢浇淋一些白酒，鲜美而丰醇，酒香浓郁。

　　在宁绍平原上，腌菜、咸菜专指腌芥菜、腌雪菜，宁波人称之为咸齑、咸菜。雪里蕻，也叫雪里红、雪菜，是芥菜的一个变种，其叶似芥菜但边缘呈锯齿状，脆嫩鲜香。雪里蕻是宁波人家常备之菜，当地俗谚"三天勿喝咸菜汤，脚骨有点酸汪汪""蔬菜三分粮，咸齑当长羹""咸齑炒炒，冷饭咬咬"等，既道出了咸菜在宁波人餐桌上的地位，也反映出宁波人勤俭节约的生活传统。清代鄞县（今宁波市鄞州区）人李邺嗣《鄮东竹枝词》云："翠绿新齑滴醋红，嗅来香气嚼来松。纵然金菜琅蔬好，不及吾乡雪里蕻。"

雪里蕻可以清炒一下，作为一道佐粥下饭的小菜单独食用。更多的时候，雪菜都是以配角的身份出现在餐桌上，比如雪里蕻炒肉丝、雪里蕻炒鸡蛋、雪里蕻炒虾仁、雪里蕻炒嫩蚕豆瓣、雪里蕻炖豆腐、雪里蕻紫菜汤，等等。雪里蕻的神奇之处在于，它是一种百搭的食材，肉、鱼、蛋、菜、菌、豆，都能与雪菜融合出特别的鲜味。用它搭配素菜，酸咸的味道让原本质朴的食材变得鲜香诱人；用它搭配荤菜则可以去腥提鲜，比如雪菜炖河鳗、雪菜炖蛏子等。

大黄鱼，硬骨鱼纲，鲈形目，石首鱼科，黄鱼属，又名黄鱼、大王鱼、大鲜、大黄花鱼、石首鱼、石头鱼、黄瓜鱼等，其肉质细嫩鲜香，是我国的传统"四大海产"（大黄鱼、小黄鱼、带鱼、乌贼）之一。舟山、象山一带海域的舟山渔场，曾是大黄鱼的主要产地之一。

宁波籍作家苏青在《谈宁波人的吃》一文中这样介绍家乡的黄鱼："在我们宁波，八月里桂花黄鱼上市了，一堆堆都是金鳞灿烂，眼睛闪闪如玻璃，唇吻微翕，口含鲜红的大条儿，这种鱼买回家去洗干净后，最好清蒸，除盐酒外，什么料理都用不着。但也有掺盐菜汁蒸之者，也有用卤虾瓜汁蒸之者，味亦鲜美。"

宁波人喜欢用雪里蕻和大黄鱼做雪菜大汤黄鱼，不仅酒楼、饭店常年供应，也是民间筵席上的上等菜肴。剞上花刀的黄鱼用熟猪油煎至两面略黄，烹入黄酒，加开水焖烧至鱼肩略脱时，放进笋片、雪里蕻咸菜，旺火烧沸，煨煮至汤色乳白时即可起锅。雪菜大汤黄鱼这道菜，口味鲜咸合一，黄鱼紧实鲜香，汤汁乳白浓醇。烹制时汤汁宜多不宜少，祖籍慈溪的书法家洪丕谟说："雪菜大汤黄鱼，汤要大，吃时舀了一碗，再来一碗。那才过瘾。"

宁波气候温暖，海产丰富，以前保鲜运输不便，卖不完的鲜鱼多制成易于保存的咸干制品。在宁波，咸鱼干鱼称作"鲞"和"鲝"，当地有"过酒乌贼鲞，下饭龙头鲝"的说法。

鲞鱼，学名鳓鱼，味美多刺，旧时有"来鲥去鲞"之说。古人认为鳓鱼风干，味道更胜鲜食。"鲞"还有一种含义，即剖开晾干的鱼。这一叫法仅限于沿海，内陆的腌鱼腊鱼不叫"鲞"。鲞有很多种，以原料种类分，大黄鱼制成的鲞称作白鲞，海鳗制作的鲞称作鳗鲞，还有乌贼鲞，等等。根据产地不同，鲞又可分为明府鲞、台鲞、松鲞等。

明府鲞是用乌贼加工而成的，因宁波古称明州而得名。每年3月到5月，宁波一带海面盛产乌贼，除鲜食外，捕获的大部分乌贼都去除内脏，在阳光下翻晒成干品，就成了乌贼鲞。好的明府鲞，肉质匀称紧实，嗅之有淡淡的清香。

在宁波的很多人家，明府鲞燠肉是过年时一道必不可少的佳肴。明府鲞泡在温水中泡发至柔软，去净腹内的黑膜和主骨，纵向切成小块。明府鲞与五花肉先用滚水氽烫一下，再起油锅爆炒，加酱油、绍酒等作料，经过一个多小时的文火慢炖，便成了一道色泽酱红、咸香浓郁的明府鲞燠肉。

明府鲞的滋味隐约有一点干海货的腐臭气息，细细咀嚼，那臭味又变成了一种奇特的香。明府鲞，咸香之下隐藏着五味杂陈的霉香。

龙头鲓是虾潺的干制品。虾潺，学名龙头鱼，又名忒鱼（潮汕）、潺鱼、狗母鱼、豆腐鱼、水潺等，是宁波、舟山一带常见的鱼类。虾潺头大眼小、鱼体柔软，仅有一条主骨，肉质鲜嫩，且价格低廉，因而颇受沿海平民的喜爱。南宋宝庆年间《四明志》中有潺鱼的记载："鱼身如膏髓，骨柔无鳞。"

龙头鲓有两种，一种咸，一种淡，制作上有咸腌和淡晒之别，淡龙头鲓味美于咸龙头鲓。龙头鲓与红烧肉一起烧，咸香交融，肥润鲜美。龙头鲓在清水中稍加浸泡，去掉一些盐分，沥干在锅中油煎，气味咸香，口感酥脆，是一道简单的下饭好菜。

立春前后，东海的浅海水面上长满了碧绿的海苔（藻类石莼科植物浒苔，非紫菜烤制而成的海苔），像覆盖了大海的薄纱。海边的人们把海苔打捞起来，涤净泥沙，晾晒在岸边用木桩撑起的草绳上，一行行的晾晒架在海岸上连缀成碧绿的大网。宁波人将晒干的海苔则称为"苔条"，是江苏、浙江、福建等地区常见的一种食品，可以制作豆腐饼、千层饼、麦饼等美食。

苔条拣尽杂质，撕成小片，在温热的油中快速拌炒，当苔条由翠绿转成深绿时，放入提前炸得酥脆的花生米翻炒片刻，苔条的鲜味沁入香脆的花生，鲜香酥脆，咸鲜味醇，便是宁波最常见的下酒小菜——苔条花生。

# 宁波燤菜

在宁波餐厅的菜单上，有一种"烤"菜，呈上来却并非烧烤的菜肴，其色香味更类似红烧。宁波烤菜的正字本是"燤"，因书写不便，经常被写成"烤"或"焅"。江南常见的葱烤鲫鱼其实也应该写作"葱燤鲫鱼"。

"燤"是一种烹饪方法，取荤素食材加入各种作料，小火慢慢收干，使其充分入味。宁波的墨鱼大燤、鳗鲞燤肉、燤弥陀芥菜、燤大头菜等皆用此法。燤出来的菜，香气渗透食材，食材原味被浓缩，是宁波人下饭过酒时常吃的小菜。

苏青在《谈宁波人的吃》中说："宁波菜中又有许多是'烤'的，烤肉烤鸭烤大头菜，无一不费时费柴火。但功夫烧足的东西毕竟是入口即溶的，不必费咀嚼，故老年人尤爱吃。又宁波人喜欢晒干，如菜干、鱼鲞、芋艿干等，整年吃不完，若有不速之客至，做主妇的要添两道菜倒是很容易的。"并且介绍了盐燤笋的做法："宁波的毛笋，大的如婴孩般大，烧起来一只笋便够一大锅。烧的方法，如油焖笋之类还是比较细气些人家煮的，普通家里常喜欢把笋切好，弃去老根头，然后烧起大铁镬来，先炒盐，盐炒焦了再把笋放下去，一面用镬铲搅，搅了些时锅中便有汤了（因为笋是新鲜的，含有水分多）。于是盖好锅盖，文火烧，直等到笋干缩了，水分将吸收尽，始行盛行，叫做'盐烤笋'，看起来上面有一层白盐花，但也绝不太咸，吃时可以用上好麻油蘸着吃，真是怪可口的。"

在宁波人的厨房里，似乎任何食材都可以燤制，燤肉、燤鱼、燤虾、爝菜，不一而足。若仔细分析则会发现，爝菜多以质地柔韧、富含胶原蛋白的食材为原料。比如鳗鲞爝肉，经过长时间的小火爝煮，鳗鲞和五花肉的结构变得松散柔软，酥烂却不走形。

"乌狼鲞"是宁波一带对河鲀鱼干的俗称。每年清明前后，渔民们把吃不完的河鲀鱼除去有毒的部分，反复清洗后，撒上海盐，然后放在烈日下暴晒，制成状如树皮的乌狼鲞。

在过去，乌狼鲞爝肉曾是宁波过年时招待贵客的一道名菜。把乌狼鲞和笋干泡软、洗净、切块，同五花肉置于砂锅中，加入绍酒、酱油、糖等作料，文火慢爝。原本硬邦邦的鱼鲞，经过油脂的滋润和长时间的煨煮，重新焕发出鲜活的青春。来自海洋的鱼鲜、滋生于平原的肉香，与笋干中风干的山野之气，相互交融渗透在一起，肥而不腻，鲜香逼人。

爝蔬菜是宁波菜的一个特色，江浙馆子里的"宁波爝菜"特指爝青菜。外地的宁波爝菜多以油菜或芥菜为原料，在宁波讲究用天菜（大叶芥，又名天菜心，宁波地区的特产蔬菜品种）。天菜肥硕细嫩，纤维少，爝好的天菜既吸收了酱油和糖的醇厚味道，又保留了蔬菜的清香，软糯香甜。

弥陀芥菜是大叶芥菜的一个变种，茎根部有圆鼓鼓的凸起，酷似佛陀的发髻，故而得名。弥陀芥菜形状怪异，味苦涩，若用爆油清炒难以入口；如果加冬笋、香菇，入老抽、白糖，加水烧开，小火收干汤汁，则酥烂清甜。圆鼓鼓的"弥陀"部分，其甜糯更胜一筹，另有一番滋味。

# 宁波汤圆

汤圆，又称元宵，不知起源于何时，北宋末年才有明确记载。北宋朱淑真《圆子》诗："轻圆绝胜鸡头肉，滑腻偏宜蟹眼汤。纵可风流无处说，已输汤饼试何郎。"南宋周必大有《煮浮圆子》诗，诗前记"元宵煮浮圆子，前辈似未曾赋此，坐闲成四韵"，诗为："今夕是何夕，团圆事事同。汤官巡旧味，灶婢诧新功。星灿乌云里，珠浮浊水中。岁时编杂咏，附此说家风。"可见当时汤圆已有团圆的寓意。

汤圆在各地有不同的名称，如元宵、茧圆、顺风圆、珍珠圆、接天圆子、汤团、汤丸等，在古代又称面茧、粉果、元宝、汤饼、圆不落角等，明永乐年间定名为元宵。明代刘若愚的《酌中志》记载："其制法用糯米细面，内用核桃仁、白糖为果馅，洒水滚成，如核桃大小，即江南所称汤圆也。"

元宵、汤圆外形类似，滋味相近，叫法也时有混淆，但北方的元宵和南方的汤圆却有很大的不同。北方的元宵通常只用素的果饵为馅，如豆沙、枣泥、山楂、黑芝麻等，将馅料切成小块，置于盛满糯米面的笸箩内，一边洒水一边晃动笸箩，馅料前后滚动，沾满糯米粉逐渐滚成圆球状。而南方的汤圆则先将水泡糯米磨成米浆，再沉淀控出糯米粉，和而成团，再包入各种馅料，其馅料有荤有素，丰富多样。

宁波的水磨糯米汤圆很有名，宁波人有大年初一吃汤圆的传统习俗。在江浙地区的很多超市里，经营汤圆的柜台都爱挂着"宁波汤团"的名号叫卖。市面售卖的机制汤团，总是差那么一点，不及一碗手工的汤圆来得温暖人心。

20世纪初，在宁波城隍庙内摆摊卖红枣汤和酒酿圆子的小贩江定法（小名阿狗），后来又增加了猪油汤圆，其汤团颗颗饱满，芝麻馅甜而不腻，故而生意兴隆。后迁至开明街设店经营，并在招牌上画了一口缸、一只鸭和一条狗（与"江阿狗"三字谐音）作为店名，以招揽顾客，生意更盛。经过几代人的传承改进，成就了今天的百年老店。旧时宁波有俗谚云："三更四更半夜头，要吃汤团'缸鸭狗'。一碗落肚勿肯走，两碗三碗上瘾头。一摸铜钿还勿够，脱落布衫当押头。"

以前宁波的姆妈，几乎个个都会包汤圆。包汤圆是冬天的一件大事。冬天方至，家里的老人就准备好新糯米，用清冽的井水浸在大缸里，摆到阴凉地方，经常换水，足足浸泡七八日才行。用手指头轻轻一碾，糯米就能碎成粉末时，在石磨上把糯米磨成米浆。磨好的米浆装在布袋里，吊在通风避光的屋檐下，水分慢慢渗透出来，滴在院子里的青石板上。就这样，米浆袋子挂在廊下十多天，直到袋子里的米浆变成了潮湿柔软的糯米粉团，就可以拿来包汤圆了。

传统的宁波汤圆是猪油麻心馅。馅料中的黑芝麻用明火小火焙熟，然后碾成粉末状的芝麻蓉。猪油用生的猪板油，去净筋膜，只剩一块温玉般的凝脂，绞成细小的颗粒。加绵白糖，把黑芝麻和猪油混合成馅。制作时稍有省工减料，滋味就会大打折扣。

煮好的汤圆连汤舀入碗中，加白糖，撒上桂花，便是一碗热滚滚、香喷喷的宁波汤圆。皮薄而滑，糯而不黏；馅料香甜鲜爽，油香四溢，集香、甜、鲜、滑、糯于一身，回味无穷。

香甜的汤圆和咸鲜的鱼鲞塑造了宁波的两种气质，宁波作为古老的港口和现代工业城市之一，城市的性格一如其饮食，味域宽阔，包容而阔达。在宁波，有建于明嘉靖四十年（1561年）的私家藏书楼天一阁，广纳天下图书善本古籍。清康熙年间，天一阁藏书曾达5000余部、7万余卷。

宁波汤圆

隋唐大运河卷

# 隋唐时期的吃饭问题

在中国的历史上，有两个"大运河"，一个是隋朝时开凿的隋唐大运河，一个是元代开凿的京杭大运河。京杭大运河的称谓，是自元朝起以北京为都城开始，裁弯取直改道后的运河，在整个大运河的历史上，仅是一个历史阶段，也是大运河的最后阶段。这两条运河虽然有部分河道相同，但因为处于不同的时空，连接不同的京城（一个是洛阳，一个是北京），也就形成了两个完全不同的文化体系。

公元前486年的春秋末期，吴王夫差为北上伐齐、争夺中原霸主地位，调集民工开挖了自今扬州向东北，经射阳到淮安入淮河的运河。引长江水入淮河，沟通了长江、淮河两大河流，全长170公里，成为大运河最早修建的一段。因途经邗城，故得名"邗沟"。

隋开皇七年（587年），隋为兴兵伐陈，统一中国，从今淮安至扬州，疏浚邗沟，开山阳渎。隋炀帝杨广开凿的大运河，新开凿的主要河段为通济渠和永济渠。通济渠开凿于605年，分东西两段：西段自今洛阳西郊引洛河和谷水入黄河；东段自荥阳汜水，引黄河后，循汴水（原淮河支流），经商丘、宿县、泗县入淮河。永济渠开凿于大业四年（608年），利用沁河、淇水、卫河水源，引水通航至天津，溯永定河而通涿郡（今北京）。隋大业六年（610年），继开江南运河，开通镇江至杭州段，长400公里。

隋唐大运河以洛阳为中心，南起余杭（今杭州），北到涿郡（今北京），全长2700公里。呈"Y"形贯穿在中国最富饶的东南沿海和华北大平原上，地跨今天的北京、天津、河北、山东、河南、安徽、江苏、浙江 8 个省、直辖市，通达海河、黄河、淮河、长江、钱塘江五大水系，是中国古代南北交通的大动脉，也是世界上开凿最早、规模最大的运河。

永济渠可分为两段：南段自沁河口向北，经今新乡、卫辉、滑县、浚县、内黄、魏县、大名、馆陶、临西、临清、清河、夏津、故城、武城、德州、吴桥、东光、南皮、泊头、沧州、青县，抵今天津市；北段自天津折向西北，经武清、廊坊（霸州、安次），到达今北京市南，全长约 1000 公里。

通济渠，又称汴水、汴渠、汴河，全长 650 公里。自河南荥阳板渚出黄河，至江苏盱眙入淮河，共历现今三省十八县（市），顺序为：河南省的荥阳、郑州、中牟、开封市、开封县、杞县、睢县、宁陵、商丘、虞城、夏邑、永城；安徽省的濉溪、宿州、灵璧、泗县；江苏省的泗洪、盱眙。

邗沟，现在称作里运河，古时又名渠水、韩江、中渎水、山阳渎、淮扬运河等，是最早见于明确记载的运河。现今的里运河（邗沟）上承中运河，北起淮阴水利枢纽的淮阴船闸，南到扬州市邗江区六圩入长江，过江在镇江市谏壁口与江南运河相接，长 197 公里。

江南运河历代不断改造、治理，现江南运河从苏南入浙江，分有东、中、西三线。东线是隋唐古运河线，从平望经嘉兴、石门、崇福、塘栖、武林头到杭州；中线从平望，经浙江乌镇、练市、新市、塘栖、武林头至杭州；西线从江苏震泽入浙，途经南浔、湖州、菱湖、德清、武林头至杭州。以东线长度计算，全长计 323.8 公里。

元代开凿的京杭大运河裁弯取直，其南端的江南河与隋之江南运河重合，里运河与隋之邗沟重合；元代的南运河的河道大致与永济渠北段河道相同；在元代之后的七百多年里，黄河、淮河多次泛滥，通济渠、永济渠南段大部分河道淤塞废弃，仅余伊洛河等部分河道可货运通航。追溯隋唐大运河饮食文化，只能从隋唐时期的笔记史书中窥取一斑，或者从运河故道的出土文物中寻找了。

隋代有一本叫《食经》的书，作者谢讽，担任过隋炀帝的"尚食直长"。《大业拾遗》中说他曾著有《淮南玉食经》，原书亡佚，现存的谢讽《食经》收录在《说郛》一书中，正文前有"谢讽《食经》中略抄五十三种"的注语，其中食品包括：北齐武威王生羊脍、细供没葱羊羹、急成小餤、飞鸾脍、咄嗟脍、剔缕鸡、爽酒十样卷生、龙须炙、千金碎香饼子、花折鹅糕、修羊宝卷、交加鸭脂、君子饤、越国公碎金饭、云头对炉饼、剪云斫鱼羹、虞公断醒酢、紫龙糕、鱼羊仙料、春香泛汤、十二香点曜、象牙馄、滑饼、金装韭黄艾炙、汤装浮萍面、白消熊、帖乳花面英、加料盐花鱼屑、专门脍、拖刀羊皮雅脍、折箸羹、朱衣餤、香翠鹑羹、露浆山子羊蒸、千日酱、加乳腐、金丸玉菜瓕虀、天孙脍、添酥冷白寒具、暗装笼味、高细浮动羊、乾坤夹饼、干炙满天星、含浆饼、撮高巧装檀样饼、杨花泛汤糁饼、天真羊脍、鱼脍永加王特封、烙羊成美公、藏蟹含春侯、新治月华饭、无忧腊、连珠起肉。

唐代韦巨源拜尚书令，上烧尾食。其家故书中尚有食账，北宋陶谷《清异录》中收录了其中的特色奇异者有：单笼金乳酥（是饼，但用独隔通笼，欲气隔）、曼陀样夹饼（公厅炉）、巨胜奴（酥蜜寒具）、贵妃红（加味红酥）、婆罗门轻高面（笼蒸）、御黄王母饭（徧缕印脂，盖饭面装杂味）、七返膏（七卷作圆花。恐是糕子）、金铃炙（酥搅印脂。取真）、光明虾炙（生虾则可用）、通花软牛（肠胎用羊膏髓）、生进二十四气馄饨（花形馅料各异，凡二十四种）、生进鸭花汤饼（厨典入内下汤）、同心生结脯（先结后风干）、见风消（油浴饼）、冷蟾儿羹（蛤蜊）、唐安餤（斗

花）、金银夹花（平截剔蟹细碎卷）、 火焰盏口馓（上言花，下言体）、
水晶龙凤糕（枣米蒸，方破见花乃进）、 双拌方破饼（饼料花角）、 玉
露团（雕酥）、 汉宫棋（二钱能。印花煮）、长生粥（进料）、 天花饆
饠（九练香）、赐绯含香粽子（蜜淋）、 甜雪（蜜烂太例面）、 八方寒
食饼（用木范）、素蒸音声部（面蒸。象蓬莱仙人，凡七十事）、白龙臛（治
鳢肉）、 金粟平馓（鱼子）、 凤凰胎（杂治鱼白）、羊皮花丝（长及尺）、
逡巡酱（鱼羊体）、乳酿鱼（完进）、 丁子香淋脍（腊别）、葱醋鸡（入笼）、
吴兴连带鲊（不发缸）、 西江料（蒸鼋肩屑）、 红羊枝杖（蹄上栽一羊，
得四事）、 升平炙（治羊、鹿舌拌，三百数）、 八仙盘（剔鹅作八副）、
雪婴儿（治蛙、豆英贴）、仙人脔（乳瀹鸡）、 小天酥（鸡、鹿、糁拌）、
分装蒸腊熊（存白）、卵羹（纯兔）、清凉臛碎（封狸肉夹脂）、箸头春（炙
活鹑子）、暖寒花酿驴蒸（耿烂）、水炼犊（炙尽火力）、五牲盘（羊、豕、
牛、熊、鹿并细治）、格食羊肉（肠脏缠豆英各别）、过门香（薄治群物
入沸油烹）、缠花云梦肉（卷镇）、红罗丁（脊血）、 遍地锦装鳖（羊脂、
鸭卵脂副）、蕃体间缕宝相肝（盘七升）、汤浴绣丸（肉糜治，隐卵花）。

谢讽《食经》和韦巨源烧尾宴食账中收录的饮食是隋唐时期帝王公侯
等贵族所享用的官府菜，且只有名目，而制法不详。

北宋《太平御览》中引用了《大业拾遗记》中的几则有关饮食的逸事，
记录了隋朝时吴郡进献的海味，其中有鮸鱼干鲙、海虾子、鯸鱼含肚、鲈
鱼干鲙、蜜蟹等。在隋朝大业年间，这些干制的东南佳味，想必是沿着江
南运河—邗沟—通济渠，乘船一路运至京都洛阳。

鮸鱼干鲙："吴郡献海鮸干鲙四瓶，瓶容一斗。浸一斗，可得径尺数盘。
并状奏作乾鲙法。帝示群臣云：'昔术人介象于殿庭钓得海鱼，此幻化耳。
亦何足为异？今日之鲙，乃是真海鱼所作，来自数千里，亦是一时奇味。'

虞世基对曰：'术人之鱼既幻，其鲙固亦不真。'出数盘以赐达官。"并且附录作干鲙之法："当五六月盛热之日，于海取得鲛鱼。大者长四五尺，鳞细而紫色，无细骨不腥者。捕得之，即于海船之上作鲙。去其皮骨，取其精肉缕切。随成随晒，三四日，须极干，以新白瓷瓶，未经水者盛之。密封泥，勿令风入，经五六十日，不异新者。取啖之时，并出干鲙，以布裹，大瓮盛水渍之，三刻久出，带布沥却水，则皦然。散置盘上，如新鲙无别。细切香柔叶铺上，筋拨令调匀进之。海鱼体性不腥，然鱬鲛鱼肉软而白色，经干又和以青叶，皙然极可啖。"

海虾子："又献海虾子三十梃。梃长一尺，阔一寸，厚一寸许，甚精美。作之法：取海白虾有子者，每三五斗置密竹篮中，于大盆内以水淋洗。虾子在虾腹下，赤如覆盆子，则随水从篮目中下。通计虾一石，可得子五升，从盆内漉出。缝布作小袋子，如径寸半竹大，长二尺。以虾子满之，急击头，随袋多少，以末盐封之，周厚数寸。经一日夜出晒，夜则平板压之，明日又出晒。夜以前压十日干，则拆破袋，出虾子梃。色如赤琉璃，光彻而肥美，盐于鲻鱼数倍。"

鲛鱼含肚："又献鲛鱼含肚千头，极精好。作之法：当六月七月盛热之时，取鲛鱼长二尺许，去鳞净洗。停二日，待鱼腹胀起，方从口抽出肠，去腮留目。满腹内纳盐竟，即以末盐封周遍，厚数寸。经宿，乃以水净洗。日则曝，夜则收还。安平板上，又以板置石压之。明日又晒，夜还压。如此五六日乾，即纳乾瓷瓮，封口。经二十日出之，其皮色光彻，有如黄油，肉乾则如糗。又如沙棋之苏者，微咸而有味，味美于石首含肚。然石首含肚亦年常入献，而肉强不及。此法出自随口味使大都督杜济，济会稽人，能别味，善于盐梅。亦古之符郎，今之谢讽也。"

鲈鱼干鲙："又吴郡献松江鲈鱼乾鲙六瓶，瓶容一斗。作鲙法，一同鲙。然作鲈鱼鲙，须八九月霜下之时。收鲈鱼三尺以下者作乾鲙，浸渍讫，布裹沥水令尽，散置盘内。取香柔花叶，相间细切，和鲙拨令调匀。霜后鲈鱼，肉白如雪，不腥。所谓'金玉鲙'，东南之佳味也。紫花碧叶，间以素鲙，亦鲜洁可观。"

蜜蟹："吴郡又献蜜蟹三千头，作如糖蟹法。蜜拥剑四瓮。拥剑似蟹而小，二螯偏大。《吴郡赋》所谓'乌贼拥剑'是也。"

干鲙、蜜蟹、糖蟹现在已经在中国人的食谱上消失了。

"虾子"仍然存在，但海虾籽改为河虾籽，初夏时节，膏肥籽满的河虾上市，漂洗河虾时，成熟的虾籽自然落在水里，滤出焙干即为鲜香浓郁的虾籽，是虾籽捞面、汪豆腐不可或缺的配料。

鮸鱼含肚即今天的鮸鱼干，浙东南地区喜食之。鮸鱼，学名大米鱼，又称鳌鱼、敏子、敏鱼、毛常鱼等，鲈形目石首鱼科，味鲜美，肉质比黄鱼略粗。《正字通》："石首鱼，一名鮸，生东南海中，形如白鱼，扁身弱骨细鳞，头中白石二，腹内白鳔可作胶。《岭表录》谓之石头鱼，浙志谓之江鱼，干者名鲞鱼。"

隋朝大运河始建于 605 年，至 610 年全线贯通，耗时六年，共用民工 500 余万人。开凿大运河过度役使了民力，给劳动人民带来了沉重的徭役负担，严重透支了隋王朝的财力物力。隋炀帝多次发动战争，劳民耗财，最终引发了统治危机。611 年，山东、河南大水成灾，淹没四十余郡，王薄率众于长白山（山东章丘）发动民变，随后几年中各地纷纷叛乱。618 年，宇文化及、司马德戡与裴虔通等人在江都（扬州）发动兵变，弑隋炀帝；李渊在长安称帝，建立唐朝，为唐高祖。619 年，王世充弑隋哀帝，隋朝灭亡。

大运河开通后，"商旅往返，船乘不绝"，隋炀帝曾三次下江南，616 年，隋炀帝第三次"游幸"江都（扬州）再也没能回来。到了唐朝，大运河才充分发挥出它强大的功用，唐朝前期的繁荣离不开大运河这条南北动脉的输血功能。唐后期皮日休《汴河怀古》一诗，从历史的角度对隋炀帝的功过进行了客观的评价："尽道隋亡为此河，至今千里赖通波。若无水殿龙舟事，共禹论功不较多。"

唐朝时中国的疆域广阔，西域诸国皆被纳入到唐王朝的版图中，中国统一的多民族国家形态即由唐朝开始空前发展的。唐贞观二年（628年），"远方诸国来朝者甚众，……户部奏：中国人自塞外归，及四夷前来降附者，男女一百二十余万口。" 大量异族人口的拥入，为长安带来了风格迥异的饮食文化，王公贵族多以穿胡服、吃胡食为荣，可与今之西服、西餐相比拟。五代刘昫《旧唐书》云："开元来，妇人例着线鞋，取轻妙便于事，侍儿乃着履。臧获贱伍者皆服襕衫。太常乐尚胡曲，贵人御馔，尽供胡食，士女皆竞衣胡服，故有范阳羯胡之乱，兆于好尚远矣。"

唐代卢言《卢氏杂说》中记载了当时典型的胡食："御厨进馔，凡器用有少府监进者。用九饤食，以牙盘九枚，装食味于其间。置上前，亦谓之看食。见京都人说，两军每行从进食，及其宴设，多食鸡鹅之类。就中爱食子鹅，鹅每只价值二三千。每有设，据人数取鹅。燖去毛，及去五脏，酿以肉及糯米饭，五味调和。先取羊一口，亦燖剥，去肠胃。置鹅于羊中，缝合炙之。羊肉若熟，便堪去却羊。取鹅浑食之，谓之'浑羊殁忽'。""翰林学士每遇赐食，有物若毕罗，形粗大，滋味香美，呼为'诸王修事'。""玄宗命射生官射鲜鹿，取血煎鹿赐食之，谓之'热洛河'，赐安禄山及哥舒翰。"

段成式《酉阳杂俎》记载："今衣冠家名食，有：萧家馄饨，漉去汤肥，可以瀹茗；庾家粽子，白莹如玉；韩约能作樱桃饆饠，其色不变；又能造冷胡突、鲙鳢鱼、臆连蒸诈草草、皮索饼；将军曲良翰，能为驴鬃驼峰炙。""衣冠家"即缙绅权贵之家，其饮食精美奢华，非平民之常食。

唐朝平民的主食有饼、饭、粥等，在唐朝大部分面粉制品皆称之为饼。胡饼就是烧饼，上着芝麻，类似于现在陕西的锅盔或新疆的馕饼。唐朝时长安的升平坊、辅兴坊有不少胡人开店经营胡饼。《太平广记》卷四百二《鬻饼胡》："有举人在京城，邻居有鬻饼胡。"白居易《胡麻饼与杨万州》云："胡麻饼样学京都，面脆油香新出炉。寄于饥馋杨大使，尝看得似辅兴无。"皮日休《初夏即事寄鲁望》一诗也说："敲门若我访，倒屣欣逢迎。胡饼蒸甚熟，貊盘举尤轻。茗脆不禁炙，酒肥或难倾。"

胡饼可以制作成油酥的，也可以加肉馅。《唐语林·补遗》卷六："时豪家食次，起羊肉一斤，层布于巨胡饼，隔中以椒豉，润以酥，入炉迫之，候肉半熟食之，呼为'古楼子'。"

馒头、包子之类称作蒸饼。唐张鷟《朝野佥载》载："周（武则天时期）张衡，令史出身，位至四品……因退朝，路旁见蒸饼新熟，遂市其一，马上食之，被御史弹奏。"

面条称作汤饼。《唐六典》中说："冬月则加造汤饼……夏月加冷淘。"冷淘，就是凉面，面条煮好后，在井水中浸凉而成。杜甫《槐叶冷淘》诗云："青青高槐叶，采掇付中厨。新面来近市，汁滓宛相俱。入鼎资过熟，加餐愁欲无。碧鲜俱照箸，香饭兼苞芦。经齿冷于雪，劝人投此珠。愿随金騕褭，走置锦屠苏。路远思恐泥，兴深终不渝。献芹则小小，荐藻明区区。万里露寒殿，开冰清玉壶。君王纳凉晚，此味亦时须。"

汤饼中还有一种馎饦，形制稍宽。北魏贾思勰《齐民要术·饼法》："馎饦，挼如大指许，二寸一断，著水盆中浸。宜以手向盆旁挼使极薄，皆急火逐沸熟煮。非直光白可爱，亦自滑美殊常。"

（上）菰米

（下）菠菜面（菠菜面的做法可以追溯至唐朝的"槐叶冷淘"）

唐朝的饭有粟米饭（黄米饭）、稻米饭（糯米饭）、麦饭（荞麦、大麦）、雕胡饭等。北方人以粟米饭为主，南方以稻米饭为主。菰米制成的雕胡饭也为唐人所喜。李白《宿五松山下荀媪家》诗云："跪进雕胡饭，月光明素盘。"杜甫的诗歌中也流露出对雕胡饭的喜爱："滑忆雕胡饭，香闻锦带羹。"

唐朝的平民无缘食用烤全羊（浑羊殁忽）、铁板鹿肉（热洛河）等大菜，菜肴多以猪、羊、鸡、鸭、蔬菜等为羹臛，贫民则以咸菜（菹齑）下饭。

《清异录》云："俗呼齑为百岁羹。言至贫亦可具，虽百岁，可长享也。"

现在的浙江宁波一带，依然把咸菜称作"咸齑"。

唐代诗僧寒山写过很多护生劝善的白话诗，其中"怜底众生病，餐尝略不厌。蒸豚揾蒜酱，炙鸭点椒盐""去骨鲜鱼脍，兼皮熟肉脸。不知他命苦，只取自家甜"的诗句，引人垂涎的作用似乎更多于劝谕，记录了唐代人饮食生活的一个侧影。

乡居山村，不及城中繁华便捷，饮食多是自给自足的农产。北方的主食多为小米饭（粟米饭），菜肴不过圃中青菜、院中家禽。乡下的朋友用土鸡和小米饭招待老友孟浩然，《过故人庄》便有："故人具鸡黍，邀我至田家。绿树村边合，青山郭外斜。开轩面场圃，把酒话桑麻。待到重阳日，还来就菊花。"杜甫在朋友卫八家吃到的是韭菜和小米饭，《赠卫八处士》记述道："人生不相见，动如参与商。今夕复何夕，共此灯烛光。少壮能几时，鬓发各已苍。访旧半为鬼，惊呼热中肠。焉知二十载，重上君子堂。昔别君未婚，儿女忽成行。怡然敬父执，问我来何方。问答乃未已，儿女罗酒浆。夜雨剪春韭，新炊间黄粱。主称会面难，一举累十觞。十觞亦不醉，感子故意长。明日隔山岳，世事两茫茫。"

乡间饮食，做法粗略，但往往更可以凸显食物本来的味道。《清异录》载："段成式驰猎饥甚，叩村家主人。老姥出藜藿，五味不具，成式食之，有余五鼎，曰：'老姥初不加意，而殊美如此。'常令庖人具此品，因呼'无心炙'。"

这种不加五味白煮肉汤的方法如今还在沿用，苏州的藏书羊肉、宿州的萧县羊肉汤等皆是把羊肉砍成大块，加水白煮，至肉烂汤浓出锅前再加盐调味，原汁原味，鲜美异常。

## 好竹连山觉笋香

东坡先生《于潜僧绿筠轩》诗云："宁可食无肉，不可居无竹。无肉令人瘦，无竹令人俗。人瘦尚可肥，士俗不可医。旁人笑此言，似高还似痴。若对此君仍大嚼，世间那有扬州鹤？"我自幼居于北方，北地冬季严寒，干燥少雨，仅有矮小竹类生长，多不产笋，是为一憾。

以前北方的餐桌上只有水发玉兰片，而无鲜笋。近几十年物流日趋便捷，北方城市中才有新鲜的笋售卖，北方人爱吃笋但不擅烹制，问津者多为迁居北地的南方人。三国时期邯郸淳所著《笑林》中有一则笑话："汉人有适吴。吴人设笋，问是何物。语曰：'竹也。'归煮其床簀而不熟，乃谓其妻曰：'吴人诡道，欺我如此！'"

住在江南的日子，我以赏竹尝笋为快，借以医治从里到外的一身俗气。浙江自古产笋，宋代赞宁《笋谱》中就记载有会稽之箭笋、钱唐之燕笋、武林之扶竹笋、天目笋等。在杭州苍翠的山、碧绿的水之间，树木葱茏，茂林修竹，清气沁人心脾。看到满山郁郁葱葱的竹林，便联想到了清香脆嫩的笋。

竹笋有一种特殊的草木清香，需在纤维老化之前及时烹制，方可保留其细嫩清甜的质地。杭州人喜欢把南肉和春笋一起烹煮，即为杭城名菜"南肉春笋"，南肉香糯，春笋爽嫩。经岁月酝酿成熟的醇香，尤能凸显刚刚破土而出的笋之鲜嫩。《随园食单》中有一道笋煨火肉，与之类似："冬笋切方块，火肉切方块，同煨。火腿撤去盐水两遍，再入冰糖煨烂。席武山别驾云：凡火肉煮好后，若留作次日吃者，须留原汤，待次日将火肉投入汤中滚热才好。若干放离汤，则风燥而肉枯；用白水则又味淡。"

去年春天到杭州，朋友提前买下一捆嫩笋治馔招待，一道菜便是南肉春笋汤，一道是江南常见的油焖笋。先把竹笋剥去笋壳，切去纤维粗大的老根，用刀轻轻一拍，笋便碎成数块，朋友说笋很嫩不必切。笋含草酸，先在热水里焯一下，否则吃起来麻舌头。锅里的油烧得温热，便倒入笋块煸炒，再淋入绍酒、生抽，撒上白糖小火焖熟。微甜而咸鲜，脆嫩鲜香。

竹笋喜荤腥、爱油腻，越是与大油大肉合烹，越显其脆嫩清鲜。以前南方孩子惹了祸，屁股少不得要被老爹用扫帚疙瘩伺候一番，美其名曰"吃了一顿笋烧肉"。北方室内的扫帚多为高粱穗或黍子穗捆扎而成，故没有这种说法。

鲜笋的含水量高达85%—90%，不耐贮藏和长途运输。选壳薄、肉肥、色白、质嫩的鲜笋，削苞剥壳，用盐水烫熟，再烘焙制成干品即为"笋干"。笋干经温水涨发后，可用来烧肉，柔嫩鲜香。用江南土鸭、笋干、火腿为主料制作笋干老鸭煲，鸭肉酥烂，笋干柔嫩。老鸭和火腿赋予汤水以陈香，醇厚而香浓；封藏在笋干中的春意在肉汤中勃发撩人，鲜味从舌尖通过血液循环扩散至全身，心旷神怡。

笋的"不俗"在于它并不一味地依靠肥腻的烘托，与香菇、毛豆、雪菜（杭州俗称倒笃菜）等一起烹制，亦是鲜美异常。杭州名吃片儿川便是以雪菜笋片肉丝为浇头，肉片粉红、竹笋牙白、雪菜碧绿，色彩明艳而滋味隽永。

清代李渔《闲情偶寄》中说："食笋之法多端，不能悉纪，请以两言概之，曰：'素宜白水，荤用肥猪。'茹斋者食笋，若以他物伴之，香油和之，则陈味夺鲜，而笋之真趣没矣。白煮俟熟，略加酱油。从来至美之物，皆利于孤行，此类是也。以之伴荤，则牛羊鸡鸭等物，皆非所宜，独宜于豕，又独宜于肥。肥非欲其腻也，肉之肥者能甘，甘味入笋，则不见其甘，

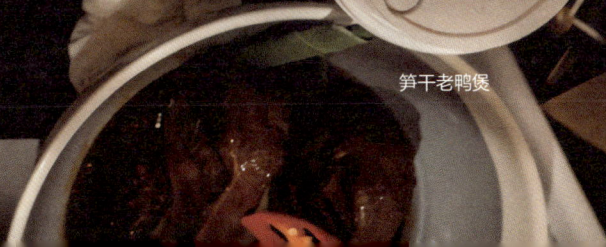

笋干老鸭煲

（上）刚摘的鲜笋　（左下）油焖笋　（右下）百叶结腌笃鲜

但觉其鲜之至也。烹之既熟，肥肉尽当去之，即汁亦不宜多存，存其半而益以清汤。调和之物，惟醋与酒。此制荤笋之大凡也。笋之为物，不止孤行并用，各见其美，凡食物中无论荤素，皆当用作调和。"

竹笋极简主义吃法的倡导者是"梅妻鹤子"的林和靖的后人——宋代文人林洪，他在《山家清供》中说："夏初林笋盛时，扫叶就竹边煨熟，其味甚鲜，名曰傍林鲜。"可谓文人雅食之极致。

# 杭州酱鸭

从拱宸桥侧的京杭大运河博物馆出来，已是下午两点，腹中饥声大作，看见运河广场地下有一家"知味观"，于是欣然前往。知味观的这一家分店，虾肉小笼称作"三鲜小笼"，其味不及总店。但鲜肉小笼、片儿川滋味不俗，糯米藕、赤豆汤也甜糯可口。看见柜台上有"酱鸭"出售，又切了半只酱鸭下饭。

杭州人素来喜食酱卤味食品，民间有用酱油腌制鸡、鸭、鱼、肉等荤食的习惯。南宋吴自牧《梦粱录》"荤素从食店"中记载："及沿门歌叫熟食：肉、炙鸭、鹅、熟羊、鸡鸭等类，及羊血、灌肺、撺粉、科头、应千市食，就门供卖，可以应仓卒之需。"

至清末民初，杭州已经有专营鸡鸭野味的酱卤熟食的业者，包括酱鸭店、荤油肠厂和熟食店（摊）。清末范祖述著、洪如嵩补辑的《杭俗遗风》中记载："酱鸭一味，以杭城绍酒店所制者为佳。每岁八九月间，各酒肆皆自制酱鸭，多者数百，少者亦百余。然要以文龙酒店所制为独步。该酒店开设于清波桥侧，远自申江亦有来购者，一过冬至，即销售一空。凡老居杭城及嗜中物者，类皆知之。"

杭州的酱鸭妙在不太咸。咸中带甜，酱香浓郁。视其色泽乌黑油亮，似在酱缸里浸淫了不知多少岁月，切开来颜色枣红油润，清香袭人。

杭州人制作酱鸭，其实只在酱油中浸渍 48 个小时，然后挂起来自然晾晒。酱鸭需在阳光下晾晒 7 天，若遇阴雨天气无法晾晒，时间则依次延宕，用烘炉制作的酱鸭则香气不足。

鸭用当年的本地麻鸭，三四斤左右，杭州方言称之为"岗吊头"，嫩鸭太油，番鸭则干涩。宰杀洗净的鸭子先用少许盐涂抹搓匀，鸭腿、鸭胸等肉厚的部位需多用盐，并用重物压实，待血水渗出后冲洗晾干才能入缸腌制。老杭州腌制酱鸭的酱油多用普通酱油，加适量花椒、生姜、桂皮、香叶、八角等香料和适量白糖。

旧时杭州酿造业发达，酱园遍布市井。北宋苏轼《奏开杭州西湖》云："天下酒官之盛，未有如杭者也，岁课二十余万缗。"

清代以前，杭州的酱油酿造业为作坊型酱园。清朝中期，随着水路交通的发展，杭州手工业、商业兴盛，以及各地酱油制品工艺的相互交流，促使行业逐步兴旺，清朝政府对酱油酿造业的管理也随之加强，遂出现了"官酱园"。

"官酱园"并非官府经营，之所以冠以"官"字，是因其生产所需的食盐，皆为缴纳过"官税"的"官盐"。历代盐皆为税赋之源，严禁私贩。"官酱园"按酱缸的数额缴纳盐税，清朝政府两浙盐运使发给"官酱园"烙牌。"官酱园"均有行销官盐之责，是以定章凭同保商出具保结，陈明缸数，认销官盐，由盐运使核准造册，发给烙牌方准开业。民国二年（1913年），浙江省成立盐务管理局，酿造企业仍沿袭"官酱园"旧制，但取消"烙牌"制度，改为领取"缸照"，即"官酱园"的正缸数，核定配备"一正缸、二副缸、二备缸"。同时按每只正缸，年供给官盐570市斤，"官酱园"的赋税则按每年每只正缸五两银捐纳。"官酱园"名称一直沿用到1949年前夕。

清时，杭城的"官酱园"共有12家，至民国初年，"官酱园"剩余十家。

杭州酱鸭

"江干有春和酱园，湖墅有同复泰、正兴复酱园，望江门有鸿吉祥酱园，清波门有乾发酱园，涌金门有惟和酱园，清泰门有元泰酱园，庆春门有恒泰酱园，钱塘门有永昌酱园，艮山门有全茂酱园。"1946年的《浙江工商年鉴》记载："杭市之酱酒业为供应市民的日用必需，故全市达500多家，其中酿造科学酱油的仅四五家，余皆酿制天然酱油，而以酱菜、酱瓜、腐乳为副产，酱园多兼营生油、菜油、黄酒、烧酒，以同复泰、惟和、乾发等三家最负盛誉。"

"官酱园"，皆设"四大先生"。"大先生"统管店内一切事务，民国后称"经理"；"二先生"管账，也称"襄理"，类似于现在的"会计"；"三先生"管现金，类似于如今的"出纳"；"四先生"管原料验收，负责质检环节。"四大先生"以下，店堂又有管理店员的"看清先生"、

杭州酱鸭

管理生产的"头柜先生"、管理库房的"栈房先生";作坊里有俩师傅、管操作的"头帮师傅"、协助"头帮"的"二帮师傅"。

"水泉必清、秫稻必齐、陶瓷必良、曲药必实、湛炽必结、火候必得","六必"为酱业操作之基本规范,北京"六必居"酱园的字号便是取此意。规范严谨的制作工艺,成就了杭州酱类产品的高品质,豆瓣酱、酱油、酱菜皆行销海内外。1923年10月7日《浙江商报》上有"教皇购酱油之奇异"一文,文中记录了第257任教皇庇护十一世自中国订购酱油200瓶的新闻,该文虽未注明教皇所买200瓶酱油是否为杭州所产,但当时酱业兴盛可见一斑。

"官酱园"之外,民间把酱酒零售店铺也称作"酱园",业内则称之为"干酱园"。新中国成立之初,杭州有大小酱园店332家。公私合营时期,3名店员以上的,规定"就近并入恒泰、大同、鸿吉祥、惟和、乾发、正兴复、同福泰等12家";3名以下店员的,改为"酱酒商店"。1968年年初,连同老字号命名的12家杭城酱酒企业,与浙江酿造厂等再度合并,形成"西湖酒厂"(后为"杭州酒厂")、杭州酿造厂、杭州景阳观酱菜厂。光复路上"景阳观"店堂里的老匾额,逐渐成了杭州人对老酱园的集体记忆。

旧时酱园农历八九月便开始制作酱鸭,但民间制作酱鸭多在冬天,0℃—5℃的气温最为适宜。小雪时节,杭州的空气干冷,阳光晴好。老杭州人纷纷买鸭、杀白、腌制、晾挂,在自己屋檐下悬挂起一道酱红色的风景。也许在他们的心里,自己亲手腌制的酱鸭,有酱园店里制作不出的别样美味吧。

景阳观酱菜

杭州酱鸭

## 塘栖茶糕

塘栖是杭州北部余杭区的一个小镇，与湖州市的德清县接壤，距杭州市区中心约20公里。大运河在塘栖穿镇而过，使其成为苏、沪、嘉、湖的水路要津。

北宋之前，塘栖不过是一个小小的渔村。元至正十九年（1359年），农民起义军领袖张士诚为军事需要，发动军民20万人，疏浚自武林港至江涨桥新开运河，使余杭塘河与京杭大运河直线沟通。当地人开始沿塘而栖，塘栖初具雏形。至明代弘治年间，广济桥联通两岸，塘栖逐渐形成集镇。清光绪年间《唐栖志》记载："迨元以后，河开矣，桥筑矣，市聚矣。"

粢毛肉元

又云："唐栖官道所由，风帆梭织，其自杭而往者，至此少休；自嘉秀而来者，亦至此而泊宿，水陆辐辏，商家鳞集，临河两岸，市肆萃焉。"

京杭大运河流经苏州后，在平望形成东、中、西三条航道蜿蜒南下。东线经嘉兴、石门、崇福，穿越塘栖，经武林头到杭州，称古运河；中线穿乌镇，经练市、新市，直插塘栖，亦经武林头至杭州；西线走南浔，取道湖州，经菱湖拐弯，过德清，在塘栖镇擦身而过，流向杭州。

明清时期，塘栖镇曾富甲一时，"临河成街，市肆萃焉"，被称作"江南十大名镇"之首。至清朝末年，塘栖镇有"朝市""晚市""香市"和"庙会市"四大集市。清代孙人凤《往来塘栖道中》诗云："西小河通东小河，扁舟来往市门多。凉风吹起蓣洲月，大好中流听棹歌。"

曾经的繁华富庶留给塘栖小镇的，除了"枕水筑屋，临河建廊"的明清古建筑，还有精致化的饮食，其中以粢毛肉元、细沙羊尾和熏鸭最为著名。粢毛肉元其实就是糯米丸子，香、糯、软、滑，色味皆佳。细沙羊尾以洁净的猪板油包裹豆沙馅，挂蓬松的雪衣糊经油炸而成，色泽金黄，表皮酥脆，内里细滑，可谓香甜的极致。熏鸭经杀白、开膛、浸泡、上盐、撑挂、熏烤、清煮、上油等十余道工序，色泽油亮红润，肉质紧致耐嚼，熏香浓郁，令人食欲大开。

细雨绵绵，流连在塘栖河畔的廊桥中，我被一种叫作"茶糕"的小食所吸引，为之倾倒。茶糕俗称方糕，又叫水蒸糕，通常在早茶时进食而得名，既可作为餐点，亦可当作茶食。

茶糕是用米粉蒸制的，选用当年新产的晚稻糯米，在石磨上研磨成粉，加适量的水揉搓成粉团；内馅则以新鲜的瘦猪肉加冬笋、韭芽、肉皮冻、酱油等调和而成。先在方框形的模具中放一层米粉，按 4×4 排列顺序放

水乡开运节
TangQi ShuiXiang KaiYunJie

西塘古镇

塘栖茶糕

入肉馅，其上再覆盖一层米粉，用木板轻轻压紧抹平，用刀把模具中的茶糕切成 4×4 的小块，保证肉馅处于每一小块的中央。拆开模具，把生茶糕置于锅上蒸熟即可。

蒸茶糕不像其他糕团平铺在蒸笼上蒸制，而是摆在特制的蒸架上，每层可放茶糕 16 块，共计 6 层 96 块。蒸架上码好茶糕，置于热水锅上，外边盖上木桶形状的盖子，蒸制 20 分钟左右即熟。

茶糕的皮很薄，雪白的糯米粉蒸熟后变得晶莹剔透，粉红浅褐的肉馅隐约可见，肉馅中的汤汁浸润米粉，鲜味流溢，油润腴美，松软香糯。茶糕的滋味咸香微微带甜，口感糯软略有黏性。两块茶糕，一壶清茶，轻易地把半天的辰光黏在运河廊桥下的茶楼中了。

茶糕不唯塘栖一地特产，在杭嘉湖平原的水乡，茶糕是一种常见的点心。湖州新市的茶糕也很有名，明朝正德十一年（1516 年）刊本《仙潭志》已将茶糕列为新市名产。

## 熏豆茶

中国人从什么时候开始喝茶，历史上并没有确切记载。关于喝茶这一习俗的起源众说纷纭，有人认为源自上古，有人认为起于西周，还有起于秦、汉、三国、南北朝的各种说法。唐朝之前的文献中只有"茶"而无"茶"，直到《茶经》的作者陆羽将"茶"字减一画而写作"茶"，因此又多了一种喝茶起源于唐代的说法。陆羽在《茶经》中说："茶之为饮，发乎神农氏。"《茶经》是中国乃至世界现存最早、最完整、最全面介绍茶的第一部专著，被誉为"茶叶百科全书"，影响深远，陆羽更被后人尊称为"茶圣"，所以陆羽的观点也就成了最普遍的说法。

唐朝喝茶用煎茶法，先用茶碾把茶砖碾碎成粉末，再用茶罗过滤后投放到滚水中，煎煮成汤而饮。宋朝不再直接将茶放入釜中煮熟，而是把茶末分到茶碗中，待水微沸初漾时即冲点碗中的茶。边冲边快速搅动，并为此发明了一种叫作"茶筅"的工具，茶末上浮，形成泛起泡沫的粥面。比赛点茶之优劣，称之为"斗茶"，是一种始于唐、盛于宋的文人雅戏。明朝初年，用叶茶直接冲泡的饮茶方式逐渐成为主流，流传至今。

古人还有加姜、盐、香料、干果等作料制作茶饮的习惯，风行民间。苏轼《东坡志林》中说："唐人煎茶，用姜用盐。"《水浒传》中有泡茶、姜茶、宽煎叶儿茶、梅汤、和合汤、醒酒汤、醒酒二陈汤、茶果等多种茶饮，如第二十三回"王婆贪贿说风情 郓哥不忿闹茶肆"中又写道："那婆子欢喜无限，接入房里坐下，便浓浓地点道茶，撒上些出白松子、胡桃肉，递与这妇人吃了。"《金瓶梅》中"茶"的名目更加繁多，胡桃松子泡茶、福仁泡茶、果仁泡茶、蜜饯金橙子茶、盐笋芝麻木樨茶、梅桂泼卤瓜泡茶、木樨金灯茶、木樨青豆茶、咸樱桃茶、八宝青豆木樨泡茶、芝麻玫瑰香茶、土豆泡茶、芫荽芝麻茶、姜茶，等等，故而不叫"喝茶"，而称之为"吃茶"。

明代屠隆《考槃余事·择果》中说："茶有真香，有真味，有正色，烹点之际不宜以珍果香草夺之。夺其香者松子、柑、橙、木香、梅花、茉莉、蔷薇、木樨之类是也；夺其味者番桃、杨梅之类是也。凡饮佳茶，去果方觉清绝，杂之则无辨矣。"这一主张得到文人名士的认同，清茶渐渐成为饮茶的主流，不再加杂果品异味。

在江南杭嘉湖一带，有一种熏豆茶，依然保留着宋时风貌，在民间沿袭至今。熏豆茶，也叫青豆茶、芝麻茶、七味茶，清康熙《钱塘县志》中记载，说当时余杭家家户户"以紫苏籽，渍枳皮和茶叶饮之"。

熏豆茶是一种杂茶，其中只有少许茶叶，以各种"茶里果"为主。顾名思义，熏豆茶中不可或缺的主料是熏豆，也叫烘豆。烘制熏豆在农历"秋分"过后，选粒大色青、鲜嫩饱满的嫩毛豆为原料，以香粳豆为佳。剥好的青豆粒放在锅里，用桑柴火煮熟。青豆半熟时，加适量盐和作料，滤干后摊在铁丝网筛上，用炭火焙烘，民间称之为"熏"。烘好的熏豆酥脆焦香，除了泡茶，还可以当作小酒的小食。清人韩应潮《栖溪风味十二咏》这样描述"烘豆"："莫笑冬烘老圃俦，豆棚早屑话深秋。匀园剥出纤纤手，新嫩淘来瑟瑟流。活火焙干青玉脆，盈瓶赠到绿珠投。堆盘正好消寒夜，细嚼诗情一种幽。"

除了熏豆，熏豆茶中还需要加入芝麻、紫苏籽、橙皮、丁香萝卜干，在湖州，还有人在熏豆茶中加入扁尖笋干、兰花豆腐干、咸桂花、脆姜片

风枵茶

熏豆茶

等多种作料。紫苏，又称桂荏、白苏、赤苏等，江南民间称之为"卜子"，是唇形科一年生草本植物，气味清香微辛。橙皮民间多为自制，用酸橙皮经煮、刮、切、腌、晒等多道工序加工而成，具有理气健胃之功效，亦有用蜜饯中的"九制陈皮"代替者。丁香萝卜干是腌渍晾晒过的胡萝卜干，色泽橙红，有蔬果清香。根据喜好搭配好茶里果，最后放几片嫩绿的茶叶，以沸水冲泡待客。饮茶者如果嫌淡，还可酌加少许食盐。

吃熏豆茶可谓真正的"吃茶"，茶碗中的一干茶果配料皆可食用，吃法颇有讲究。先尝清香甘洌的茶汤，再吃茶碗里的青豆茶果。吃熏豆茶不具汤匙，食用茶果时，左手举杯将茶碗倾靠在唇边，右手轻轻叩击茶碗，茶里果便落入口中，慢慢咀嚼，酥软而鲜香。

熏豆茶的茶汤黄绿澄澈，萝卜干和橙皮橘红艳丽，嫩茶的清香和熏豆的鲜味焦香融汇合一，混为一体，醒神开胃之余，还有暖身充饥的作用。所以在杭嘉湖平原的民间，熏豆茶是过年招待亲友及婚礼宴席的最常见的饮品。

在吴江地区，许多农家还用风枵茶、熏豆茶和绿茶作为招待首次登门的"毛脚女婿"的习俗。"毛脚女婿"是江浙方言，即尚未得到岳丈一家认可的准女婿。头道茶叫风枵茶，也叫锅糍茶，糯米饭糍干摊得十分轻薄，风吹可动，故名"风枵"。风枵茶是一道甜食，不加茶叶，只用糯米糍干加糖用开水冲泡。第二道茶是咸茶，即熏豆茶。最后一道茶是清茶，即开水冲泡的绿茶。所以有人说吴江三道茶其实是一顿饭，先吃甜泡饭，再喝咸汤，最后喝茶。如果"毛脚女婿"喝了甜香的锅糍茶、咸香的熏豆茶和清香的绿茶这三道茶，就算过了丈母娘家的"第一关"。

# 酥羊大面

太湖是中国五大淡水湖之一，环湖是江河淤积而成的冲积平原，丰美的水草滋养了肥美的湖羊。从血统上划分，湖羊属于蒙古绵羊的一种，西晋末年，大量北方世族及皇族衣冠南渡，也带来了北方的农牧物产和饮食习惯，北方的羊被传播到太湖流域。南宋嘉泰元年（1201年）《嘉泰吴兴志》载："今乡土间有无角斑黑而高大者，曰湖羊。"清同治年间的《湖州府志》则称之为"胡羊"，因在枯草期间可用干桑叶喂饲，又有"桑叶羊"之称。

肥嫩的湖羊在苏嘉杭地区形成一个"湖羊饮食文化圈。"嘉兴的濮院、桐乡、澉浦，湖州的练市、双林、新市皆秋冬季节食湖羊成风。嘉兴人吃湖羊，红烧、白烧之外，尤其喜欢把焖得酥烂的羊肉与面条同食，称作"酥羊大面"。

传统的酥羊大面以当年的"花窠羊"（青年湖羊）为原料，羊肉砍成四两左右的大块，先用清水漂洗干净，放在大锅中加水旺火烧开，撇去浮沫，把羊肉捞出。取砂钵一只，用拍松的姜块、红枣、茴香、桂皮铺底，放入羊肉，加原汤、冰糖、酱油、绍酒，上压重物，置于火上小火焖炖三四个小时，至羊肉酥烂时停火起锅。面条在沸水中煮熟捞出，沥干水分装在碗中，放入羊肉，浇上焖烧羊肉的原汤即成。面条洁白柔滑，羊肉酱红酥嫩，鲜香无比。

现今在嘉兴流行吃用土灶、铁锅、桑柴烧制的羊肉，先用大火烧开、后用文火烧数个小时，炖到肉质酥软还需停火焖制一会儿，做出来的羊肉

酥羊大面

酥羊大面

酥而不烂，色泽红亮，酱香醇厚。店家凌晨便起床炖羊肉，五点多天麻麻亮便有本地的食客上门。整只羊被砍成若干小块，每块羊肉因肉质不同而呈现出不同的口感，夹心肉肥瘦相间，肥嫩鲜香；羊腿肉筋肉兼具，糯软滑爽；羊尾巴油脂丰富，丰腴肥美……早到的食客可以根据喜好选择自己心仪的羊肉。六七点钟，店堂里人声喧嚣，大排长龙，此时可以吃到一碗热气腾腾的酥羊大面已是幸运，无缘挑选羊肉了。如果到八九点才来，羊肉售罄，就没有这样的口福了，只好明天清早再来。

　　早起的人们要二两现轧的细水面，面条在鼎沸的大锅里一煮即熟。酥香的羊肉装在高脚瓷碗中，撒上青蒜、红辣椒末，连同一碗黄酒，是嘉兴人秋冬时节最诱人的早餐。带皮的羊肉焖煮得肥糯酥软，用筷子夹起来软乎乎、颤巍巍，入口即化，丰腴香软。喝一口黄酒，暖意在微凉的清晨慢慢散开。喝罢晨酒，将剩余的羊肉连汤浇到面条上，吃一口软韧柔滑的面条，吃一口酥嫩肥美的羊肉，再喝一口浓厚粘唇的汤汁，如此往复，一口气吃个碗底朝天，暖意融融，周身通泰。那种吃饱喝足产生的慵懒，让人忽觉世间所谓的幸福，也许不过是在料峭的秋天遇见一碗热烫的酥羊大面。

# 檇李

檇李是嘉兴的古称，春秋时期吴越两国曾在此风云角逐。周敬王二十四年（496年）五月，越王允常死去，吴王阖闾积多年怨愤，乘丧起兵伐越。越王勾践率兵抵御，双方在檇李（今浙江嘉兴县西）摆开战场，史称檇李之战。

檇李，是一种蔷薇科李属的水果，果大色艳，风味独特，被誉为"群李之首"。用一种水果来命名一个城市，或者说用城市的名字来命名一种水果，足见这一水果之珍奇。《嘉兴市志》载："宋代至明清，嘉兴的净相寺及附近盛产檇李，在《嘉禾百咏》中的《净相佳李》诗云：'地重因名果，如分沉灃浆。伤心吴越战，未敢尽情尝。'"据传净相寺所产檇李，不轻易予人，僧人贮果于兰花细瓷盖碗中，视为禅中珍品，清代列为贡品。

李花分五瓣，晶莹洁白，似梨花但细小，簇集枝头，远观如雪。花后挂果，成长约两个月，于小暑前后成熟。檇李果实形圆而略扁，蒂短而底平，可平置于桌上，成熟时皮色殷红，密缀黄点，有些皮色半黄半红，红处仍有黄点。果上有一道如指甲刻划的纹痕，即是传说中的西施留下的指痕。清代朱彝尊《鸳鸯湖棹歌》之二十云："徐园青李核何纤，未比僧庐味更甜。听说西施曾一掐，至今颗颗爪痕添。"

檇李熟透时，表皮殷红，内里果肉色黄，鲜润如琥珀，化成浆液状。在皮上剥开一个小口，果肉化成的浆汁可吮吸入口，甘美绝伦，并有微微酒香，所以又有"醉李"之称。果肉在成熟时是否化浆，是区别檇李真伪

槜李

的主要根据，采摘和食用皆需掌握好赏味的时机。清同治九年（1870年）嘉兴王逢辰著有《槜李谱》一卷，其中有食槜李之法："宜择树上红黄相半者，摘贮磁瓦器或竹木器，约一二日开视。如其红晕明透、颜色鲜润，即取布巾雪去白粉，以指爪破其皮，浆液可一吸而尽。此时色香味三者皆备，虽甘露醴泉不能及也。"

听嘉兴人说槜李只能生长在嘉兴，种植于异地则难以成活。嘉兴的另一种特产南湖无角菱也是如此，一旦离开了嘉兴就会变种而长角。一种水果对故乡怀着如此浓烈的情意，令人唏嘘不已。但王逢辰《槜李谱》中说"槜李虽嘉兴土产，总以净相寺为第一。其余各邑，亦不少佳者"。槜李对生长环境要求很高倒是真的，《槜李谱》中说"树性清洁，灌溉亦宜清水。最忌粪土及一切秽恶之物"。槜李仅生于嘉兴，也许只有嘉兴的水土可以满足槜李生命中没有污染的生存空间吧。

# 鸭馄饨

嘉兴人自古喜养鸭、食鸭。越中方言读鸭为"阿",乐府诗集中有《阿子歌》三首,其一曰:"阿子复阿子,念汝好颜容。风流世希有,窈窕无人双。"其二曰:"春月故鸭啼,独雄颠倒落。工知悦弦死,故来相寻博。"《乐苑》中说:"嘉兴人养鸭儿,鸭儿既死,因有此歌。未知孰是。"

不必说卤鸭、酱鸭等江浙常见的口味,单一碗老鸭面、烧鸭饭就有无穷的水乡滋味。又有一种特产名为"鸭馄饨",我初到嘉兴时以为是鸭肉馄饨,或者是馄饨老鸭煲,于是觅踪寻味,得见时却发现原来是未孵化成功的蛋,北方称作"毛蛋""鸡胚蛋"等,闽南一带叫"鸡仔胎",江西、湖南、贵州地区又称"寡蛋"等。嘉兴人称之为"喜蛋",又称"嘉蛋",或者"鸭馄饨"。清代《南窗随笔》中说:"鸭馄饨,其名莫可考自,乃哺坊中烘卵出鸭,不能脱壳,混沌而死者。"由此可见,"馄饨"二字本为"混沌",后来混淆了。

清乾隆年间,嘉善人谢墉《食味杂咏》之《喜蛋》题注中对"鸭馄饨"考注颇详:"考《说文》卵字部内有殰字,卵不孚也,徒玩切,与蛋为音之转,盖古人以之呼孚鸡鸭之卵而徒供食者,即以孚之不成之卵名之,因而俗以蛋抵殰也。隋唐前无蜑(蛋)字,亦无此名。元方回诗曰:'秀州门外鸭馄饨。'即今嘉兴人所名之喜蛋,乃鸭卵未孵而殇,已有雏鸭在中,俗名哺退蛋者也。市人镊去细毛,洗净烹煮,乃更香美,以哺退名不利,反而名之曰喜蛋,若鸭馄饨者,则又以喜蛋名不雅而文其名。其实秀州之鸭馄饨乃《说文》鴖字之铁注脚也。"又曰："喜蛋中有已成小雏者味更美。近雏而在内者俗名石榴子，极嫩，即蛋黄也。在外者曰砂盆底，较实，即蛋白也。味皆绝胜。"

方回，字万里，宋末元初人，晚年生活于嘉杭及其故乡歙县一带，其《题竹杖》诗曰："跳上岸头须记取，秀州门外鸭馄饨。"

鸭馄饨在清代已远近闻名。吴翌凤《镫窗丛录》卷五："浙东用火哺鸭，其未成者，嘉兴用香盐炮之，为春月佳味。"项映薇《古禾杂识》卷三："（嘉兴）北门孟家喜蛋。"

明清之际，文人雅士多讲究饮食之道，饮馔奢华且讲究细节，编修食谱风气盛行。秀水（今嘉兴）人朱彝尊编撰有《食宪鸿秘》二卷。朱彝尊《鸳鸯湖棹歌》曰："鸭馄饨小漉微盐，雪后垆头酒价廉；听说河豚新入市，蒌蒿荻笋急须拈。"《江城子·黄雀》词云："充庖俊味我思存。坐黄昏，引清樽。持比香橙、蒸栗色难分。凝想流匙真个滑，全不数，鸭馄饨。"《五言赋鸭馄饨》一诗中对"鸭馄饨"描述甚详："禾俗养鸭儿，乐府歌阿子。一雄挟五雌，累百唼长水。方春鷇将出，生意不可止。要术啄菢宜，匝月雏定起。浅夫计欲速，火攻迭运徙。半体形已呈，忽焉混沌死。他邦尽弃掷，吾党独见喜。铟童屑椒桂，灶妾洗毛髓。色渐黄白斑，候敛浆汁滓。鸭签晒东京，鸭劖屏南史。既免治刀砧，兼弗龌牙齿。以之号馄饨，莫审所自始。得非饮食人，桐江方万里。记取秀州门，竹杖扶入市。至今七十坊，馔法传伍氏。物微爱憎殊，留宾姑舍是。二子下箸贪，谓足胜羊豕。作诗赏逸味，虚谷同一揆。不知天地间，何者真好美。试问厨烟生，曾否动食指。"

鸭馄饨，就是蛋在孵化过程中温度、湿度不当导致鸭的胚胎发育停止，死在蛋壳内尚未成熟的小鸭。嘉兴"鸭馄饨"，有略具雏形的"半喜"和头翼俱全的"全喜"两种孵化不成功的鸭蛋；还有一种特意中断孵化的鸭蛋，称作"活子蛋"，南京一带叫作"活珠子"。民间有谚语"鸡抱鸡，二十一。鸡抱鸭，二十八。"鸭蛋孵化至十八天，鸭的胚胎基本成形，此时作为食物烹熟，味道鲜美，营养丰富，据说有滋补养颜之功效。嘉兴人喜欢把鸭馄饨加五香煨煮后食用，以前嘉兴陆稿荐酱鸭店的喜蛋很有名，用老汤文火慢煨，滋味鲜美。

喜蛋在北方主要是鸡蛋，毛蛋我在小时候是吃过的。在北方的冬天，卖毛蛋的在街角支起一个小煤炉，上边铝锅里煮满毛蛋，缭绕的白色雾气散发出一种奇异的香味。煮好的毛蛋任顾客自行挑选，全鸡、半鸡全凭自己的喜好。剥开蛋壳，撒上少许的花椒盐和辣椒粉就可以吃了，性急的整个丢进嘴里大嚼，细致一点的人则小心地剥掉稀疏的羽毛再吃。前两年我在北京通州的时候，在菜市场的一角看见有人把煮熟的毛蛋在炭火上烧烤而售，我买了一串两个半鸡的毛蛋，却未能找到童年记忆中的味道。

鸭馄饨、毛鸡蛋之类的食物，并非每个人都能接受，很多人吃鸡蛋、吃鸡肉，却无法接受初具雏形的喜蛋，往往敬而远之。相较于鸭馄饨，嘉兴的粽子和无角菱更为外地游客所喜闻乐见，清代张燕昌《和鸳鸯湖棹歌》诗云："春风亭下百花林，遗泽甘棠岁月深。最是当年陆蒙老，凉蝉好句幕中吟。丹枫乌桕护柴门，仿佛江南黄叶村。门外南湖菱最美，胜它风味鸭馄饨。"

## 石家鲃肺汤

近日朋友自南方寄来一瓶手作的糖桂花，方觉秋意浓，北地风渐有寒意，江南的桂花正开得灿烂。夏天曾在苏州小住，先后品尝过陆稿荐的酱汁肉、朱鸿兴的焖肉大面、赵元章肉骨烧、太湖三白等名吃，虽去了木渎古镇，却错过了石家鲃肺汤。

石家饭店创于清乾隆五十五年（1790 年），初名叙顺楼菜馆，又名石叙顺。民国初期，创始人石汉的重孙石仁安经营时，为两楼两开间木结构房屋，店堂与厨房隔街分设。石家饭店以善烹太湖鱼鲜著称，世有"石菜"之誉。

民国十八年（1929 年），李根源邀于右任泛舟太湖赏桂，夜宿木渎。在叙顺楼为于右任洗尘，于右任品尝鲃肺汤后，赞不绝口，即兴赋诗："老桂花开天下香，看花走遍太湖旁。归舟木渎犹堪记，多谢石家鲃肺汤。"店主请李根源先生为店题名，李根源欣然题写"鲃肺汤馆"四字，又嫌"叙顺楼"之名太俗，重题为"石家饭店"。第二天，诗刊于上海《新闻报》头版，石家鲃肺汤由此声名大振。1990 年 9 月，费孝通品尝鲃肺汤，欣然写下了"肺腑之味"条幅，并撰写了《肺腑之味》一文。文中对"鲃肺汤"之名作了解释："石家是饭馆主人之姓，鲃系口音之差，而肺则是肝之误，但'石家鲃肺'一旦误入名家诗句，传诵一时，也就以误传误，成了通名。"

鲃鱼即斑鱼，古称鲃鱼。吕忱《字林》中说："鲃，通作斑。斑鱼又称鲃鱼，似河豚而小，背青，有斑纹，无鳞，尾不歧，腹有白刺，亦善嗔，则胀大，紧如鞠，浮水面。"《正字通》中又称之为 "绷鱼"。因为斑鱼遇袭紧张时肚腹胀大如气球，吴地俗称泡泡鱼、吹肚鱼等。

袁枚《随园食单》中说："斑鱼最嫩，剥皮去秽，分肝肉二种，以鸡汤煨之，下酒三分、水二分、秋油一分；起锅时加姜汁一大碗，葱数茎，杀去腥气。"扬州盐商童岳荐汇编的《调鼎集》中收录了斑鱼制法数种。其中斑鱼羹的制法："斑鱼治净，先用木瓜酒和清水浸半日，肝肉切丁，同煮。煮后取起，复以菜油涌沸（方不腥），临起锅用豆腐、冬笋、时菜、姜汁、酱油、豆粉作羹。"

中秋时节，桂花飘香，鲃鱼游于太湖木渎一带。鲃鱼贵在肝（苏州人称其为"斑肺"），将斑鱼肝分批成片，加上鳍下无骨之肉，配以火腿与菜心，清煮成汤，汤色清澈如水，红绿掩映中的鱼腩、肝肉洁白如玉。肝酥肉软，入口即化，鲜美绝伦。

费孝通《肺腑之味》中说："鲃鱼原是一种普通的小鱼，身长不过三寸，体形扁圆，背黑肚白，但在乡人口上却说得够神的。其来也无由，其去也无迹，成群结队出现在桂花开时的太湖里，桂花一谢就没有影踪了。有人说这种鱼去了长江，到翌年清明节前后再出现时，被人称作河豚。"

据《太湖鱼类志》记载，"巴鱼""斑屋"是暗纹东方鲀的别称。每年2月下旬至3月上旬，成群的暗纹东方鲀由海入江，4月中下旬至6月下旬在长江中下游的干流及湖泊中产卵，约经10日孵化，幼鱼在江河湖泊中生活，冬季或翌年春季回归近海。

在2010年德国导演John Wate拍摄的纪录片《河豚：一种渴望的味道》中，日本科学家研究发现，河豚本身并不生产毒素，其身体中致命的剧毒来自食物中的有毒物质的积累和转化，淡水养殖的河豚毒性远远小于

石家鲃肺汤

木渎古镇

木渎古镇航拍

石家鲃肺汤

野生河豚。

　　近年江浙一带的市场上，有一种俗称"小巴鱼"的河豚鱼，学名叫暗纹东方鲀一号。商贩称其是人工繁育几代后的新品种，基本没有毒性。2016 年，国家有关部门对河豚"有限解禁"，按照相关规定，养殖加工河豚需国家审核备案，有资质企业加工后才能上市销售，所以即便是人工繁育几代后的品种，也只能销售经过加工的河豚产品，并不允许市场上售卖河豚活鱼及整鱼。

アアア

---

# 苏州的"头脑"

江南的春来得早，清顾禄《清嘉录·正月·春饼》："春前一月，门上已插标供买春饼，居人相馈贶。卖者自署其标曰应时春饼。" 清代时江南春饼用白面为外皮，圆薄平匀，内包菜丝，卷成圆筒形，以油炸成黄脆食之，即现在的"春卷"。现在的春饼与北方相同，白面制饼，与数种生菜同食，称为"咬春"。清潘荣陛《帝京岁时纪胜·正月·春盘》："新春日献辛盘。虽士庶之家，亦必割鸡豚，炊面饼，而杂以生菜、青韭菜、羊角葱，冲和合菜皮，兼生食水红萝卜，名曰咬春。"

春天，苏州人喜欢采撷野菜蔬食的嫩芽、幼苗入馔，江南的居民称之为"头"。荠菜头、马兰头、枸杞头、苜蓿头、豌豆头、小蒜头、芦蒿头、香椿头，等等，唯有一种菊科植物的嫩苗叫菊花脑。在餐桌上野菜的更迭中，人们可以清楚地感知岁时交替、季节流转。

荠菜是十字花科荠属的草本植物，有大叶、细叶两种，以野生的细叶荠菜最为鲜美。周作人《故乡的野菜》中说："荠菜是浙东人春天常吃的野菜，乡间不必说，就是城里只要有后园的人家都可以随时采食，妇女小儿各拿一把剪刀一只'苗篮'，蹲在地上搜寻，是一种有趣味的游戏的工作。"野生的荠菜头是紫红色的，刚有一抹绿意。洗净用开水一烫，立即变成碧绿色。切碎了和猪肉做馅炸春卷，酥脆的表皮包裹着一汪春意，鲜嫩而清香。江南人用荠菜包馄饨，称为菜肉馄饨，也叫作"大馄饨"。

马兰头又名马兰、红梗菜、鸡儿肠、田边菊、紫菊、螃蜞头草等，属菊科马兰属多年生草本植物。马兰头最常见的吃法是凉拌，焯水后切碎和香干丁拌在一起，脆嫩爽口，滋味隽永。木心是乌镇人，其诗作《少年朝食》中提及"马兰头"，其做法就是用切碎的香干拌："清早阳光，照明高墙一角。喜鹊喀喀叫，天井花坛葱茏。丫鬟悄声报用膳，紫檀圆桌四碟端陈。姑苏酱鸭，平湖糟蛋，撕蒸笋，豆干末子拌马兰头，莹白的暖暖香粳米粥。"

枸杞头即茄科枸杞属植物枸杞的嫩芽，汪曾祺在《人间草木》中说："采摘枸杞的嫩头，略焯过，切碎，与香干丁同拌，浇酱油醋香油；或入油锅爆炒，皆极清香。"汪曾祺笔下的枸杞头很有美感："枸杞头带着雨水，女孩子的声音也带着雨水。枸杞头不值什么钱，也从不用秤约，给几个钱，她们就能把整篮子倒给你。女孩子也不把这当作正经买卖，卖一点钱，够打一瓶梳头油就行了。"

苜蓿头就是苏州人俗称的草头、金花菜。苜蓿是豆科苜蓿属植物的通称，紫花苜蓿是作牧草的，被江浙人拿来入馔并亲昵称呼为"草头""秧草"的，是黄花苜蓿的嫩叶。草头最宜清炒，烹入几滴白酒或黄酒，来自田野的清香被酒香激发出来，碧绿柔嫩，入口即化。上海人把它当作红烧大肠的配菜，称之为"草头圈子"，一荤一素，一肥腴一清香，相得益彰。

豌豆头是豌豆的嫩茎叶，又称为"豌豆尖""龙须菜""龙须苗"等。颜色嫩绿，具有豌豆的独特清香，最宜清炒或做汤。

小蒜头并非个头长得小的蒜，其学名即是"小蒜"，又名山蒜、野蒜、夏蒜、荤菜、薤头、薤白等。小蒜的外形、滋味与大蒜相似，但其叶子细长，鳞茎不分瓣略似洋葱，辛辣气更强一些。小蒜古称薤，乐府诗集中有一首古代的挽歌《薤露》："薤上露，何易晞，露晞明朝还落复，人死一去何时归？"

（上）草头蚌肉

（下）香干马兰头

（左）拌枸杞头

（右上）清炒豌豆头

（右下）芦蒿头炒腊肉

苏州的"头脑"

芦蒿头是菊科蒿属植物的嫩茎叶，气味清香，芦蒿又名藜蒿、蒌蒿、水艾、水蒿等。宋代苏轼《惠崇春江晚景》诗云："竹外桃花三两枝，春江水暖鸭先知。蒌蒿满地芦芽短，正是河豚欲上时。"汪曾祺《大淖记事》中说："蒌蒿是生于水边的野草，粗如笔管，有节，生狭长的小叶，初生二寸来高，叫做蒌蒿薹子，加肉炒食极清香。"

"雨前椿头嫩无丝，雨后椿头生木枝"，不同于其他野菜的清淡，香椿的味道浓郁滋润，用紫红的香椿头炒鸡蛋、拌豆腐，唇齿留香。椿芽一旦生发为枝条则风味大减，只能裹上面糊炸"香椿鱼"，蘸椒盐吃。

菊花脑是菊科菊属草本野菊花的近缘植物，有小叶菊花脑和大叶菊花脑两种，以大叶者品质为佳。在江苏南京、苏州地区，当地居民喜在房前屋后栽植菊花脑，春季摘其嫩苗做菜入馔。菊花脑有一种菊科植物特有的芳香，味道清冽，用翠绿的菊花脑做一碗鸡蛋汤，提神醒脑，沁人心脾。

吃罢香椿头和菊花脑，"水八鲜"陆续上市，江南已悄然换了时节。

## 螺蛳·蚬子

在上海枫泾一带，民间有一首《十二月菜肴歌》："正月螺蛳二月蚬，桃花三月甲鱼肥，出洞黄鳝四月底，五月拉司（蛤蟆）吃不厌，暴子弯转（虾）六月红，七夕要吃四腮鲈，八鳗九蟹十鲭鲅，十一十二吃鲫鱼。"江南河鲜，上市最早的便是螺蛳和蚬子。

螺蛳是田螺科环棱螺属全体动物的俗称，最常见的是方形环棱螺，又叫湖螺、石螺、豆田螺、金螺、蜗螺牛、丝螺等。江南水河交错，盛产螺蛳，价格低廉，是平民百姓餐桌上的恩物，高档宴席上则极少见。

螺蛳以青色薄壳螺蛳最好，个头太大则肉老味薄。买回的鲜活螺蛳洗净淤泥青苔，养在清水中，滴几滴菜油使其吐尽泥沙污秽。剪去尾部，清洗后入锅烹炒，只需葱姜，螺蛳在烈火煎炒中沁出少量汤水，加适量料酒和红酱油提味，盖上锅盖焖烧四五分钟，加少许糖收汁，揭开锅盖满室皆香。螺蛳的鲜美介于鱼和肉之间，比鱼醇厚，比肉鲜嫩。江南人吃螺蛳不需牙签，用筷子夹住一只螺蛳，凑到嘴边轻轻一吮，螺肉便轻轻松松地落入口中，这是水乡人自幼练就的绝技。吃完螺蛳，汤汁正好拿来拌饭，清鲜可口，与香甜的白米饭堪称良配。炒螺蛳也可以加大量的花椒、大料、辣椒等香料，加糖收至汤汁浓稠，其味猛烈浓郁，是夏日喝冰啤酒不容错过的下酒菜。

吃螺蛳，最好在清明之前。水乡有谚语曰"清明螺，抵只鹅"，形容春天螺蛳之肥美。螺蛳是卵胎生，清明过后，螺蛳进入繁殖期，螺蛳中多

香葱拌蚬肉

有刚成形的小螺蛳，不堪入口。

螺蛳和田螺同科不同属，螺蛳小、田螺大，故而有"螺蛳壳里做道场"的俗语。田螺味不及螺蛳鲜美，但胜在肥厚。江浙沪地区有一道名菜叫田螺塞肉，把洗净的大田螺在沸水中氽烫一下，用牙签挑出螺肉去掉尾部，和猪肉一起剁碎，加葱姜等调味，重新塞回田螺壳中，然后下锅红烧。螺的鲜、肉的香合二为一，鲜美异常。

蚬子，学名河蚬，又叫黄蚬、蟟仔、沙螺、沙喇、蜊仔等，为帘蛤目蚬科，生活在江河湖泊中。与蚬子外形类似的蛤蜊，属帘蛤目蛤蜊科，生活在浅海中。

水乡人大多看不上蛤蜊，蚬子的鲜已经深入他们的灵魂。蚬子壳有白色、黄色、黑色之分，个头很小，小的如瓜子，大的也不过拇指的指甲盖大小，肉极鲜嫩。明代朱国桢《梅湖棹歌》诗中赞道："梅家荡口蚬子黄，瓜皮罾船七尺长。剪去东园白头韭，蛤蜊乡味胜横塘。"周庄有一片水域以蚬子而名，叫作白蚬江。嘉庆《贞丰拟乘》卷上记载："白蚬江向出白蚬子，味极鲜，今不能多得矣。"

吃蚬子最好是在阴历二月。买回的蚬子也要在清水中养上一两日，换几次水，待其吐尽泥沙才能吃。切两片姜，烧一锅开水，把洗净的蚬子倒进去，转瞬间蚬子就张开贝壳，露出雪白鲜嫩的肉，稍加盐调味即可。蚬子汤非常浓，呈现出牛奶一样浓稠的白色，鲜美无比。

剥去蚬壳的蚬子肉，用碧绿的头刀韭菜来炒，蚬肉细腻鲜嫩、韭菜脆嫩清香，这种清清浅浅的鲜美，以及荤素搭配、白绿相间的饮食美学，只属于二月的江南。

## 鳝哉鳝哉

少年时喜欢读《水浒传》，"大口喝酒，大块吃肉"的江湖气息弥漫我短促的青春期。《水浒传》中的英雄们多出身草莽，饮食也粗糙简单，无非花糕似的肥牛肉、一尺长的大鲤鱼、肥鸡、熟鹅等。第四回"赵员外重修文殊院　鲁智深大闹五台山"："话说鲁智深回到丛林选佛场中禅床上，扑倒头便睡。上下肩两个禅和子推他起来，说道：'使不得！既要出家，如何不学坐禅？'智深道：'洒家自睡，干你甚事！'禅和道：'善哉！'智深裸袖道：'团鱼洒家也吃，甚么鳝哉！'"渭州府（今甘肃平凉）的鲁提辖当然不懂如何吃鳝，但作者施耐庵原籍盐城，生于兴化，卒于淮安，皆是河汊纵横的水乡、食鳝之地。

鳝又叫黄鳝、鳝鱼、罗鳝、蛇鱼、血鳝等，江浙地区称之为长鱼。鳝鱼属于合鳃鱼目，合鳃鱼科，黄鳝属。鳝鱼细长如蛇，全身裸露无鳞，体表有一层黏滑的液体，肤色有青、黄两种，大的可达二三尺长。黄鳝有冬眠的习惯，暮春至小暑前后最为肥美，吴地有"小暑黄鳝赛人参"的说法。鳝鱼吃法多样，可做爆鳝、鳝丝、鳝糊等。

苏州的爆鳝先将活剖的鳝段用沸水氽烫，抹净黏涎再用油炸，先温油后热油，炸至鳝段酥脆，然后回锅焐软烧透，香酥鲜甜，宜酒宜饭，用爆鳝做浇头即是爆鳝面。滑嫩的鳝丝和清鲜的茭白丝同炒，勾芡，撒上蒜末，浇上一勺烧热的麻油，发出毕毕剥剥的爆裂声，就是一道油润不腻、鲜香可口的响油鳝糊。鳝糊的"糊"字不是指菜品的形态，而是说成菜卤汁饱满、油润滑爽，谓之"糊"。陆文夫颇欣赏响油鳝糊的听觉感受，他说："美食是一种艺术，而且是一门综合艺术，它和绘画、雕塑、工艺、文学，甚至和音乐都有关联。比如'响油鳝糊''虾仁锅巴'，食前都会发出响声，这响声是音乐，是一种引起食欲、振奋精神、增添兴味的音乐。"

以前苏式的白汤大面，面汤多用鳝鱼骨、猪骨、母鸡等精心熬制，汤色乳白，醇香味美，现在越来越难吃到了。

在无锡，鳝鱼最有名的吃法叫作梁溪脆鳝。梁溪，是无锡境内的一条重要河流，其源出于惠山，北接运河，南入太湖，后来成为无锡的代称。元代《无锡志》中记载："古溪极狭，南北朝时梁大同（535—546年）重浚，故号梁溪，南北长三十里。"也有东汉时著名文人梁鸿偕其妻孟光曾隐居于此的传说，故而得名。梁溪脆鳝相传始创于清同治年间，至民国初年已是当地名馔。梁溪脆鳝由鳝丝经两次油炸而成，色泽酱褐乌亮，口味甜中带咸，松脆酥香，酸甜适口。

扬州人也喜欢吃鳝鱼面。清代李斗《扬州画舫录》卷十一："城内食肆多附于面馆。面有大连、中碗、重二之分。冬用满汤，谓之'大连'；夏用半汤，谓之'过桥'。面有'浇头'，以长鱼、鸡、猪为'三鲜'。大东门有如意馆、席珍；小东门有玉麟、桥园；西门有方鲜、林店；缺口门有杏楼春；三祝庵有黄毛；教场有常楼：皆此类也。"所谓"浇头"，即是浇淋在面上的菜肴，扬州话念作"高头"。晚清时周生在《扬州梦》中写扬州的面馆："'高头'有鸡皮、鸡翅、杂碎、鳗鱼（黄鳝）、河鲀、鲨鱼、金腿、螃蟹，各取所好。"

在扬州宝应，有一种长鱼面远近闻名。先将鳝鱼去骨后放入油锅内炸至金黄酥透，然后加葱姜末、青红椒爆炒，加汤焐透作为浇头，香酥鲜甜而不腥；剔下的鱼骨加配料熬汤，经过五六个小时的大火煨煮，鱼骨中的骨胶原和鲜味都融在了汤里，汤色乳白，浓稠粘唇；煮好的银丝面装碗浇上鱼汤，撒上碧绿的韭菜和胡椒粉提鲜，和单独盛装的鳝鱼肉一起上桌。鱼汤浓香而面条清爽，筷子拨动面条如船桨划开波光粼粼的湖水。吃过几口清鲜的面条，把小碗中的鳝鱼肉拨入面碗中，这种吃法称之为"过桥"，面条清爽，鳝鱼酥香。

运河沿岸乃至整个中国，最善于烹制鳝鱼的地方当数淮安。淮安宴乐楼在清末年间就以全鳝席著称，清末民初徐珂《清稗类钞·饮食类》记载："同、光间，淮安多名庖，治鳝尤有名，胜于扬州之厨人，且能以全席之肴，皆以鳝鱼为之，多者可致数十品。盘也、碗也、碟也，所盛皆鳝也。而味不同，谓之全鳝席。号称一百有八者。" 全鳝席即今天的长鱼宴，包括八大碗、八小碗、十六碟、四点心等，宴席中的一应饭菜都以鳝鱼为主要原料，其菜馔有"软、绵、嫩、细、滑"等特点，一鱼百吃，百菜百味。鳝鱼经分割加工后，不同部位皆有名目别称，比如，鳝鱼尾部的净肉称作"虎尾"，腹下部位叫作"脐门"，鳝背称为"软兜"，受热弯曲成弧形的鳝段叫作"马鞍桥"，如此等等。常见的长鱼宴中三十六道菜品，分四次上菜，依次为：龙凤呈祥、米粉鱼、一声雷、铃铛鱼、炝虎尾、白炒长鱼片、炸脆长鱼、月宫长鱼、长鱼酥合；叉烧长鱼方、烩长鱼圆、烩状元、锅贴鱼、炝胡椒鱼、软兜长鱼、子盖长鱼、长鱼烧卖；乌龙抱蛋、高丽长鱼、银丝长鱼、长鱼羹、炝斑肠、蝴蝶片、长鱼千、长鱼圆、长鱼三翻饼；杂素鱼、大烧马鞍桥、龙凤余、桂花长鱼、熘长鱼、二龙抢珠、炒长鱼丝、长鱼吐丝、银丝炒面。

长鱼宴的出现，一方面出于淮安人对鳝鱼的热爱，另一方面与明清时期淮安 500 年的漕运历史相关。明清时期在淮安驻守运河的河道官员、南北往来的盐商奢侈成风，沿河八十里多为酒肆饭馆，逐渐成就了淮安精研

软兜长鱼

厨艺、崇尚美食的风气。清末薛福成《庸庵笔记》中说："维时南河河道总督驻扎清江浦，道员及厅汛各官，环峙而居，物力丰厚，每岁经费银数百万两，实用之工程者，十不及一，其余以供文武员弁之挥霍，大小衙门之酬应，过客游士之余润。凡饮食衣服车马玩好之类，莫不斗奇竞巧，务极奢侈。……食品既繁，虽历三昼夜之长，而一席之宴不能毕。"

## 常州麻糕

常州人把烧饼叫作麻糕，外地人初到常州往往摸不着头脑。古人对食品名称的用词十分讲究，"糕"主要指米粉食品，"饼"才是面食的通称，所以如果在古代麻糕应称为"饼"。清代常州名士洪亮吉《里中十二月词》中有"汪三汤饼倪婆糕"之句，作者自注："葛仙桥汪三制饼旧有名。"不知后来为何"饼"在常州竟变成了"糕"。

常州大麻糕始创于清咸丰年间，由仁育桥畔的长乐茶社王长生师傅首制，距今已有160余年历史。制作大麻糕的原料以面粉和芝麻为主，用发酵面团包裹油酥，反复擀扁卷起，包馅烘烤。麻糕有咸甜之分，甜麻糕是白糖馅，咸麻糕是葱末猪油馅，还有一种咸甜口的椒盐馅。烘好的麻糕中间膨胀成空心状，层次分明，颜色金黄，咬一口松软香脆，香气四溢。

唐鲁孙在《常州大麻糕·豆炙饼》一文中说："我一吃到常州大麻糕，就想起北平的吊炉烧饼来了，两者都是香而不腻，夹肉食固佳，夹蔬菜更妙。常州各式面点都细巧精致，后来虽然烙成蟹壳黄大小样式，其实最原始是半个鞋底大弓，笨里笨气，所以才叫大麻糕。常州大麻糕以惠民楼做的最负盛名，每天清晨、下午，人们总是围着烘炉等新出炉的大麻糕当早点或下午茶吃。我每次到常州公干，带三五十只回上海总是一抢而空。先慈最喜欢用雪里红炒黄豆芽夹大麻糕吃，认为是绝味，所以我每次去总要买些带回上海。"

唐鲁孙先生说大麻糕"笨里笨气"，其实最初的时候大麻糕也秀气过，清末时期一块麻糕三个铜板，味美价廉，为边走边吃的纤夫、轿夫、脚夫等劳动者所喜。体力劳动者多食量宏巨，需吃三块麻糕才能吃饱，因携带不便，所以央求店家将三块麻糕的原料制成一块大麻糕，售价依然是九个铜板。后来这种大麻糕的形制成了常州大麻糕的规范。

大麻糕最好是吃刚出炉的。麻糕表面沾满的白芝麻被烘成金黄色，香气浓郁。咬下一口，酥脆的饼皮纷纷碎裂，散发出一种迷人的焦香，内里则松软香甜。冷掉的大麻糕风味大减，虽用烤箱、微波炉重新加温仍不及，所以不宜携带飨远。

一块大麻糕，搭配一碗鸡油鸭血豆腐汤，这是数代常州人最钟情的早餐。

与大麻糕相对应，常州还有一种小麻糕。

小麻糕的面皮用洁白软韧的水面团和菜籽油制的油酥面团，层层包裹，反复擀开叠起，最后包入馅心，置于烘炉中烤熟。小麻糕常见的馅心有荠菜、葱油、白糖、豆沙等四种。刚烤好的小麻糕颜色金黄、形似蟹壳，咬一口层层剥落，入口酥松香脆、油而不腻，其味隽永。

上海人把小麻糕叫作"蟹壳黄"，可能因为其颜色金红如蒸熟的螃蟹，也可能因为小麻糕烘烤得通透松脆，一如蟹壳，或者二者兼具吧。

# 扬州老鹅

淮左名都，竹西佳处，扬州因河而兴、因商而盛，扬州的气韵也带着浓浓的烟火气。扬州历来不乏精食美馔，既有春笋、仔姜、鲜鱼、紫蟹之类大自然的馈赠，又有狮子头、大煮干丝、文思豆腐、灌汤包子等神乎其技的极致追求，冶清淡和醇厚于一炉，融风雅与世俗为一体，突出本味之鲜香，自成一派。

扬州盐水鹅，扬州人亲切地称之为"老鹅"，是扬州菜中不可或缺的一道历史名菜。鹅之于扬州，正如鸭之于北京、南京。据2017年不完全统计，扬州城中卖老鹅的摊点有2100多处，每年销售盐水鹅达2000万只。

依据原扬州市质监局所制定的《扬州盐水鹅地方标准》，制作盐水鹅应选用五斤左右的扬州鹅，在用阉鸡和葱、姜、八角、花椒、桂皮、丁香、小茴、砂仁、豆蔻等香料熬制的老汤中卤制，大火烧开，撇去浮沫，用微火烧六七十分钟至鹅肉烂熟为度。具体操作起来，不同的店家又有擦盐、抠卤、复卤、烫皮、烘干、卤煮等多道工序，以保证老鹅的特色风味。

在扬州，卖老鹅的摊点遍地皆是。上午十点、下午五点准时出摊，顾客也按时购买，俨然已成为扬州特有的生物钟。扬州老鹅体形硕大，故而分割出售，前胛、后腿、头颈、爪翅、血肠、胗肝等，依客人喜好任意挑选，摊主称好，麻利地剁成小块装盘，加少许金黄的鹅油，浇上一勺浓浓的卤汁，就是一道佐酒下饭的好菜。盐水鹅外表淡黄色，饱满挺拔，从视觉上就可

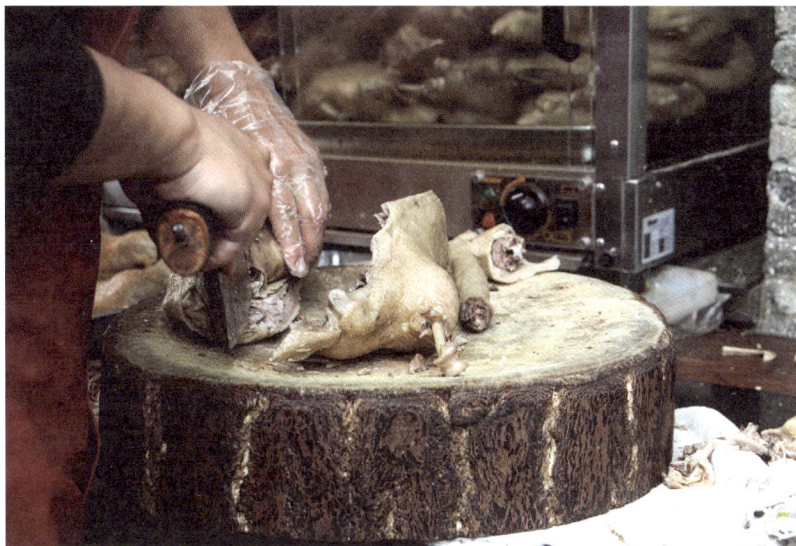

扬州老鹅

以感受其肥美腴润，其味道咸鲜适中，清香醇厚，软烂酥嫩，肥而不腻。

扬州盐水鹅的历史并没有确切记载，简单的盐水加香料卤制本是家禽最平常的吃法，竟被扬州人吃出了学问。

隋唐时期，扬州人就有养鹅食鹅的习惯。唐代姚合《扬州春词》："江北烟光里，淮南胜事多。市鄽持烛入，邻里漾船过。有地惟栽竹，无家不养鹅。春风荡城郭，满耳是笙歌。"

少年时读《红楼梦》，不耐细读大观园里哥儿姑娘们吟诗作词，专看吃喝宴饮的片段。《红楼梦》中的饮食是唯美主义的，第六十二回"憨湘云醉眠芍药茵　呆香菱情解石榴裙"中有一段："只见柳家的果遣了人送了一个盒子来，小燕接着揭开，里面是一碗虾丸鸡皮汤，又是一碗酒酿清蒸鸭子，一碟腌的胭脂鹅脯，还有一碟四个奶油松瓤卷酥，并一大碗热腾腾碧荧荧蒸的绿畦香稻粳米饭。"胭脂红色的鹅脯肉和碧荧荧的粳米饭是我对饮食之"美色"最早的启蒙。曹雪芹笔下的胭脂鹅可能源自元代韩奕《易牙遗意》中的杏花鹅，云："鹅一只，不碎，先以盐腌过，置汤锣内蒸熟，以鸭弹三五枚撒在内，候熟，杏腻浇供，名杏花鹅。"

清代袁枚《随园食单》中所记"云林鹅"："《倪云林集》中载制鹅法：整鹅一只，洗净后，用盐三钱擦其腹内，塞葱一帚填实其中，外将蜜拌酒通身满涂之。锅中一大碗酒、一大碗水蒸之，用竹箸架之，不使鹅近水。灶内用山茅二束，缓缓烧尽为度。俟锅盖冷后，揭开锅盖，将鹅翻身，仍将锅盖封好蒸之。再用茅柴一束，烧尽为度。柴俟其自尽，不可挑拨锅盖。用绵纸糊封，遇燥裂缝，以水润之。起锅时，不但鹅烂如泥，汤亦鲜美。以此法制鸭，味美亦同。每茅柴一束，重一斤八两。擦盐时，掺入葱椒末子，以酒和匀。《云林集》中载食品甚多，只此一法试之颇效，余俱附会。"

倪云林，即倪瓒，元末明初山水画家、诗人，与黄公望、王蒙、吴镇合称"元四家"，著有食谱《云林堂饮食制度集》。

清嘉庆年间顾仲所著《养小录》中有一道"封鹅"："治净。内外抹香油一层。用茴香、大料及葱实腹，外用长葱裹紧。入锡锅，盖住。入锅，上覆火盆。重汤煮，以箸插入，透底为度。鹅入罐通不用汁，自然上升之气味凝重而美。吃时再加糟油、酱油、醋。"

古人用"䳕䳕"的鹅鸣声借指鹅。清代李渔在《闲情偶寄》中说："䳕䳕之肉无他长，取其肥且甘而已矣。肥始能甘，不肥则同嚼蜡。"诚哉斯言，肥美正是扬州老鹅的特色。

## 糖蟹 · 糟蟹

隋炀帝以蟹为食品第一。北宋陶谷《清异录》记载："炀帝幸江都，吴中贡糟蟹、糖蟹。每进御，则上旋洁拭壳面，以金镂龙凤花云贴其上。"《太平御览》中也有一则引自《大业拾遗记》的轶事："吴郡又献蜜蟹三千头，作如糖蟹法。蜜拥剑四瓮。拥剑似蟹而小，二螯偏大。《吴郡赋》所谓'乌贼拥剑'是也。"

食蟹而加糖，想来就觉得怪异。梁实秋在《蟹》一文中说："《梦溪笔谈》：'大业中，吴中贡蜜蟹二千头。……又何胤嗜糖蟹。大抵南人嗜咸，北人嗜甘，鱼蟹加糖蜜，盖便于北俗也。'如今北人没有这种风俗，至少我没有吃过甜螃蟹，我只吃过南人的醉蟹，真咸！螃蟹蘸姜醋，是标准的吃法，常有人在醋里加糖，变成酸甜的味道，怪！"

糖蟹、蜜蟹流传于南北朝至隋唐时期，之后就没有这种吃法了。无论北宋的沈括还是南宋的陆游，都没有亲口尝过糖蟹，其考据多来自古籍或传言。陆游在《老学庵笔记》中说："闻人茂德言：沙糖中国本无之，唐太宗时外国贡至，问其使人：'此乃何物？'云：'以甘蔗汁煎成。'用其法煎成，与外国者等。自此中国方有沙糖，唐以前书传，凡言及'糖'者皆'糟'耳，如糖蟹、糖姜皆是。"

以"古无沙糖"来推及"糖即是糟"失之偏颇，毕竟中国在先秦时代就有饴、饧、餦餭、石蜜等其他形式的糖了。《楚辞·招魂》中即有"粔粔蜜饵，有饧餭些"的诗句。根据古代的食谱类书判断，糖蟹可能与糟蟹、醉蟹类似，是"腌蟹"的一种，其配料中含糖，但并非仅用糖，腌渍得甜如蜜饯一般。

北魏贾思勰《齐民要术》中有"藏蟹法"："九月内，取母蟹，母蟹脐大圆，竟腹下；公蟹狭而长。得则着水中，勿令伤损及死者。一宿则腹中净。久则吐黄，吐黄则不好。先煮薄糖，糖，薄饧。着活蟹于冰糖瓮中一宿。着蓼汤，和白盐，特须极咸。待冷，瓮盛半汁，取糖中蟹内着盐蓼汁中，便死，蓼宜少着，蓼多则烂。泥封。二十日，出之，举蟹脐，着姜末，还复脐如初。内着坩瓮中，百个各一器，以前盐蓼汁浇之，令没。密封，勿令漏气，便成矣。特忌风里，风则坏而不美也。又法：直煮盐蓼汤，瓮盛，诣河所，得蟹则盐汁，满便泥封。虽不及前味，亦好。慎风如前法。食时下姜末调黄，盏盛姜酢。"

隋唐之后，仅余糟蟹、醉蟹流传于世。"糟"与"醉"相似，调料都源于黄酒，故有"糟醉一家"的说法。黄酒加酒糟浸出的糟卤，腌渍后酒香沁入食物内部，提出食材本身的鲜美，糟香浓郁，回味悠长。在江南，可糟之物五花八门，有糟鸡、糟鸭、糟鹅、糟肚、糟鱼、糟蟹甚至糟毛豆，等等，可谓"入口之物，皆可糟之"。

陆游有一首《糟蟹》诗："旧交髯簿久相忘，公子相从独味长。醉死糟丘终不悔，看来端的是无肠。"他的老师曾几也对糟蟹很有感情，赋诗一首曰："风味端宜配曲生，无肠公子藉糟成。可怜不作空虚腹，尚想能为郭索行。张翰莼鲈休发兴，洞庭虾蟹可忘情。君看醉死真奇事，不受人间五鼎烹。"

元代《居家必用事类全集》中记有"糟蟹"的做法："歌括云：三十

（左）蟹酿橙
（右）糟蟹

团脐不用尖（水洗、控干、布拭），糟盐十二五斤鲜（糟五斤、盐十二两），好醋半斤并半酒（拌匀糟内），可餐七日到明年（七日熟，留明年）。"

糟蟹做起来很简单，把螃蟹清洗干净，放在开口的酒瓮瓷坛等容器中，用当年的酒糟、适量的盐和花椒、八角、香叶等香料，一层螃蟹一层糟，装满坛子酝酿半个月左右即可。糟好的螃蟹，蟹黄油亮中带出些许橙红，蟹肉洁白如玉，柔腻如脂，鲜美绝伦。

初识糟蟹，也许会不大习惯它的咸和独特的糟香。只需一小碟糟蟹，和一碗白粥，在十月的江南消磨一段辰光，不知不觉就迷上了那种醉人的香。

## 豆腐·干丝·茶干

汪曾祺在他《随遇而安》一文中写道:"金圣叹给儿子的信中说:'字谕大儿知悉。花生米与豆腐干通嚼,有火腿滋味。'"查阅《清稗类钞》,发现另一种说法:"金人瑞以哭庙案被诛,当弃市之日,作家书托狱卒寄妻子,狱卒疑有谤语,呈之官。官启缄视之,则见其上书曰:'字付大儿看,盐菜与黄豆同吃,大有胡桃滋味,此法一传,我无遗憾矣。'官吏看完大笑曰:'金先生死且侮人。'"

1935年,无产阶级革命的先驱、江苏常州人瞿秋白在其绝命书《多余的话》中说:"中国的豆腐也是很好吃的东西,世界第一。"中国的豆腐有南北之分,北豆腐以卤水为凝固剂,又称卤水豆腐,质地略坚实,不及南豆腐细滑。南豆腐又称石膏豆腐,其成型剂是石膏,质地软嫩细腻。

清代甘泉(今扬州仪征)人林苏门《邗江三百吟》中就有石膏豆腐:"莫将菽乳等闲尝,一片冰心六月凉。不曰坚乎惟曰白,胜他什锦佐羹汤。"题注说:"豆腐,天下通行也。扬城夏日,另有一种豆腐分外洁白,加倍细腻。问其故:水浸黄豆入磨,先已加工;及入锅浆沸之时,寻常用盐卤少许点成豆腐,此则重用石膏点而成之,故名曰'石膏豆腐'。"

扬剧中有一出"浪子回头"的生活戏叫作《王樵楼磨豆腐》,开场王樵楼的唱词便是:"在下姓王叫王樵楼,一生全靠两只手,三代都做浆水行,磨豆腐、挑水、推磨、烧浆、点卤样样都能揪。"

扬州人爱吃豆腐，常见的文思豆腐、大煮干丝、烫干丝、腐皮包子、豆腐卷子、素烧鸭、拉丝豆腐、汪豆腐、红烧豆腐、鱼头豆腐、朱砂豆腐、蒜泥拌豆腐、茼蒿豆腐汤、炸臭豆腐、冻豆腐、蟹黄豆腐羹等都是以豆腐或豆制品为原料。清代扬州盐商童岳荐编撰的《调鼎集》中收录的"豆腐菜"就有五六十种之多。

文思豆腐，传说为清乾隆年间天宁寺僧人文思所创。李斗《扬州画舫录》中记载："文思字熙甫，工诗，善识人，有鉴虚、惠明之风，一时乡贤寓公皆与之友。又善为豆腐羹、甜浆粥，至今效其法者，谓之文思豆腐。"文思豆腐先将豆腐削去老皮，切成细丝，用沸水焯去豆腥味，再与香菇丝、冬笋丝、熟鸡脯丝、熟火腿丝、生菜丝等在鸡汤中烩煮而成。刀工精细，食材皆如丝如缕；入口软嫩滑爽，清鲜隽永。

烫干丝是江苏省中部地区常见的一种小吃，扬州、泰州、南京、镇江、淮安一带皆有之，它不是菜，而是喝茶时的点心。其原料为黄豆加工而成大白干，豆腐干先片成薄片，再切成细丝。汪曾祺《干丝》一文中说："讲究一块豆腐干要片十六片，切丝细如马尾，一根不断。"切好的干丝反复洗烫，去尽豆腥味，浇上精制卤汁及芝麻油，佐以姜丝、虾米。色泽素净，软嫩鲜香。

汪曾祺还说："煮干丝不知起于何时，用小虾米吊汤，投干丝入锅，下火腿丝、鸡丝，煮至入味，即可上桌。不嫌夺味，亦可加冬菇丝。有冬笋的季节，可加冬笋丝。总之，烫干丝味要清纯，煮干丝则不妨浓厚。"

汪曾祺是高邮人，现在高邮是扬州代管的两个县级市之一。高邮有好吃的茶干，现在以高邮与宝应两县交界之处的界首镇所产"陈西楼"五香茶干最为著名，相传创制于清顺治年间。

烫干丝

    汪曾祺对故乡的茶干念念不忘，他曾写过一篇文章《茶干》："茶干是连万顺特制的一种豆腐干。豆腐出净渣，装在一个一个小蒲包里，包口扎紧，入锅，码好，投料，加上好抽油，上面用石头压实，文火煨煮。要煮很长时间。煮得了，再一块一块从麻包里倒出来。这种茶干是圆形的，周围较厚，中间较薄，周身有蒲包压出来的细纹，每一块当中还带着三个字：'连万顺'，——在扎包时每一包里都放进一个小小的长方形的木牌，木牌上刻着字，木牌压在豆腐干上，字就出来了。这种茶干外皮是深紫黑色的，掰开了，里面是浅褐色的。很结实，嚼起来很有咬劲，越嚼越香，是佐茶的妙品，所以叫做'茶干'。"

# 淮白鱼

白鱼，是鲤科鲌亚科鱼类的统称，古称鲌、鲦、鳟等，以其通体银白而得名。白鱼的头尾微微上翘，民间形象地叫它"翘嘴白"。白鱼在我国分布很广，长江干流从金沙江到河口，黑龙江、黄河、辽河等干支流及附属湖泊均有分布。

北魏贾思勰《齐民要术》中有"酿炙白鱼法"，所用白鱼产地不详："白鱼长二尺，净治，勿破腹。洗之竟，破背，以盐之。取肥子鸭一头，洗治，去骨，细锉；酢一升，瓜菹五合，鱼酱汁三合，姜、橘各一合，葱二合，豉汁一合，和，炙之令熟。合取从背入着腹中，串之如常炙鱼法，微火炙半熟，复以少苦酒杂鱼酱、豉汁，更刷鱼上，便成。"

淮白鱼，顾名思义即淮水所产之白鱼。《大业杂记》云："隋大业六年（610年），吴郡采白鱼种子贡入洛京，敕付西苑内海中以万把别迁，着水十数日即生小鱼。……故洛苑有白鱼。"五代和宋朝楚州（今淮安）一带进贡白鱼，名重一时，谓之"淮白鱼"，遂声名远播。

梅尧臣是淮白鱼的忠实拥趸。他在《杨公懿得颍人惠糟粕分饷并遗杨叔恬》诗中说："头尾接清淮，淮鱼日登网。吴莼苦羹美，楚糟增味爽。云谁得嘉贶，曾靡独为享。乃知不忘义，分遗及吾党。"一首诗不足以表达梅尧臣对白鱼的喜爱之情，于是又写了一首《和杨秘校得糟粕》曰："食鱼何必食河鲂，自有诗人比兴长。淮浦霜鳞更腴美，谁怜按酒敌庖羊。"宋代知名老饕苏东坡也曾在写下"三年京国厌藜蒿，长美淮鱼压楚糟。今日骆驼桥下泊，恣看修网出银刀"的诗句（《赠孙莘老七绝》）。郑獬《冬日示杨季若梁天机》诗中说："颍侯恰寄玉泉酿，乳花甘滑琉璃清。红糟淮白复脆美，佐之绿菘作吴羹。纵谈往旧杂嘲戏，大笑觞倒金酒觥。"

白鱼味美，可惜离水即死，不耐保存，所以渔家常用盐腌渍保存。善于烹制鱼鲜的淮北人把白鱼用香糟、绍酒、盐加以腌渍，先煎再焖，糟香入味，鱼肉粉红，食之咸香，鲜味更胜，鲜香滑嫩。

清代袁枚《随园食单》中说："白鱼肉最细。用糟鲥鱼同蒸之，最佳。或冬日微腌，加酒酿糟二日，亦佳。余在江中得网起活者，用酒蒸食，美不可言。糟之最佳，不可太久，久则肉木矣。"

白鱼鲜味十足，最宜清蒸。在鱼身上剞上几刀，抹上细盐，铺上火腿片、香菇片、大虾米，浇上绍酒、白糖，摆上葱姜去蒸；简单一点，只切几片葱姜足矣。蒸好的白鱼油润鲜嫩，因为刺多，需用筷子小心地夹取鱼肉，每次夹取的鱼肉只有一小块，刚刚可以感受到它的鲜嫩在舌尖一抿便不见了，所以嘴巴一直处于一种不满足的索求状态，愈吃愈香。

南宋诗人杨万里便是主张原味的，《初食淮白鱼》："淮白须将淮水煮，江南水煮正相违。霜吹柳叶落都尽，鱼吃雪花方解肥。醉卧糟丘名不恶，下来盐豉味全非。饕人且莫供羊酪，更买银刀三尺围。"自注："淮人云白鱼食雪乃肥。"杨万里对白鱼的痴迷也是一绝，在没有白鱼陪伴的日子里度日如年，《晚晴独酌》诗中叹曰："冷落杯盘下箸稀，今年淮白较来迟。异乡黄雀真无价，稍暖琼酥不得时。"

# 盱眙龙虾

现在的京杭大运河不流经盱眙，隋唐时期的大运河通济渠与淮河交汇于盱眙，然后沿淮河到山阳县（今淮安楚州），通邗沟，入长江，故盱眙为隋唐宋时期漕运中枢和南北交通要道。

春秋时，盱眙名"善道"，属吴国。秦统一中国后，推行郡县制，盱眙建县，县治设在山上，登临其上，可以远眺，故取"张目为盱，直视为眙"，即高瞻远瞩之意命名。隋大业初，隋炀帝在盱眙置离宫——都梁宫后，盱眙别称"都梁"。

都梁宫，《读史方舆纪要》记载："周回二里，在盱眙县西南十六里。大业元年炀帝立名，宫在都梁，东据林麓，西枕长淮，南望岩峰，北瞰城郭。其中宫殿三重，长廊周回。院之西又有七眼泉，涌合为一，流于东泉上，作流杯殿。又于宫西南淮侧造钓鱼台，临淮，高峰别造四望殿，其侧有曲河，以安龙舟大舸，枕向淮湄，萦带宫殿。隋开皇六年，炀帝在此避暑。至大业十年，为孟让贼于此置营，遂废。"现在的都梁宫遗址只剩下几块历经千年的大石头，矗立在山坡静看风雨。都梁宫中的七眼清泉现被开挖成一面水塘，长年不枯，其他的都已湮没在岁月的河流中。

到盱眙，不为到都梁宫访古，只为品尝盱眙小龙虾。

在小龙虾于中国落地生根繁衍生息的最初50多年中，中国南方的居民把这一外来物种蒸而蘸姜醋食之，吃法与螃蟹类似。20世纪80年代，在江汉油田的所在地湖北潜江，来自四面八方的油田人尝试着用家乡的各种烹制方法处理这种肉质鲜美的节肢动物，最受欢迎的是一种用花椒、辣椒、菜籽油焖制的麻辣味小龙虾，香辣鲜美，被命名为"潜江油焖大虾"，迅速从南向北蔓延，口味在传播过程中不断改良变化，红遍神州。21世纪初，麻辣小龙虾在北京簋街火得一塌糊涂，北京人亲切地称之为"麻小儿"。

2001年开始，每年夏天盱眙都会举办小龙虾节，小龙虾不再只是淮安人餐桌上日常的平常食物，其已迅速发展成为当地的文化符号、经济支柱产业之一。

小龙虾对水质的要求不高，在南方，凡是有水处小龙虾皆能生长。盱眙县位于淮河下游，河汊纵横，湖泊棋布，洪泽湖、天泉湖、龙泉湖、金陵湖、猫耳湖、天鹅湖等湖泊，清澈而少污染，水质属中富营养型，湖水滋养的苦草、轮叶黑藻、伊乐藻、菹草等100多种水草为小龙虾提供了丰富的天然饵料资源，于是盱眙成了出产上品龙虾的基地，2020年年产龙虾8万吨之多。

在盱眙，小龙虾最经典的吃法是手抓十三香龙虾。"十三香"不是确数，而是泛指中餐里常用的几十种香料，包括但不局限于花椒、八角、茴香、桂皮、白芷、丁香、草果、良姜、三奈、香叶、砂仁、排香、孜然、白蔻、肉蔻等。这些香料大多是中草药，药理物性不同，有的添香祛腥、有的调理肠胃，每家店的"十三香"都有不同的配比，是龙虾店的不传之秘。

葱、姜、蒜等先在烧热的菜籽油里爆香，加入花椒、辣椒粉、十三香调料和健壮鲜活的盱眙龙虾煸炒，继而加高汤焖烧至龙虾入味、汤汁将干为止。红彤彤的一盆龙虾，麻辣的香气扑鼻，表层麻辣酥香，洁白如玉的虾肉肥嫩鲜甜，丰腴的虾膏虾黄软嫩肥美。丰富的各色香料主次分明，麻香、辣香浑然一体，汤汁的浓香不掩盖虾本身的鲜香，让人欲罢不能。

从广义上讲，十三香龙虾也是一种麻辣小龙虾。麻辣小龙虾的兴起，标志着中国人的饮食口味从清淡到麻辣的一个转折，麻木的味蕾都在感受辣椒的灼烧，我以为这是一种全民现象。

然而在小龙虾的产地，麻辣小龙虾并非一统天下。吃惯麻辣的盱眙人同样欣赏清水龙虾，这在遥远的北方都市是一种奢望。广阔的湖泊水面为盱眙小龙虾提供了"诗意"的栖息环境，从湖边到餐桌边只在片刻之间。几粒花椒、几片姜和一撮盐巴撒在清水中，便勾出小龙虾最鲜美的一面，饱满、脆甜，小龙虾本来的味道。

小龙虾学名克氏原螯虾（Procambarus clarkii），属甲壳纲、软甲亚纲、十足目、蝲科。克氏原螯虾原产地是墨西哥北部和美国南部，1918 年由美国引入日本，1929 年由日本传到中国。

在小龙虾最繁盛的美国路易斯安那州，杂居了法国人、意大利人、墨西哥人、印第安人、非洲人等的后裔，饮食文化非常多元化。喜欢香料的法国人和意大利人、爱吃辣的墨西哥人共同在餐桌上创造了该地区特有的卡琼风味，卡琼调味品由多种香料混合而成，香气浓郁而辛辣。当地人把小龙虾和玉米、洋葱、土豆在一个大锅里一起煮，配上柠檬和卡琼风味调料，煮好往铺着报纸的桌上一倒，肆意豪迈，吃起来不输中国人。

## 灵璧麻糊汤

"汴水流，泗水流，流到瓜洲古渡头。吴山点点愁。思悠悠，恨悠悠，恨到归时方始休。明月人倚楼。"

通济渠，又称汴水、汴渠、汴河。古汴水发源于河南荥阳大周山洛口，经中牟北五里的官渡，从"利泽水门"和"大通水门"流入开封里城，横贯今之后河街、州桥街、袁宅街、胭脂河街一带，折而东南经"上善水门"流出外城。过陈留（开封）、杞县东流汇入泗水，至江苏盱眙入淮河。

金灭北宋以后，汴河失去漕运价值，任其淤塞。灵璧以东尚能行水，宿州以上河床成陆行大道，维持五百多年的中原水运动脉终于埋没。追溯隋唐大运河的饮食文化，我从盱眙开始，沿着通济渠故道，从淮河、泗水、汴水开始，一路向西，走进被历史泥沙湮没的隋唐大运河。

灵璧，别称霸王城、石都，境内山川灵秀，有石如璧，故名"灵璧"。宋元祐元年（1086 年）置零璧县，属宿州，建炎后没于金。元初复立灵璧县，属宿州；至元四年（1267 年）改属泗州；至元十七年（1280 年）复属宿州，沿袭至今。

灵璧有一种民间小吃，叫作麻糊汤。麻糊汤有咸、淡两种，制法相同但原料不同，色泽一个乳白、一个褐黄，口味有别，是灵璧人早餐时最常见的美味。

传统的咸麻糊以大米为主要原料，浸泡后在石磨上磨成米浆。葱、姜在油锅中煸出香味，加水烧开，倒入磨好的米浆，再加入切好的豆皮、面

（左）咸麻糊
　　（图源_微信公众号 @ 吃喝玩乐在阜阳）

（右）淡麻糊

筋、炸豆泡、花生米、黑芝麻等熬煮，出锅前加盐调味。初识咸麻糊，我误以为这一碗浓汤是豫北、鲁南地区的胡辣汤，然而它并不辣，唯有咸鲜，麻糊中的米浆比胡辣汤中的面浆更浓稠细腻。它的滋味类似临清的豆沫，但配料更丰富，切成细丝的豆皮和海带柔韧可咬，而临清豆沫的原料只是小米和粉条。

　　淡麻糊以小米、黄豆为原料，浸泡后磨成浆。烧开一锅水，倒入磨好的米豆浆，熬煮成滑润浓稠的汤羹，装碗时撒上一层薄薄的白芝麻盐，加上少许熟黄豆和腌渍的青菜。青菜冬夏有别，冬天放嫩绿的芹菜，夏天放碧绿的豆角。淡麻糊细腻滑润，香甜清淡，亳州人称之为"甜麻糊"，这一名称与济南的"甜沫"殊途同归。早晨一碗麻糊，两根油条，热热乎乎地吃下去，周身通泰，不亦乐乎。

麻糊汤在豫东皖北地区流传甚广，以河南省周口，安徽省亳州、阜阳、宿州最为盛行。

在河南周口市鹿邑县，麻糊称作"妈糊"，传说因其色白如乳，滑润如脂，香甜爽口，不亚于乳汁，故而得名。过去在生活贫困的农村，麻糊曾是幼儿的辅食，很多孩子是吃麻糊长大的，如此一说，称之为"妈糊"恰如其分。

过去在鹿邑，人们还习惯称麻糊为"妈糊子"，即俗语中的"麻胡子"，据说与隋朝开挖汴渠运河的酷吏麻叔谋颇有渊源。

麻叔谋，是民间传说中的人物，其名不见于正史，传说是隋炀帝时期的开河督都护，负责督造大运河，但因吃人而臭名昭著。唐代颜师古《大业拾遗记》有麻叔谋的记载："大业十二年，炀帝将幸江都，……车驾既行，师徒百万前驱。大桥未就，则命云屯将军麻叔谋潴黄河入汴堤，使胜巨舰。叔谋御命甚酷，以铁脚木鹅试彼浅深。鹅止，谓潴河之夫不忠，队伍死冰下。至今儿啼闻人言麻胡来，即止。其讹言畏人皆若是。"

因为痛恨，恨不能生啖其肉，人们便把食物以仇敌的名字命名，大吃以解心中不平。憎恨出美食，不外如是。类似的典故还有杭州的油炸桧、临清的炸马堂。

# 符离集烧鸡

宿州，简称"蕲"，别称蕲城、宿城。小山口遗址、古台寺遗址留下了多年前先民在此活动的足迹；五千多年前，徐、淮等夷人部落在这里繁衍生息；周朝时期始建蕲邑；秦时设四川郡（因郡内有淮河、沂水、濉水、泗水四条河流而得名），郡治设在今宿州境内。隋朝大业年间（605年），隋炀帝杨广"发河南淮北诸郡民，前后百余万，开通济渠"。通济渠西起洛阳、开封，向东南延伸经过宿州，东下灵璧、泗县、淮阴，直抵扬州，通达长江，全长650公里。

唐元和四年（809年），为加强对通济渠漕运的保护，置宿州，辖符离、蕲县、虹县三县，州治初置于虹（现泗县）。唐太和三年（829年），撤宿州，太和七年（833年），复置宿州于埇桥。1987年，淮海路大隅口西侧市政施工时，大运河埇桥遗址被发现，1200余年前的古迹重见天日。

宿州方物，以符离集烧鸡最为著名，原产埇桥区符离镇，和德州扒鸡、河南道口烧鸡、锦州沟帮子熏鸡并称为"中国四大名鸡"。正宗的符离集烧鸡双翅在口中交叉，鸡爪藏于腹中，如鸳鸯浮水，造型独特美观；色泽金黄，肉质细嫩，肉烂而连丝，嚼骨有余香。

符离集烧鸡形成于20世纪初，清宣统二年（1910年）至民国四年（1915年），山东德州人管再州、江苏丰县人魏广明先后来到宿县符离集定居，分别经营德州扒鸡和红曲鸡。20年代，韩景玉（原籍山东省泗水县）集两家所长，加入花椒、八角、茴香、桂皮、丁香、肉蔻、白芷、砂仁、山柰、陈皮、草果、辛夷、姜等多种中药材精心制作。其研制的韩家扒鸡，色、香、味、形俱佳，且有健胃舒气之功。途经符离镇的津浦铁路带来了大量客流，"韩家扒鸡"声名鹊起。1951年，政府组织烧鸡生产互助组，正式命名为"符离集烧鸡"，逐步发展成为当地最大的产业。2005年，"符离集烧鸡"成为国家地理标志产品；2008年，被列为安徽省级非物质文化遗产。

符离镇地处徐淮一带，因北有离山，南产符草而得名。历史上这里曾沼泽遍布、水草丰茂，野鸡结群出没其间。经驯化豢养，逐步进化成淮北麻鸡。淮北麻鸡肉质细嫩鲜美，只有用这种麻鸡作原料，才能称之为真正的符离集烧鸡。

马、牛、羊、猪、狗、鸡"六畜"之中，属鸡最易饲养，且便于烹制，所以鸡肉成了古代平民肉食的首选。孟浩然《过故人庄》云"故人具鸡黍，邀我至田家"；李白说"亭上十分绿醑酒，盘中一味黄金鸡"；陆游也有"莫笑农家腊酒浑，丰年留客足鸡豚"的诗句。

沿着历史的遗迹追溯，符离集烹鸡入馔的历史何止短短百年。1984年，江苏徐州发掘汉代楚王刘戊墓，该墓庖厨间存一泥封陶盆，泥封上盖有"符离丞印"的封记，盆内保存的鸡骨基本完好，经考古专家鉴定推断，此鸡可能是楚王下属古符离县上奉的"符离贡鸡"。

烧鸡最主要的特征是整鸡烹制，先用油煎炸上色，再入汤中加作料卤制。对照这一特征，我在古籍的吉光片羽中，寻找一只"古典主义烧鸡"的下落。

汪曾祺《宋朝人的吃喝》一文中说到宋朝的"各种爊菜，爊鸡、爊鸭、爊鹅"。孟元老《东京梦华录》卷二"饮食果子"："又有外来托卖炙鸡、爊鸭、羊脚子、点羊头、脆筋巴子、姜虾、酒蟹、獐巴、鹿脯、从食蒸作、海鲜时果、旋切莴苣生菜、西京笋。"吴自牧《梦粱录》："又有托盘檐架至酒肆中，歌叫买卖者，如炙鸡、八焙鸡、红燋鸡、脯鸡、燋鸭、八糙鹅鸭、白炸春鹅、炙鹅、糟羊蹄、糟蟹、燋肉蹄子、糟鹅、燋肝、酒香螺、海腊、糟脆筋、千里羊、诸色姜豉、波丝姜豉、姜虾、海蜇鲊、膘皮炸子、獐犰、鹿脯、影戏算条、红羊犰、槌脯线条、界方条儿、三和花桃骨、鲜鹅鲊、大鱼鲊、鲜鳇鲊、寸金鲊、筋子鲊、鱼头酱等。"

燋，一音为 āo，其义为煮，古同"熝""熬"；一音为 lù，意思为炼。

长江下游的苏州、常熟一带有一种燋（āo）鸡，其中以沙家浜的燋鸡最为地道。燋鸡选用本地草鸡或野鸡，宰杀洗净后先煮至半熟，捞出冷却后再放入盛有老汤的燋锅，添加花椒等中草药香料，以文火焖煮 8 个小时而成。燋鸡不加酱油，颜色油黄锃亮；卤味芳香诱人、沁人心脾；鸡肉丰腴肥润、酥而不烂。

我认为在宋元时期，燋应该还有一种读音 lǔ，通"卤"，即"用五香咸水或酱油等浓汁制作食品"的这一层含义。南宋末年陈元靓《事林广记》记载了"燋鸡鸭"，其制法与现在的烧鸡、卤鸡非常接近："嫩肥鸡鸭一只，去毛洗净，去肠肚。以香油四两，锅内炼香热，将鸡鸭于油铛内烂得变黄色，好酒、酽醋、水三件中停，令为一处，铛内浸没着为度。入细料末半两，入葱三四茎，酱一匙，慢火养汁尽。出铛即用栀子水半盏宸过，令变黄色。"

屈原《楚辞·招魂》中有"露鸡臛蠵，厉而不爽些"之句，"露鸡"是什么？王逸注："露鸡，露栖之鸡也。"但"露"在诗中明显是一种烹饪手法，所以郭沫若在《屈原赋今译》中将"露鸡"解读为"卤鸡"。

《礼记·内则》中记载周朝有一种"濡鸡"："濡鸡，醢酱实蓼。"可谓烧鸡、酱鸡的鼻祖了。

符离集烧鸡

## 萧县羊肉汤

萧县历史悠久，六千多年前先民就在此劳作生息，孕育出独特的地域文化金寨文化。夏代殷商六族迁至萧县，"斩其蓬藁、藜藿而处之"，因其地多萧茅（艾萧、艾草），故国号为萧。秦，置萧县，属泗水郡，萧县之名沿用至今。1955年，为加强洪泽湖管理，江苏省萧县、砀山与安徽省泗洪、盱眙县交换，结束了萧县从汉朝开始隶属徐州管辖的历史，自此改属宿州。

寻访传统的地方饮食，如果有爱饮食知文史的朋友导游当然最好，退而求其次以该地作家的文章当作旅游指南也会事半功倍，但是饮食掺杂了个人情感，其美好往往会被无限放大，极尽讴歌赞美，乡愁使然。

《舌尖上的中国》《风味人间》的导演陈晓卿是安徽灵璧人，萧县羊肉汤是他心中的珍珠翡翠白玉汤，是他回乡必访的旧雨。他在《每个人的珍珠翡翠白玉汤》中说："于是扛着行李打上车，穿过刚刚开始苏醒的街道和毛毛雨中的小巷，到了一家羊肉汤馆，五元钱一大碗的羊汤庄严地摆放在面前，把羊油辣子和香醋调匀，深深一口下去……哎呀！喉结蠕动的同时，阻滞的气血开始融化、流动。我不由将四肢伸展开来，以便让口腔的愉悦尽快蔓延到整个身体的每一个末梢——现在，才算是真的到家了。"

方志记载，萧县从元代起就有养羊的习惯。萧县中部和东南部多山地丘陵，丰富的植被为牛羊提供了优质的牧草。萧县白山羊肉质细嫩，脂肪均匀，鲜而不膻，已被列为国家地理标志产品。

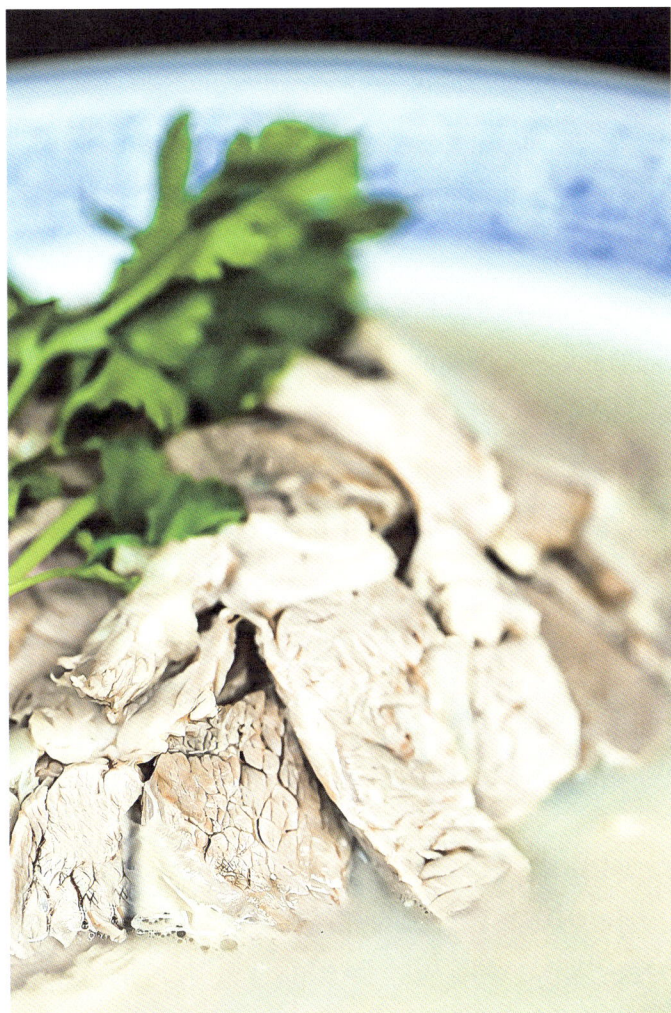

萧县羊肉汤 （图源_微信公众号@合肥吃货哥）

萧县羊肉汤

　　皖北多数的羊汤馆都冠以"萧县羊肉汤"之名，宿州城内更是如此，其中以萧县丁里镇的羊肉汤最为著名，该地多回民聚居，所制羊肉汤尤其精到。制作萧县羊肉汤，原料讲究用当地的白山羊，以当年的母羊或羯羊为上。羊肉切成大块，与羊骨一起下锅，加足水，用柴火大火烧开，再用小火煨煮七八个小时，羊肉肥润鲜香，汤汁乳白醇厚。煮好的羊肉捞出切片，再加葱姜及甑锅中的原汤烩烩，不加其他菜蔬配料，谓之清烩。装碗时撒以香菜，羊油辣子自行添加，汤白油红，芫荽碧绿，赏心悦目。

　　在萧县，喝羊肉汤可以搭配包子、烧饼等，但最地道的吃法还是搭配柔韧筋道的烙馍。烙馍是徐淮一带的家常食物，是一种在鏊子上烙熟的白面薄饼，松软而略有韧性。清代方文《北道行》诗云："白面调水烙为馍，黄黍杂豆炊为粥。北方最少是粳米，南人只好随风俗。"

　　把烙馍撕成小块浸泡在羊肉汤中，烙馍吸饱了羊汤的甘醇，柔软适口，热乎乎地喝下去，从头暖到脚，浑身都会出一层细汗，通体舒泰。

　　中医认为羊肉性温，有补气固表的功效，多食则上火。故而江南地区的居民只在冬天吃羊肉。萧县却有夏天大啖羊肉的习俗，当地人认为伏天的羊肉比其他季节更细腻甘美，称之为"吃伏羊"，皖北乃至苏北、鲁南地区，皆有此俗。

　　羊肉汤是一种古老的食物，古籍中的"羊羹"即是羊肉汤，与现在温若牛乳、冷似凝脂的萧县羊肉汤如出一辙。《战国策·中山策》记载："中山君飨都士，大夫司马期在焉。羊羹不遍，司马子期怒而走于楚，说楚王伐中山，中山君亡。"为了一碗羊肉汤不惜伐灭故国，司马子期也算是饮食界的一朵奇葩了。

# 懒汉汤

从宿州出发，沿着汴河（通济渠）的故道往西北方向逆行百里，便到了淮北。

淮北，古称相城。公元前 21 世纪，商部落首领契的孙子，商汤十一世祖相土率众由商丘迁徙至此，此后山为相山，城称相城。秦始皇二十二年（前 225 年）在相城和临涣镇分设相县、铚县，同属泗水郡，相城为郡治所在地。隋大业元年（605 年）春，炀帝征发河南、淮北诸郡民夫百余万人，开掘通济渠。运河经今濉溪县铁佛、百善、四铺 3 个乡镇，过境长 42.8 公里，河面宽 40 米。

隋唐大运河是隋、唐乃至北宋时期南北交通大动脉，被史学家誉为"帝国生命线"。南宋光宗五年（1194 年），黄河泛滥，洪水夺淮入海；元代大运河裁弯取直，通济渠逐渐淤塞废弃，其故道如今大半湮没于黄泛，遗址尘封于农田乡村之下为世人所不知。

1999 年春夏之交，省道宿永公路濉溪段拓宽重修时，在柳孜集（古称柳孜镇）发现古代码头遗址，至当年 11 月，共发掘出完整的宋代码头一座，唐船八艘和大批唐宋名窑瓷器、钱币、铁器、石器等。该遗址的发现填补了我国考古史上的一项空白，证明了通济渠的确切走向，为中国运河考古研究找到了重大突破点。

在淮北人的食单上，有一种主食称作双堆面鱼，因源于濉溪县南部的双堆集而得名。

112

双堆面鱼的做法很简单。先把面粉加鸡蛋、适量的盐和水，搅拌成黏稠的面糊；然后用筷子把面糊一筷一筷地拨到开水锅中，面糊自然下坠，遇热水而凝固，中间略粗而两端细长，酷似河鱼。面鱼煮熟后，加油、盐等作料即可食用，简单便捷。双堆面鱼可荤可素，素者用新鲜时蔬，佐以小磨麻油，清新可口；荤者可搭配各类肉丁肉丝，鲜香适口。

双堆面鱼是一道家常面食，制作无须专门的烹饪技艺，所以很多宿州人把双堆面鱼称作"懒汉汤"。面鱼是北方常见的一种面食，在山西、甘肃等地区尤其盛行。在山西，面鱼被称作"拨鱼儿"，也叫熘尖儿、剔尖儿，多用白面掺杂粮面制作。

双堆面鱼清香嫩滑，柔软而富有弹性，滋味单纯而浓厚，鲜咸的配料之外，唯有面粉中香甜浓郁的麦香。那麦香透过千年的悠悠岁月，与古老的淮北大地的味道相连接。

濉溪，1950 年置县，因境内有河流濉溪得名。自唐元和四年（809 年），濉溪之地就属宿州。直到 1977 年，濉溪才改属淮北。

# 垛子羊肉

商丘地处黄河下游的中原腹地，以历史厚重而闻名，是华夏民族的发祥地。传说三皇五帝时期，燧人氏、栗陆氏、朱襄氏（炎帝）、颛顼、帝喾先后建国定都于今商丘境内；舜帝时，契佐禹治水有功，被虞舜封于商，契死后葬于封地，其墓冢被称为"商丘"。

隋开皇十六年（596 年）置宋州。五代末年，赵匡胤在后周任归德军节度使的藩镇所在地即为宋州，陈桥兵变后遂以宋为国号，建立宋朝。北宋景德三年（1006 年）升宋州为应天府，大中祥符七年（1014 年），应天府升为南京，为北宋陪都。

隋唐大运河商丘段在隋唐时期繁盛一时，南宋时期都城南迁至杭州，隋唐大运河商丘段逐渐萧条。至明代中期，隋唐大运河商丘段河道淤塞，河道彻底废弃，后因黄河多次泛滥被掩埋于地下。

这一次到商丘，本意是寻访隋唐大运河的故道遗迹，2008 年，商丘古城大运河码头考古队勘察发现，睢阳区古宋街道办事处武庄村附近的地下埋有隋唐大运河的码头遗址。经发掘，这一沉睡千年的古码头又重新出现在世人面前。隋唐大运河商丘码头遗址，两岸总面积约 41.3 万平方米，为通济渠段目前发现的最大码头遗址。遗址中残存大量的古代砖瓦层层相叠，残留瓷器种类产地多样，青瓷、白瓷、黑瓷皆有。大量的出土钱币表明这里曾建筑密布、物资云集，依稀可见唐宋时期汴河两岸之兴盛。

昔日的通济渠被河流泛滥的泥沙所掩埋，历史遗迹多半藏于地下，地上的建筑则佚失在历史的尘埃中。看罢商丘古码头遗址，心生悻悻之感。于是转向市井，发掘隐匿于民间的运河美食。

羊是人类最早驯化的动物之一，在中国，羊与马、牛、猪、狗、鸡并称六畜。汉代许慎《说文解字》中说："美，甘也。从羊，从大。羊在六畜主给膳，美与善同意。"

西周"八珍"中的"炮牂"即烤羊；《礼记·内则》记载"膳：臐、臛、膮"，其中臐就是羊肉羹。北魏《齐民要术》中记载了腩炙、肝炙、豉丸炙、筒炙、五味脯、胡炮肉、蒸羊、羊盘肠等14种羊的烹饪方法；后世烹制羊肉的方法更是丰富多样，煎、炒、烹、炸、烧、烤、煨、炖，不胜枚举。

在商丘的柘城、宁陵等地，羊肉有一种特殊的吃法，先把羊肉煮得烂熟，再码在一起挤压结实呈长方形，吃时用刀切成薄片，夹在烧饼中食用，清香不腻。因压制好的羊肉形似城垛，故而称之为垛子羊肉。

吃垛子羊肉需在冬季，羊肉性温热，最宜冬令食补，而且冬天制作垛子羊肉易于结冻成形。进了腊月，不论商丘市区、辖下县城，还是赶年集的乡村集市上，"垛子羊肉"的店招幌子随处可见。

制作垛子羊肉讲究用一两岁龄的山羊为原料，以槐山羊为上品。山羊宰杀剔骨后，无须切割，整个入缸，加盐反复揉搓，腌制数日。腌好的羊肉清洗后置于大铁锅中烹煮，大火烧开，文火煨煮至羊肉烂熟入味捞出，熟羊肉码放整齐，用白棉布包好，挤干多余的汤汁，用杠子压实，置于阴凉处冷凝储存12个小时方成。

我在商丘吃到的垛子羊肉色泽粉红，艳若桃花地摆在白瓷盘中，对于饥肠辘辘的羁旅有一种暧昧的诱惑。肉切得极薄，咀嚼时几乎感觉不到肌肉纤维的存在，亦看不出一片肉究竟原来的部位与形态，清香软嫩，用当地话说则是“吃着可糯”。垛子羊肉微咸，即可下酒或搭配主食，空口吃亦不觉得过咸，在当地人看来，用焦黄酥脆的烧饼夹粉红柔嫩的垛子羊肉才是最正经的吃法。吃垛子羊肉有一种归园田居的悠然，呈现自然之美。

宁陵民间传说，垛子羊肉起源于明初，为明太祖朱元璋所喜。我查阅明史及方志资料，并未找到朱元璋爱吃羊肉的记载。《南京光禄寺志》卷二《膳馐》中，记录了一则洪武十七年（1384 年）六月的膳单：早膳为羊肉炒、煎烂拖虀鹅、猪肉炒黄菜、素熇插清汁、蒸猪蹄肚、两熟煎鲜鱼、炉煿肉、筭子面、撺鸡软脱汤、香米饭、豆汤、泡茶。午膳为胡椒醋鲜虾、烧鹅、燂羊头蹄、鹅肉巴子、咸豉芥末羊肚盘、蒜醋白血汤、五味蒸鸡、元汁羊骨头、糊辣醋腰子、蒸鲜鱼、五味蒸面筋、羊肉水晶角儿、丝鹅粉汤、三鲜汤、绿豆棋子面、椒末羊肉、香米饭、蒜酪、豆汤、泡茶。晚膳内容未见于记载。在唯一一份朱元璋的食单中，未见垛子羊肉。

如果一定要为垛子羊肉弄清出身籍贯问题，我建议沿着通济渠的故道，越过泥沙掩盖的元、明、清，穿过五代和北宋往前追溯，直达唐朝。商丘的垛子羊肉，与武则天所喜爱的“冷修羊”似乎出于一脉。北宋陶谷《清异录》载：“天后好食冷修羊。赐张昌宗冷修羊手札，曰：‘珍郎杀身以奉国。’”

# 睢县焦馇馇

中原大地的美食，没有边疆的"野"，也没有江南的"鲜"，大多只是一些寻常的饮食。也许是一尾带着泥腥味的鱼，也许是一把沾满晨露的野菜，因为滋养了祖祖辈辈的中原人，便也成了中原人心中不可替代的美食。

焦馇馇是河南省睢县的独特菜肴，当地人称作焦馇炸（jiāo gē zha）。睢县，古时有睢水流过，龙山文化时期境内已有先民生息；秦朝置襄邑；金朝改拱州保庆军为睢州，属南京路；中华民国二年（1913年），由睢州降为睢县，始称睢县，属商丘管辖。

睢县焦馇馇用料讲究，做工精细，从昔日的家庭小吃逐渐发展成为如今的地方名产。先将饱满成实的绿豆、小米浸泡半日，上石磨研磨成细腻的豆浆，在炉火上的鏊子中摊成形如满月薄如蝉翼的煎饼，卷叠成扎，谓之"扎卷"。扎卷分块切丁，过油炸至色泽金黄、口感酥脆即成焦馇馇。因调味不同，炸好的焦馇馇有甜、咸、原味、五香等口味，通常数种口味拼装于一盘作为小食，酥脆鲜香。原味的焦馇馇又可糖烧、醋熘、下汤成为一道别致的下酒佐餐的美味。

旧时焦馇馇原料取材广泛，米、麦、豆、粱均可用之，粗粮细作，是过去物质贫乏的年代里调剂单调饮食的吃法。然而旧时食用油也很稀缺，油炸的焦馇馇仍然不是日常食物，很多孩子只有在过年过节时能一解馋思。现在的焦馇馇以绿豆、小米为原料，调味简单，油炸的酥香中蕴藏着绿豆和小米的原香。那五谷之香穿透厚重的千年历史，在中原大地古老的味蕾上盘旋。

　　绿豆，别名青小豆、菉豆、植豆等，蔷薇目豆科豇豆属，在中国已有两千多年的栽培史。《本草纲目》载："绿豆，解金石砒霜草木诸毒，宜连皮生研，水服，且益气，厚肠胃，通经络，无久服枯人之忌。"

　　小米，是谷子去皮后的籽实，古称粟、稷、粱，禾本科狗尾草植物，古之"五谷"（稻、黍、稷、麦、菽）之一。《本草纲目》载："粟，养肾气，去脾胃中热，益气。陈者，苦，寒。治胃热消渴，利小便。"

## 鲤鱼焙面

开封最初是大梁城南边的一个古县，春秋时期郑庄公在今开封城南朱仙镇附近修筑储粮仓城，取"启拓封疆"之意，定名启封。汉初因避汉景帝刘启之名讳，将启封更名为"开封"。

秦朝时，大梁城作为败亡国的国都被降为"浚仪县"，因紧邻浚渠而得名。北周武帝建德五年（576年），改梁州为汴州，为开封称"汴"之始。

隋朝开凿大运河，位于汴河（通济渠）要冲的开封，成为东都洛阳的重要门户，占尽天时地利，经济迅速发展。唐朝在大梁基础上修建了汴州城，开封县和浚仪县府衙都搬到了汴州城里，后来汴州升作开封府。五代时期，后梁、后晋、后汉、后周先后定都于开封，称之为"东都"或"东京"，开封取代了洛阳成为中原政治、经济、文化、军事中心。960年，后周殿前都点检赵匡胤在开封城北四十里的陈桥驿（现属新乡市封丘县）发动"陈桥兵变"，建立了宋朝，定都开封，历经九帝168年，将开封推向历史上最为辉煌耀眼的时期。

靖康二年（1127年）金国灭北宋后，称为"汴京"，金贞元元年（1153年），改汴京为"南京开封府"，成为金国陪都。金贞祐二年（1214年），金宣宗为避蒙古兵锋，迁都"南京开封府"。金天兴二年（1233年），金哀宗在蒙古军围困的情况下，逃离开封。

元朝至元十八年（1281年），元世祖忽必烈决定对运河裁弯取直，下令开凿济州河，后又开会通河与通惠河，运河从此由江苏淮安经宿迁、徐州直上山东抵达北京，不再绕道河南。开封的地利优势不再，唐宋时期的繁华不复。

开封因河而生、因河而衰，往昔的辉煌与历史遗迹一起被黄河掩埋于地下。在历次的黄泛淤埋下，依次掩埋着战国古城、隋唐城、宋东京城、明清故城等，构成"城摞城"的考古奇观。

1923 年，年过花甲的康有为登开封龙亭，面对着历经兵火的残破古城与滔滔黄河，触景生情，遂题联一副："中天台观高寒，但见白日悠悠黄河滚滚；东京梦华销尽，徒叹城郭犹是人民已非。"并赋诗一首："远观高寒俯汴州，繁台铁塔与云浮。万家无树无宫阙，但见黄河滚滚流。"

鲤鱼焙面是开封的传统佳肴，久负盛名。外地人不明所以，以为是一道菜，实则是"糖醋软熘黄河鲤鱼"与"焙龙须面"的合称，先吃鱼，后吃面，二菜合而为一，别有风味。开封的鲤鱼焙面选料严格，以黄河自开封黑岗口至兰考东坝头河段出产的鲤鱼为原料。

黄河鲤鱼，历来是宴席中的上品。《诗经》中便有"岂其食鱼，必河之鲤"的诗句。清末民初徐珂在《清稗类钞》中大赞开封黄河鲤鱼："黄河之鲤甚佳，以开封为最多。仿南中烹鲥鱼法，味更鲜美。"并鄙薄宁夏黄河鲤鱼，"非若豫省黄河中所产者，甘鲜肥嫩，可称珍品也"。

选一条斤半左右的黄河鲤鱼，宰杀洗净，两面解成瓦垄形，先在热油中浸熟，再在糖醋汁中用武火熘之，不断将汤汁浇在鱼身上，最后勾流水芡出锅。鲤鱼色泽枣红，软嫩鲜香。熘鱼吃完，汤汁回锅浇在焙焦的龙须面上，带汁食用，焙面酥脆蓬松，酸甜适口。先吃鱼，后吃面，整个过程即为"鲤鱼焙面"。

熘鱼的酸甜之下，微微的咸渲染出鱼肉之鲜，食罢这一条鲤鱼，想必我也会生出几分跃龙门的勇敢和气力。焙面酥脆焦香之下埋藏着小麦的原香，生长出强壮的根系，将我的心灵与广袤的中原大地相连接。

开封的黄河鲤鱼采用软熘法，鱼肉入味深，酸甜带咸，与外酥里嫩的济南糖醋黄河鲤鱼风味迥然。开封的熘鱼吃完鱼，汤汁回锅加热，浇淋在焙得焦黄的龙须面上食用，几近主食；糖醋鲤鱼按照老济南的习惯，吃罢鱼肉，其头尾可回锅煮一碗酸辣可口的"砸鱼汤"，有醒酒开胃之功能。

制作鲤鱼焙面通常选用一斤半左右的鲤鱼，过大则不宜炸熟熘透，入味浅薄。若得大鱼，则可以只取肉厚的中段，去皮切片，裹蛋白茨粉，过油炸至金黄，浇糖醋汁食用，即为豫菜中的另一道名菜——"糖醋瓦块鱼"。糖醋瓦块鱼也可搭配焙面食用，梁实秋《瓦块鱼》中回忆旧京的豫菜馆子："一盘瓦块鱼差不多快吃完，伙计就会过来，指着盘中的剩汁说：'给您焙一点面吧？'顾客点点头，他就把盘子端下去，不大的工夫，一盘像是焦炒面似的东西端上来了。酥、脆、微带甜酸，味道十分别致。"而唐鲁孙在《黄河鲤鱼三吃》中说："一鱼三吃，是开封鲤鱼固定吃法，一半干吃，一半糖醋瓦块，头尾鱼杂加萝卜丝氽汤，最后把糖醋汁儿拌一窝丝面条吃，跟杭州西湖醋鱼拌面吃有异曲同工之妙。"

# 开封灌汤包子

与江南细点相比，中原的饮食在形式上失之粗鄙，比如烙馍、炕馍、卤面、烩面等，滋味虽美，但在视觉上未免失于简单。在极简主义美学的中原美食中，开封灌汤包子是一个特例。

开封的灌汤包子造型玲珑，在粗犷豪迈的中州饮食中别具一格。其颜色洁白透亮如瓷。用筷子夹起，内馅在地心引力的作用下自然下垂，形似灯笼。其造型特征需符合"提起一绺丝，放下一薄团，皮像菊花心，馅似玫瑰瓣"的美学标准。

开封灌汤包子以"第一楼"最为著名，其创始人为河南滑县人黄继善。黄继善少年时在开封的饭馆当学徒，后自营饭馆。1922 年，黄继善与原大中华饭庄厨师周孝德合伙开设"第一点心馆"，主营灌汤包子，1933 年改名为"第一楼点心馆"，简称"第一楼"。30 年代抗战期间，开封百业凋敝百姓穷困，敌机频频轰炸。黄继善把灌汤包子原来的大笼（八印铁锅，蒸笼直径二尺一寸，每笼可蒸包子 50 个）改为小笼，每笼 15 个，连笼上桌。自此"第一楼"的灌汤包子成了"小笼灌汤包子"。现今开封的灌汤包子皆以"第一楼"为行业标准。

吃灌汤包有一定的技巧性，梁实秋先生深谙其道，他在《汤包》一文中说："取食的时候要眼明手快，抓住包子的皱褶处猛然提起，包子皮骤然下坠，像是被婴儿吮瘪了的乳房一样，趁包子没有破裂赶快放进自己的碟中，轻轻咬破包子皮，把其中的汤汁吸饮下肚，然后再吃包子的空皮。

开封特色美食

没有经验的人，看着笼里的包子，又怕烫手，又怕弄破包子皮，犹犹豫豫，结果大概是皮破汤流，一塌糊涂。"灌汤包子的精华在汤，食灌汤包子必先吸吮其中的鲜美汤汁，再品尝包子的面皮与内馅，柔腻肥美，鲜甜可口。

精致的灌汤包子出现在朴实的开封，与开封的城市变迁史息息相关。开封，是一座历史的驿站。在厚厚的黄泛淤埋下，开封地下 3—12 米的深处，上下叠压着六座城池，自下而上分别为：战国时期魏国的大梁城，唐代的汴州城，五代及北宋时期的东京城，金代的汴京城，明代开封城，清代开封城。

历史上的开封，最辉煌在北宋，最落拓也在北宋。960 年，后周殿前都点检赵匡胤在开封城北四十里的陈桥驿（现属新乡市封丘县）发动"陈桥兵变"，建立了宋朝，定都开封。靠武力获取皇位的赵匡胤，汲取唐末藩镇割据的教训，"杯酒释兵权"。赵家兄弟及其子孙们，三百多年中坚持"崇文抑武"的治国方针，成功地消灭了武将对政权的威胁，但也导致了羸弱的军事力量根本挡不住异族入侵的铁蹄。

宋朝时，包子也叫作馒头。宋代王栐《燕翼诒谋录》中记载："仁宗诞日，赐群臣包子。"其后注曰："即馒头别名。"岳珂《馒头》诗云："几年太学饱诸儒，余伎枝犹传笋蕨厨。公子彭生红缕肉，将军铁杖白莲肤。芳馨正可资椒实，粗泽何妨比瓠壶。老去齿牙辜大嚼，流涎聊合慰馋奴。"

有人考证开封灌汤包子起源于《东京梦华录》所记载的"王楼山洞梅花包子"。孟元老在《东京梦华录》中追忆开封的包子："御街一直南去，过州桥，两边皆居民。街东车家炭、张家酒店，次则王楼山洞梅花包子、李家香铺、曹婆婆肉饼、李四分茶。"宋室南渡，中原饮食南传。南宋吴自牧《梦粱录》中的杭州，已有了专门的包子店："更有包子酒店，专卖灌浆馒头、薄皮春茧包子、肉包子、鱼兜杂合粉、灌大骨之类。"

开封灌汤包子，隐含着北宋文人的审美意趣。开封灌汤包子，如果以文学形式呈现，必是一阕婉约的花间词；如果用书法表达，则是一纸纤巧的瘦金体；如果用丹青重现，将是翰林图画院里的一幅工笔花鸟画；如果以景观来比拟，则是一块堆叠了宣和遗事的太湖石。

吃过灌汤包子，又去铁塔公园登铁塔。铁塔公园门票 40 元，登塔另收 30 元，然而公园内多仿古建筑，还有古装歌舞表演，真正的古迹唯铁塔而已。

铁塔又称"开宝寺塔"，始建于宋皇祐元年（1049 年），塔高 55.88 米，八角十三层。铁塔实为琉璃塔，因遍体通彻褐色琉璃砖，混似铁铸，从元代起民间称之为"铁塔"。自建成起，铁塔即被列为"汴京八景"之一，登至第九层，远眺可见黄河如带、碧野似锦；登到第十二层，塔接云霄，和风拂面，故有"铁塔行云"之称。

铁塔本建于山顶，历经六次黄河泛滥，山已被泥沙淤平，宝塔的汉白玉莲花底座也被掩埋在了地下。在九百多年的历史中，铁塔历经多次战火、水患、地震等灾害，依旧巍然屹立。与铁塔一起看尽开封千年沧桑的，只有滔滔东去的黄河与灌汤包子。

开封灌汤包子

## 羊肉炕馍

说到"炕"，人们首先会想到火炕。在中国北方的农村，人们喜欢用砖或土坯砌成床，上面铺席，下有孔道和烟囱相通，冬季可以烧火取暖。其实"炕"的本义是烘烤、烘干。《诗经·小雅·瓠叶》云："有兔斯首，炮之燔之。"汉代毛亨在注解中说："将毛曰炮，加火曰燔，炕火曰炙。"

馍，在北方地区通常指馒头，然而沿着黄河行走，从中原腹地到西北地区，很多地区把面粉制作的面点统称为馍。在河南，馒头叫作蒸馍，烧饼称作炕馍，烙饼则呼烙馍。

羊肉炕馍是开封著名小吃之一，大小夜市皆有之，在开封随处可见排队购买羊肉炕馍的景象。羊肉炕馍并非直接炕熟的烧饼，而是在两张水烙馍中加入羊肉末，然后在鏊子上炕至焦香酥脆，别具风味。

做羊肉炕馍需先做水烙馍，不经发酵的软面团擀成直径约一尺的薄饼，上屉蒸制，边擀边蒸，第一张馍上屉片刻，锅盖周围蒸汽升腾时，揭开锅盖放入第二张，依次蒸完所有的馍，最后一起出锅。刚蒸好的水烙馍柔软香甜，可以卷菜食用，类似佐食烤鸭的荷叶饼，唯尺寸有别。

热鏊子上刷少许羊油，先铺上一张水烙馍，放入切成黄豆大小的熟羊肉、羊尾油，撒上葱花、精盐、孜然等调料，另取一张水烙馍覆盖其上，反复炕烙，炕至两面皆焦黄，切开即可食用。刚出锅的炕馍，表面酥脆焦香，内馅肥美鲜香，稍冷则筋道耐嚼，完全放凉后烙馍变得筋韧难咬，风味尽失。所以羊肉炕馍的摊子旁总是大排长龙，呼吸着羊油的膻香，望眼欲穿

羊肉炕馍 （摄影 _ 马玛丽）

地等着炕馍出锅，现买现吃，方能尽享羊肉炕馍之美味。

现在的羊肉炕馍内馅为熟羊肉和羊尾油，按照1：1的比例混合，油润焦香，是开封最常见的快餐美食之一。以前的炕馍简单得多，配料无非加点羊油、葱花而已，却已是中原人家打牙祭才有的好饭食。近几十年，人民生活水平提高，才有了现在油多肉足、焦香鲜美的羊肉炕馍。

羊肉炕馍制作工艺简单，只是把烙馍置于鏊子上烙烤成熟，是中国最古老的烹饪手法之一，这种技法称之为"炕"。羊肉炕馍饱满的味道既有创新思维，又有朴素的古意萦绕。北魏贾思勰《齐民要术》中有一种"髓饼"："以髓脂、蜜合面，厚四五分，广六七寸，便著胡饼炉中，令熟。勿另反覆，饼肥美，可经久。"《东京梦华录》中记载了曹婆婆肉饼、荤割肉胡饼等，只有名目而无制法，不知宋朝的羊肉饼与今天的羊肉炕馍哪个更鲜美呢？

# 长河落日下的卤面情思

初秋的中原依然是炎热，天空的蓝色多了些许的澄澈。黄河的洪汛期渐近结束，河水变得潺湲，仿佛凝固在广袤的华北平原上，像一条金色的丝带。落日熔金，为八月的大地与大河、城市与乡村镀上了金色的况味，只剩下豆棚瓜架下一片阴凉。

豆角还在枕着秋阳疯长，白的、紫的花蕊像落在藤叶之间的蝴蝶，碧绿的豆角饱满而颀长。摘几根就是一大把，正好可以拿来做卤面。

卤面是黄河中下游地区常见的一道家常饭食，又叫作蒸面，晋冀南部称作炉面。做卤面不拘用什么菜，豆芽、萝卜、卷心菜等皆无不可，豪华一点则可以加鸡蛋、猪肉、菌菇等，一年四季当中，用得最多的还是豆角。

河南的卤面，不同于京、津、冀、晋的焖面，亦不同于南方常见的炒面。制作河南卤面的步骤更精细烦琐，先蒸面条，后炒菜卤，要经过两蒸两拌的工序方可。做好的卤面色泽金黄，筋道浓香，吃起来别有风味。其做法并不困难，吃过几次之后，我回到山东偶尔也会做一锅河南卤面，回味这种中原的味道。

做卤面的面条用市售的机制鲜面条即可，如果自己切面，面需要和得硬一点，做汤面吃的手擀面水分太大，做卤面容易粘连。鲜面条上屉蒸十分钟，为防止粘连，可以洒少许油拌匀晾凉。一季之前刚刚收获的小麦，被研磨成粉，轧成的面条光滑筋韧，麦香浓郁。少年时读《麦田里的守望者》，我无法理解为何麦田会在悬崖边上，我的家乡和河南一样，都是一望无际的平原。麦子熟的时候，整个天空下都是金黄色的，人微不足道。

铁锅里放少许油烧热，放入切好的五花肉煸至金黄，肥肉变得透明，几近融化。另起锅热油煸香八角、辣椒、葱花、蒜片等，下入切成寸段的豆角煸炒，继而加入豆芽、蒜薹或芹菜炒一两分钟，入酱油和盐调味，加适量热水让蔬菜大半浸没于卤汁中。把蒸好的面条倒入锅中，与配菜、卤汁拌匀，卤汁渐渐被面条吸收，清爽干净。拌好的面条再次上屉，蒸制 15 分钟左右，配菜熟透即可食用了。

河南卤面之所以叫"卤面"，是强调面条吸收了配菜的卤汁，浓香入味。正因如此，河南卤面都比较干，吃的时候通常都会配一碗鸡蛋汤。

还有一种说法，卤面的"卤"字是由"路"字谐音而来，本为"路面"。汉永平十一年（68 年），汉明帝敕令在洛阳西雍门外三里御道北兴建僧院。为纪念白马驮经，取名"白马寺"。白马寺是佛教传入中国后兴建的第一座官办寺院，有中国佛教的"祖庭"和"释源"之称。寺院建成后，香火鼎盛，每日来寺中膜拜者逾千人，白马寺周边的饮食生意也随之兴盛起来。有商贩在路旁设摊叫卖制作好的菜卤蒸面，人们称之为"路面"，方便快捷，可谓中国最早的快餐。

当然，这也许不过是一个没有根据的传说，但卤面却扎扎实实地根植于河南人的基因中。无论外出就餐还是居家治馔，河南人的生活中都少不了卤面的身影，是中原人餐桌上最常见的主食之一。河南自古多思想家、哲学家，可见简单的饮食亦可以滋养出崇高的人生境界。

## 羊肉烩面

郑州很古老。五千多年前，中华民族的始祖黄帝生于有熊（今新郑），定都于轩辕之丘（今新郑）。郑州是三皇五帝时期先民活动的腹地，华夏文明的重要发祥地之一。秦汉时期，今郑州地域以荥阳为中心，因处交通和运河要道，经济日趋繁荣。隋开皇元年（581年），改荥州为郑州。北宋建都东京开封后，1105年郑州被建为西辅，成为东京四辅州之一。明朝，郑州划归开封府。

郑州很年轻。郑州成为河南的政治、经济中心不过五六十年的光景，在这之前叫作郑县，其名声地位远不及洛阳和开封。

1898年，从卢沟桥到汉口的卢汉铁路（京广铁路的前身）开始修建，卢汉铁路在黄河边绕了个弯，避开洪灾频发的开封而绕道郑州。不久之后，东西向的汴洛铁路从郑州开始修筑，后来这条铁路不断延伸，成为中国东西向最长的铁路——陇海—兰新线。于是，郑州便成为东西南北的交通枢纽，一跃而为河南省最大的城市。1954年，河南省会由开封迁往郑州，郑州成为河南省省会。

郑州境内有大小河流124条，流域面积较大的河流有29条，分属黄河、淮河两大水系。在郑州谈及"河"的话题，人们首先想到的是黄河、金水河，而那一条曾经辉煌一时的大运河，似乎已经掩埋在厚重的黄土之下，鲜有人知了。

《隋书·炀帝本纪上》记载："（大业元年）发河南诸郡男女百余万，开通济渠，自西苑引谷、洛水达于河。"郑州市大运河（通济渠荥阳故城段）位于郑州市惠济区，现名索须河，长约15公里。该段运河始于战国时期开凿的鸿沟水系，后为隋唐大运河沿用，称作汴渠、汴河，是隋唐大运河通济渠的重要组成部分，特别是"汴口"引黄济运，对通济渠的顺畅运行起到了至关重要的作用。金元之际，黄河改道，汴河部分河段日渐淤没并彻底废毁，部分河段沿用至明清。

索须河由索河和须水河汇流而成，属季节性河流，流经中原区、惠济区入贾鲁河，是郑州市区西北部主要的泄洪排涝河道。

郑州的饮食与郑州的城市气韵一样，既古老又年轻。郑州的饮食秉承豫菜五味调和、质味适中的基本传统，各种口味以相融、相和为度，而无强烈的味型特色。郑州的名吃大多是根植于市井的民间饮食，面食多有所长，其代表为羊肉烩面，其中又以老字号"合记"的羊肉烩面最为著名。

合记烩面馆的前身是老乡亲饭店，始创于1942年。后老乡亲、怡兰轩、顺和楼三家餐馆合伙经营，更名为"陕西牛羊肉炒菜馆"。1947年店址迁至顺河路口，由名厨赵荣光主厨。1953年李少卿等4人接营，因是合伙经营，易名为"合记饭店"。1967年起专门经营羊肉烩面，改名为"合记烩面馆"，俗称"合记"。

初闻羊肉烩面，觉得不过是一碗面，宽面条在羊肉汤中烩熟而食，往往缺乏足够的重视与尊重，然而吃过之后，却易生"金风玉露一相逢，便胜却人间无数"之感。一碗羊肉烩面，荤、素、肉、菜、汤、饭兼而有之，滋味鲜美，经济实惠，百吃不厌。

羊肉烩面

    合记的羊肉烩面有小碗、大碗之分，每根面条长约三尺，宽约五分，厚如硬币，重为二两。小碗的面条为一根，大碗的面条为两根，食量大可另加面，按根付款。

    吃烩面宜先吃面，再吃肉，后喝汤，继而汤汤水水一扫而光。面条光滑柔韧，淳厚的麦香被羊肉的鲜香浸润，食之富有扎实的齿感，有咀嚼中原大地的历史文化之意兴。实行标准化生产的合记羊肉烩面，每碗中有羊肉一两，软烂鲜香，配以海带丝、千张丝、鹌鹑蛋、黄花菜、木耳、枸杞等，上桌时外带香菜、辣椒油、糖蒜等小碟，简单的一碗面却胜似一个人的宴席。

烩面，现在堪称河南第一名吃，然而它的出现，却有极大的偶然性。合记的羊肉烩面为赵荣光师傅所创。据其关门弟子王平和讲，在抗日战争时期，饭店经常因躲避空袭仓促关门，当时粮食紧缺，空袭结束后赵荣光不忍将剩饭丢弃，就把剩饭加汤烩热食之。赵荣光发现烩过的面条很好吃，于是改进了烩面的配料及制法，别具风味，后来成为店里的热销品种，传承至今。

翻阅古籍，发现烩面的出现又有一定历史的必然性。面条，汉魏时期称作汤饼。宋代孟元老《东京梦华录》记载北宋时期的东京开封，市肆中便有生软羊面、桐皮面、冷淘、插肉面、大燠面等面条："大凡食店，大者谓之'分茶'，则有头羹、石髓羹、白肉、胡饼、软羊、大小骨角、糟腰子、石肚羹、入炉羊罨、生软羊面、桐皮面、姜泼刀、回刀、冷淘、棋子、寄炉面饭之类。吃全茶，饶斋头羹。更有川饭店，则有插肉面、大燠面、大小抹肉淘、煎燠肉、杂煎事件、生熟烧饭。更有南食店，鱼兜子、桐皮熟脍面、煎鱼饭。"

羊肉烩面的形制类似古代的馎饦，北魏贾思勰《齐民要术·饼法》记载："馎饦，接如大指许，二寸一断，着水盆中浸，宜以手向盆旁挼使极薄，皆急火逐沸熟煮。"烩面的烹饪颇似陕西的羊肉泡馍，只是将绵滑的饦饦馍换成了软韧的裤带面。我以为羊肉烩面是关中饮食向河洛平原的延伸，其本源可以上溯到隋唐之前，与黄河有关，与大运河有关。

烩是一种烹饪手法，把煮熟或炸熟的主料与辅料、调料等混在一起加汤水煮制。"烩"也是一种文化现象，把五湖四海的豪情、诸子百家的思想"烩"在中原的锅里，最后"烩"成一部厚重的中华文明史。

羊肉烩面

## 大盘荆芥

在河南，称赞一个人见多识广，有一句专用的俗语——"吃过大盘荆芥"，将荆芥的胃容量与脑容量相关联。荆芥之于河南人，不仅仅是菜肴，而且具有特殊的象征意义。一个人是否成功，取决于所吃过的荆芥规模，这是一种朴素的乡村衡量观。

荆芥是中原人餐桌上常见的菜蔬，生食、凉拌、拌面，荆芥是炎夏时节拂过中原大地的一道凉风，是河南人味蕾上的绿洲。黄瓜、豆角、西红柿、洋葱，凡是夏天的凉菜，荆芥都可以参与其中。摘取嫩的荆芥茎叶，拍两根嫩黄瓜，加蒜蓉、生抽、米醋同拌，芳香开窍，清爽开胃。用荆芥拌凉面，荆芥碧绿，面条雪白，"碧鲜俱照箸，香饭兼苞芦"，不仅赏心悦目，滋味更是鲜美绝伦，沁人心脾，更胜杜工部的槐叶冷淘几分。

荆芥亦可熟食，中原人喜欢把荆芥切一下，与鸡蛋、面粉搅成面糊，煎成面饦食用。荆芥面饦柔软清香，风味独特，并且有清风热、助脾胃的食疗功效。我曾用荆芥代替九层塔（甜罗勒）制作台式三杯鸡，亦是芳香甘美，美妙绝伦。

荆芥是一种香草，双叶对生，叶黄绿色，边缘有细小的齿，被白色短柔毛，有一种刺激性的异香。喜欢的甘之若饴，不喜欢的深恶痛绝，大部分河南人自出生即遗传了荆芥之好，终其一生百吃不厌。

在北方，似乎只有河南人对荆芥有如此深厚的情感。在电视访谈节目上，豫剧演员小香玉说她在北京拔掉花园里原来的花草种了荆芥，可见她

荆芥

对家乡味道的怀念之情。2007 年，我在北京通州玉桥西里菜市场第一次见到荆芥，我不识其物，菜贩不知其名，只按其谐音称作"jing jie"，后查阅《中国植物志》方知其学名正字。

荆芥，别名香荆芥、线荠、四棱秆蒿、假苏等，属唇形科，荆芥属多年生草本植物。《本草图经》云："假苏叶锐圆，多野生，以香气似苏，故名之。"或曰荆芥为姜芥之声转，《新修本草》云："姜、荆、声讹耳。"《纲目》云："曰苏、曰姜、曰芥，皆因气味辛香，如苏、如姜、如芥也。"

荆芥味道的独特性，让"大盘荆芥"的象征意义变得耐人寻味，是荆芥味浓，普通人吃不下大盘荆芥？还是以前荆芥价昂，寻常人家吃不起大盘荆芥呢？

荆芥有一种特立独行的气质，与其他菜蔬调料一起入馔，只有它的味道渗透其他食材，它却不失本味，它是菜蔬中的庄周，味觉上的李卓吾。

# 巩义橡子凉粉

2016 年 7 月 22 日，一场暴风吹倒了美国俄亥俄州曼斯菲尔德的一株老橡树。这棵橡树曾在 1994 年上映的电影《肖申克的救赎》中出镜，当地人狄龙·卡尔在 Instagram 上贴出倒地橡树照片，附文字说明："今早和一些《肖申克的救赎》影迷一起骑车去向这棵著名的橡树道别。"有影迷在社交媒体上用电影中一句台词缅怀这棵橡树："And no good thing ever dies.（美好的东西是永远不会消逝的。）"

《肖申克的救赎》是我最喜欢的电影之一，很多人钟爱 Andy 爬出下水道，在大雨中张开双臂仰天呼喊的场景。我却独爱 Red 获得假释后，在郊外的橡树下找到了一沓现金和一封安迪的手写信。那一棵橡树，是年轻的 Andy 最美好的生活片段的定格；是年迈的 Red 拥抱自由，第二次生命的开始。

橡树在西方的记载很早。橡树高大茂盛，古代迦南并无高大的建筑物，人们往往在高大的树之下支搭帐篷，橡树就成为一个地标。《圣经》屡屡提及"橡树"，多为地理位置，如"亚伯兰经过那地，到了示剑地方、摩利橡树那里。那时迦南人住在那地"。

橡木在中国也同样古老，只是我们习惯把它称之为栎树、柞树等。

橡树，是壳斗科植物的泛称，包括栎属（下分栎亚属和青冈亚属）及柯属的种，通常指栎属植物，非特指某一树种。其果实称橡子，木材泛称橡木。橡树一般都较为高大，其生命期很长，寿命可达千年。

《诗经》中，《唐风·鸨羽》云"集于苞栩"，《秦风·晨风》云"山有苞栎"。三国时吴国陆玑注疏说："栩，今柞栎也，徐州谓栎为杼，或谓之为栩。其子为皂，或言皂斗。其壳为汁可以染皂。今京洛及河内多言杼斗。"北魏贾思勰《齐民要术》中有"种柞法"："俗人呼杼为橡子，以橡壳为杼斗，以剜剜似斗故也。"

橡子是栎树的果实，形似蚕茧，故又称栎茧。橡子外表有一层棕红色的硬壳，内仁如莲子，其淀粉含量达 60% 左右。橡子中含有大量的单宁，口感苦涩，远不及松子、榛子等坚果可口。所以平常人们不会拿来食用，只有年景不好的时候才当粮充饥，现在多作为纺织工业浆纱的原料使用。

唐代皮日休有一首《橡媪叹》，诗中写道："秋深橡子熟，散落榛芜冈。伛偻黄发媪，拾之践晨霜。移时始盈掬，尽日方满筐。几曝复几蒸，用作三冬粮。山前有熟稻，紫穗袭人香。细获又精舂，粒粒如玉珰。持之纳于官，私室无仓箱。如何一石余，只作五斗量！狡吏不畏刑，贪官不避赃。农时作私债，农毕归官仓。自冬及于春，橡实诳饥肠。吾闻田成子，诈仁犹自王。吁嗟逢橡媪，不觉泪沾裳。"

明代李时珍《本草纲目》记载："栎有二种，一种不结实者，其名曰棫，其木心赤，《诗》云，瑟彼柞棫，是也。一种结实者，其名曰栩，其实为橡。二者树小则耸枝，大则偃蹇，其叶如槠叶，而文理皆斜向，四五月开花如栗，花黄色，结实如荔枝核而有尖，其蒂有斗，包其半截，其仁如老莲肉。山人俭岁采以为饭，或捣浸取粉食，丰年可以肥猪，北人亦种之。其木高二三丈，坚实而重，有斑文点点，大者可作柱栋，小者可作薪炭。其嫩叶可煎饮代茶。"

"或捣浸取粉食"，如今在商州、洛南、巩义、荥阳等关中、河洛一

橡子凉粉

带的山区，橡子仍被制成清爽利口的凉粉，但不作主食，仅当作菜肴食用。

巩义以前是郑州的下辖县市，2014 年成为河南省直管市。西周、春秋时期，巩为巩伯国，战国时期称东周。秦庄襄王元年（前 249）置巩县，以"山河四塞，巩固不拔"而得名，历代因之。

隋朝通济渠自洛阳沿洛水而下，于今巩义入黄河，由荥阳西北黄河边上的板渚入汴水（开封水系），流向东南直达淮河。其中洛河自偃师高庄至巩义神北入河这一段，当时沿河疏导挖掘成为一条人工开挖的运河，如今多被淤积，仅巩义段尚存。

立秋之后，风吹叶落，山上的橡子果实也纷纷滚落。山里的居民天明即上山，翻山越岭，在荆棘丛生的枯草落叶中寻觅丰盈的橡子，一天下来会有丰厚的收获。据老人说，以前灾荒饥饿的年代，山里人多靠捡拾橡子赖以活命。《本草纲目》中记载："昔挚虞入南山，饥甚，拾橡实而食；唐杜甫客秦州，采橡、栗自给，是矣。"

捡回来的橡子需要放在阴凉透风的地方自然晾晒，经过略显漫长的等待，橡子的果皮终于裂开，露出莲子一样的橡子仁。把干燥洁净的橡子仁在石磨上研磨成粉，称作橡子面。烧一锅开水，把适量的橡子面慢慢倒进去，边倒边搅拌，以防结块，然后用文火慢慢熬煮，边熬边搅，直到橡子面糊变得黏稠。熬好的橡子面糊倒在表面光滑的容器中，随着温度降低自然凝结成玉石一般的凉粉。橡子凉粉很结实，富有弹性，所以又称"橡子豆腐"。

凝结好的橡子凉粉，用刀切成粗条或块状，浇以姜、蒜、辣椒、酱油、醋、香油调制的味汁，清新爽利，回味略有苦涩的野逸气息。

橡子营养丰富，每 100 克橡子含热量 510 千卡，其中碳水化合物54%、蛋白质 8%、脂肪 32%（多为不饱和脂肪酸），以及丰富的钙、磷、钾、烟酸等矿物质。橡子富含淀粉，可以用来酿酒，每百斤橡仁可酿 50°的白酒 20 斤左右。

中国的橡树分布广泛，平原、丘陵、高山均有，最高可达海拔 6000 米（高山栎）。在东北地区，橡树也称作柞椤、波罗、波离。我曾有幸在长白山下品尝过用柞椤叶制作的叫花鸡，肥美的鸡肉，鲜甜甘美，有一种山野的清香。

"柞椤"是满语的音译，其义为米或谷。可想而知，在遥远的原始社会，汉族先民在秦岭中捡拾橡子弥补稼穑不足的时候，渔猎为生的满族先民也正在白山黑水之间，采集橡实为食。

## 洛阳水席

洛阳，位于洛水之北，古以水之北为"阳"，故名洛阳。洛阳北据邙山，南望伊阙，东据虎牢，西控函谷，四周群山环绕、雄关林立，群山怀抱，又扼黄河之险，自古便有"天下之中、十省通衢"之称。

三皇五帝时期，帝喾、唐尧、虞舜、夏禹等神话多起源于此。自中国第一个王朝夏朝开始，先后有商、西周、东周、东汉、曹魏、西晋、北魏、隋、唐等13个王朝在洛阳建都，拥有1500多年建都史，"普天之下无二置，四海之内无并雄"。不同的朝代给予了洛阳不同的称呼，历史上洛阳曾先后被称作斟鄩、西亳、洛邑、洛师、成周、王城、雒阳、神都、京洛、洛京、中京、伊洛、河洛、河南、洛州、三川等。

隋大业元年（605年），隋炀帝迁都洛阳，在东周王城以东，汉魏故城以西18里处，新建洛阳城。同年下令开凿大运河，从而形成了以洛阳为中心，向东北、东南辐射总长达2700多公里的南北水运网。

唐代自高宗始以洛阳为都，称东都。武则天光宅元年（684年），改东都为神都，对都城进行扩建，修建了明堂、万国天枢等。武则天称帝后，改国号为周，定都洛阳。

作为隋唐大运河的中心，洛阳盆地的洛河曾经是御河和运河之中枢。已发现的含嘉仓遗址、洛口（兴洛）仓遗址都处于洛河沿线，皆为昔日大运河南粮北调、东粮西运的佐证。据唐代杜佑《通典·食货》记载，唐天宝八年（749年），各大型官仓的储粮为12656630石，而含嘉仓的储粮就有5833400石。

宋以洛阳为西京，置河南府。金朝定洛阳为中京，改河南府曰金昌府，并河南县入洛阳县。元朝定都北京，洛阳降为河南府治。元代大运河裁弯取直，漕运不再转经洛阳，随着通济渠、永济渠部分河道的淤塞湮废，洛阳的经济逐渐衰败至普通州府水平。

新中国成立初期，洛阳由于地理位置的优越性，成为我国重要的工业重镇。十大厂矿的兴建，使洛阳一度成为全国第五大现代化城市。生产“东方红”拖拉机的中国第一拖拉机厂就是当年的十大厂矿之一。

一千多年过去了，宫阙不再、运河荒废，隋帝周皇俱尘土，历史给洛阳留下了“三绝”——洛阳牡丹、龙门石窟和洛阳水席。

清康熙四十四年（1705年）《河南府志》卷二十七《物产志》记载：“牡丹，《龙城异人录》：‘武后诏游上苑，百花俱放，牡丹独迟，遂令贬于洛阳。后洛阳牡丹甲天下也。’欧阳修《花品序第一》：‘牡丹出丹州、延州，东出青州，南亦出越州。而出洛阳者，今为天下第一。’”

龙门石窟位于洛阳市南郊伊河两岸的龙门山与香山上，开凿于北魏孝文帝年间，之后历经东魏、西魏、北齐、隋、唐、五代、宋等朝代连续大规模营造达1400余年之久，南北长达1公里，今存有窟龛2345个，造像10万余尊，碑刻题记2800余品。“龙门二十品”是书法魏碑精华，唐代褚遂良所书的“伊阙佛龛之碑”则是楷书之典范。

洛阳水席，因菜菜有汤、道道有水而得名；另一说认为水席中热菜是上一道撤一道，如行云流水，故曰水席。水席通常认为起源于隋唐时期，晚唐康骈《剧谈录》中有一则名为《洛中豪士》的传奇，文中有“及至水餐，俱致一匙于口，然相盻良久，咸若殨茶食蘖李，莫究其由。”提及“水餐”

一词。宋人也有"武皇之席，行云流水"的记载，或可作为水席由来的佐证。

唐代诗人白居易，晚年以太子宾客分司东都，并终老于此。白居易在洛阳写下了一首《池上小宴问程秀才》，唐朝饮食之风味可见一斑："洛下林园好自知，江南境物暗相随。净淘红粒罢香饭，薄切紫鳞烹水葵。雨滴篷声青雀舫，浪摇花影白莲池。停杯一问苏州客，何似吴淞江上时？"

洛阳水席选料广泛，制作精细，滋味中和，有"冷热焦软稀稠干，海河荤素甜辣酸"之特点。通常全席二十四道菜，即前八品、四镇桌、八大件、四扫尾。其上菜顺序是：先摆四荤四素八凉菜，接着上四个大菜，每上一个大菜，随带两道菜，名曰"带子上朝"。第四个大菜上甜菜甜汤，后上主食，接着四个压桌菜，最后是一道"送客汤"。

现今的洛阳水席可分为两个流派，其区别在于形而上学的起源问题。

其中一派认为洛阳水席起源于唐代宫廷御宴，与一代女皇武则天渊源颇深。这一流派所经营的洛阳水席以仿古、复古为主要特色，颇具古典意趣，其中以"真不同洛阳水席"为代表。

"真不同饭店"创建于清光绪二十一年（1895年），其前身是于氏夫妇在西华街开设的一爿小店，叫"于记饭铺"，以"一面三汤"（大碗面、不翻汤、豆腐汤、白汤）而闻名。1924年迁至西华街路南，1938年又在西华街路南开设炒菜馆，改名为"新盛长饭铺"，以荤菜为主，辅以小吃，因为经济实惠，生意颇为兴隆。1947年，"新盛长饭铺"迁到北大街路东，改名为"真不同饭店"。1966年，"真不同饭店"正式过渡为国营企业，"文化大革命"时期更名为"群众饭店"，处于瘫痪状态。直到1978年，洛阳市二商局才把"群众饭店"恢复为"真不同饭店"，重新经营洛阳水席等特色菜肴。

　　"真不同"的武皇水席共八八四四 24 道菜，寓意武则天执政 24 年的历史光景。"前八品"，也叫前八礼，四荤四素，拼成的花鸟图案，分别象征武则天服、礼、韬、欲、艺、文、禅、政的八大善 (膳) 绩。"四镇桌"是指四个主菜：牡丹燕菜、葱扒虎头鲤、云罩腐乳肉、海米升百彩。"八大件"为快三样、五柳鱼、鱼仁、鸡丁、爆鹤脯、八宝饭、甜拔丝、糖醋里脊。"四扫尾"是鱼翅插花、金猴探海、开鱿争春、碧波绛丸。24 道菜之后，另上一道酸辣鸡蛋汤，称为"圆满如意汤"，以示全席结束。

　　精简版 16 道菜，则为八汤八水：牡丹燕菜、洛阳熬货、洛阳肉片、条子扣肉、西辣鱼片、奶汤炖吊子、烩四件、洛阳酥肉、料子凤翅、酸汤焦炸丸、水氽丸子、洛阳海参、油炒八宝饭、蜜汁人参果、米酒满江红、圆满如意汤。

　　另一流派则认为洛阳水席源自民间，它结合了民间宴席和寺院素菜，采用萝卜、山药、红薯等常见的平民食材制成筵宴，管记水席、九府水席等皆是这种经济实惠的路线。以前民间管红白喜事吃水席叫"吃桌"。家庭窘困，席面简约一些，称作"五碗四"，好一点的叫"八碗四"，再丰盛一点的有"十八碗"，更奢华的一共 24 道菜，叫"官场儿"，满满当当一大桌子，所以也叫"整桌"。

　　"洛阳水席"，在民间远不及"官场儿"这一俗称更为普及。所谓"官场儿"，即宴席仿制官府规制，注重铺排的形式感，要求有足够的场面与饭菜花色。但凡官场儿，24 道菜的八八四四组合不能变，16 道热菜的数量及上菜顺序亦有定数。具体操办时，依经济能力可在菜肴品种、食材丰廉上加以权变，所以同样谓之"官场儿"水席，虽基本味道相近，食材可能大不相同。

（上）洛阳水席

（下）洛阳丽景门夜景

（上）假烩海参
（中）酸汤焦炸丸子
（下）牡丹燕菜

旧时的洛阳水席，常见的全席菜品通常包括八个凉菜：姜汁银条、麻辣莲菜、锅炝白菜、蒜汁芹菜、凉拌肚丝、炸花生米、猪头肉卷、虎皮鸡蛋。十六碗热菜：燕菜、莲汤肉片、条子肉、黄焖鸡、烩松鱼、蒸滑肉、烩四件、方块肉、小酥肉、焦炸丸、水氽丸子、熘海参、八宝饭、蜜汁红薯、酸楂醪、甩袖汤。

现在民间常见的洛阳水席，整桌 24 道菜依次为：八冷盘：杜康醉鸡、五香牛肉、红油耳丝、椒盐鲫鱼、蒜泥黄瓜、菊花变蛋、姜汁脆莲、金钩芹菜。四镇桌：牡丹燕菜、料子全鸡、西辣鲤鱼、蜜汁八宝饭。八中件：烩海两样（海参、鱿鱼）、莲汤肉片、烩杂拌（猪肚、肥肠、猪肝、皮肚等）、炸丸子汤、水漂丸子、奶汤肚片、蜜汁红薯、山楂醪子汤。四扫尾：虎皮扣肉、小酥肉、烩假海参（又名洛阳水丸子，以红薯粉条、淀粉为主料）、酸辣蛋汤。

在老城里的一些旧街巷中，走几步，抬头就能看到一片"水席"的招牌。在这些小店里，可以吃店家拟定的套餐，也可以自己随意点菜。其主要的菜品有：洛阳燕菜、连汤肉片、熬货、烩什锦、烧杂拌、炖吊子、红烧肉、腐乳肉、小酥肉、黄焖鸡、黄焖排骨、烧假鱼肚、烧三鲜、烩鱿鱼、烧扁垛、焦炸丸、水丸子、水漂丸、山楂醪、蜜汁红薯、八宝饭、三鲜汤、木樨汤、奶汤肚片、肚丝汤等。

唐景龙三年（709 年），韦巨源升任尚书左仆射，依例向唐中宗进"烧尾宴"。《韦巨源烧尾宴食单》中共记录了 58 道菜：有冷盘，如吴兴连带鲊；有热炒，如逡巡酱；有烧烤，如金铃炙、光明虾炙；汤羹、甜品、面点也一应俱全。无论食材档次还是烹制名目，均非现今的洛阳水席可比拟。

洛阳水席的"唐朝菜"，多依据民间传说而无史料记载，如洛阳燕菜、葱扒虎头鲤等。而且未收录与武则天相关的百花糕、九饤食、炙鸭鹅、冷修羊等名肴。

唐代《宫词》："春开上节醉霞浆，内样花糕百和香。九饤寻常心易厌，牙盘先进冷修羊。"《武则天花朝游》载："则天游园，令宫人采百花和米捣碎蒸糕，以赐群臣。"唐人卢言《卢氏杂说》载："御厨进食用九饤食，以牙盘九枚装食味于其间，亦曰'香食'，又称'九饤馄'。"唐代张鷟《朝野佥载》载："周张易之为控鹤监，弟昌宗为秘书监，昌仪为洛阳令，竞为豪奢。易之为大铁笼，置鹅鸭于其内，当中取起炭火，铜盆贮五味汁，鹅鸭绕火走，渴即饮汁，火炙痛旋转，表里皆熟，毛落尽，肉赤烘烘乃死。"

宋代陶谷《清异录》记载："天后好食冷修羊。赐张昌宗《冷修羊手札》曰：'珍郎杀身以奉国。'"

对比多家洛阳水席的菜单，可以推断出水席的起源本出自民间。洛阳四面环山，气候干燥寒冷，民间饮食多用汤类，喜酸辣以御寒冷。人们用本地常见的萝卜、白菜、红薯、山药、莲菜等制作出经济实惠、以汤水见长的宴席，逐渐形成"酸辣味殊，清爽利口"的风味。

东汉时期的都城洛阳，经济繁荣，文化昌盛，交通便利，商客云集。永平七年（64年）汉明帝闻西方有异神，遣郎中蔡谙、博士弟子秦景等赴天竺求法。永平十年（67年），秦景等人与中天竺僧人摄摩腾、竺法兰以白马驮经书、佛像回到洛阳，次年于雍门外建白马寺。摄摩腾、竺法兰在白马寺译出《四十二章经》，为现存的中国第一部汉译佛典。自白马寺落成，洛阳便成为中国的释源和北方佛教的重镇。北魏杨衒之《洛阳伽蓝记》记载："异国沙门，咸来辐辏，负锡持经，适兹乐土。"

武则天临朝称制时期，"铸浮屠，立庙塔，役无虚岁"。始建于永徽六年（655年）的奉先寺即为时为皇后的武则天所捐建，传说寺中主尊卢舍那大佛即是依照武则天的相貌所雕刻。

尊佛、礼佛之风逐渐影响洛阳人的饮食，食素成为一种风尚。风俗沿袭，"素菜荤做"成了洛阳水席的传统特色之一，牡丹燕菜的原料是萝卜，松鱼实际上是用山药加工而成的方丸子，洛阳海参是用淀粉和粉条制成的，脯肉、焦炸丸等亦是素菜。

牡丹燕菜，又名假燕菜、洛阳燕菜，是洛阳水席中不可或缺的一道菜。传说武周年间，武则天驾临洛阳仙居宫，适逢城东关下园村长出一棵长逾三尺、重达三十余斤的白萝卜，百姓视为"祥瑞"而敬献进宫。御厨们费尽心思，反复琢磨，将萝卜切丝配以山珍海味烹制成一道汤菜。女皇品尝之后，赞其清醇爽口，沁人心脾，观其形态酷似燕窝，赐名"假燕菜"。

1973 年，周恩来总理陪同加拿大总理特鲁多来洛阳考察，以洛阳水席宴请来宾，当周总理看到燕菜中有厨师精心雕刻的牡丹花时，高兴地说："洛阳牡丹甲天下，连菜中也开出牡丹花来。"之后，洛阳燕菜又被称为"牡丹燕菜"。

牡丹燕菜的食材简单易得，但烹制工艺烦琐精细。白萝卜先切成长丝，细如龙须，在高汤浸泡入味，滤干裹以薄芡，上笼蒸至芡凝固。蒸好的萝卜丝晶莹剔透，团如浮云，形似燕窝，佐以汤料文火稍煨，爽利香滑，清爽如素，馥厚似荤。一根平常的萝卜，经过精工巧思，最后变成了不让山珍海错的御宴菜。在洛阳吃水席，从燕菜的味道如何即可判定一桌水席的水准之优劣。

水席的精髓在于汤。汤文化，不仅是水席的灵魂，也是豫菜乃至中原文化的灵魂。

《吕氏春秋·本味篇》记载："汤得伊尹，祓之于庙，爝以爟，衅以

牺猴。明日设朝而见之，说汤以至味。汤曰：可对而为乎？对曰：君之
国小，不足以具之，为天子然后可具。夫三群之虫，水居者腥，肉玃者
臊，草食者膻。恶臭犹美，皆有所以。凡味之本，水最为始。五味三材，
九沸九变，火为之纪。时疾时徐，灭腥去臊除膻，必以其胜，无失其理。
调合之事，必以甘、酸、苦、辛、咸。先后多少，其齐甚微，皆有自起。
鼎中之变，精妙微纤，口弗能言，志不能喻。若射御之微，阴阳之化，
四时之数。故久而不弊，熟而不烂，甘而不哝，酸而不酷，咸而不减，
辛而不烈，淡而不薄，肥而不腻。"

洛阳水席，初见不过几样简单的汤汤水水，实际品味下来却颇具深意。
依上菜顺序，先淡后浓；中平的鲜咸转而增加了醒神开胃的酸，进而增加
麻和辣的力度，将宴席推向高潮，宴席渐近尾声，汤的味道再变为甜咸。
每一道菜都明显有别于上一道菜，或渐近递增，或转折迂回，或清爽，或
醇厚，使味蕾始终处于新鲜有味的状态之中。

洛阳的汤，除却水席，羊肉汤、牛肉汤、驴肉汤、豆腐汤、丸子汤、
不翻汤等，亦各具特色，别有一番风味。

## 洛阳的汤

洛阳人真爱喝汤。

羊肉汤、牛肉汤、驴肉汤、牛杂汤、羊杂汤、胡辣汤、豆腐汤、凉粉汤、粉丝汤、丸子汤、不翻汤，等等，不一而足，汤馆的招牌随处可见，似乎天地间没有什么不能用来煮汤；而且洛阳人喝汤不分时节不拘早晚，春夏秋冬，无论晨昏，随时都可以找到正在营业的汤馆，随时可喝。肉汤、杂汤是荤汤，豆腐汤、丸子汤、凉粉汤、粉丝汤是素汤，胡辣汤、不翻汤可荤可素。

"一日之计在于晨"，喝汤要趁早。开汤馆是个辛苦营生，一锅汤要从傍晚熬到天亮，肉的香、骨的鲜都统统被熬煮到了那一锅浓白醇厚的汤里。很多"老洛阳"天刚蒙蒙亮就守候在汤馆门口，等着汤馆开板儿营业，为的就是能喝上"头三碗"。洛阳的民俗专家形象地说："七点钟喝汤，八点钟喝油，九点钟喝水。"

牛肉汤。才五六点钟，牛肉汤馆中已宾客如云，大锅里汤水鼎沸，热气氤氲。付过钱，伙计按价格称取或多或少的牛肉、牛杂，在汤锅中氽烫一下，置于大碗之中，加入葱花、香菜、血豆腐等，把一勺滚烫的肉汤浇在上面，香气扑鼻。浓香醇厚的牛肉汤乳白而清冽，亦如乳汁般黏唇挂齿，汤有生姜、胡椒的清新之辣味，啜饮一口，暖流奔涌，通体舒泰。

喝牛肉汤，可以佐食烧饼、油旋或者切丝的烙馍。把饼掰碎浸于汤中，在酥硬与绵软之间，迅速连汤吃下，山野之荤香浸润平原的麦香，相得益彰。

"老洛阳"喝汤讲究"三美"，即"瘦肉、薄饼、原汤"。一碗汤喝罢不够？那就再添一碗汤，免费的。洛阳人喜欢泡馍而食，所以洛阳的汤馆都有一个约定俗成的规矩：加肉添钱，加汤免费。

很多老店的招牌上皆书"甜咸牛肉汤"，"咸"与"甜"，其实是咸淡之分，甜牛肉汤不加盐。年轻人多喝咸汤，长者喜喝甜汤，喝的次数多了，口味会越来越淡，逐渐迷恋上原汁原味的鲜甜。

羊肉汤。以孟津县白鹤镇铁谢村所产最为著名，当地人称："清晨一碗汤，神仙都不当。"铁谢村距洛阳市区约30公里，每天专门从洛阳城里去铁谢村喝羊肉汤的人络绎不绝。城中亦有汤馆悬挂"铁谢羊肉汤"招牌，其味不及铁谢村所产。

驴肉汤。清炖，肉汤分明，肉烂而不腻，汤色乳白，香气浓郁。喝驴肉汤，驴肉、驴杂之外，还有一种"驴白血"不可或缺。驴白血是用驴的血清加工而成的，白而细嫩，滋味鲜香。

豆腐汤。以豆腐和姜汤为原料熬制而成，口味清淡，价格实惠，亦是洛阳人早餐的首选之一。豆腐用本地的老豆腐，一半鲜用，一半油炸。鲜豆腐鲜香软嫩，炸豆腐焦香筋道，姜汁的辛清冽，葱油的香浓郁，加上简简单单的几棵青菜，回味悠长，可谓"人间有味是清欢"。

早吃荤，晚吃素。很多洛阳人，一天的饮食生活用一碗素净的汤来结束，其中最具特色的要数不翻汤。

"不翻"起源于孟津，通常读作"不翻儿"。孟津地处黄河中游最后的一段峡谷，两岸高山耸立，谷中风高浪急。在小浪底水利工程修建之前，该处常有渔船发生翻船事故，因此当地民间风俗，忌讳说"翻""扣"等字眼。为了讨个吉利，期盼平安，于是给这种单面烙煎的食品取名为

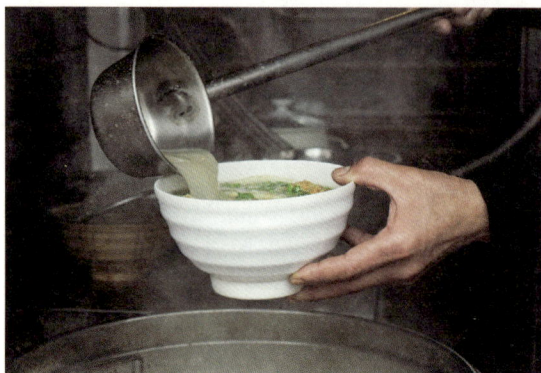

洛阳不翻汤

"不翻"。

　　不翻以绿豆为原料，经浸泡、去皮，磨成豆浆，加入鸡蛋、食盐，调成糊状在小鏊子上煎烙而成，制作时不需翻面，故而得名。烙好的不翻巴掌大小，厚薄如铜板，清香爽口，蘸红油蒜汁而食，妙不可言。

　　将不翻置于碗中，配以煮好的黄花菜、海带丝、木耳、粉丝、血豆腐、豆腐丝等，加虾皮、紫菜、韭菜等佐料，浇上一勺滚烫的骨头汤，淋醋、撒胡椒粉，便是一碗酸辣可口、回味悠长的不翻汤。一碗不翻汤下肚，额头沁汗，畅快淋漓。

　　很多人本想只吃一碗"不翻汤"当作简单的晚饭，不料酸辣利口的不翻汤让人胃口大开，反而多吃了几个烧饼、烙馍。根据口味需求，不翻汤中亦可另加丸子、剔骨肉等。如今很多店家用鸡蛋薄饼代替了绿豆不翻，卖相虽好，却少了绿豆的清香。

　　暮色四合，月朗星稀，喝罢不翻汤，行走于历史的城池之上，心生赞叹之情，一句新学的洛阳话脱口而出——可美！在那一轮明月之下，身在异乡的洛阳人心头的乡愁，也许只是一碗热气腾腾的洛阳的汤。

# 浆面条

旧时洛阳有一句民谣："河南府，有三宝，孟津梨、灵宝枣、洛阳城里浆面条。"

孟津是洛阳的辖县。孟津的梨皮薄质细，甘脆无渣，酸甜适度，清脆可口，早熟耐贮，久负盛名。北魏贾思勰《齐民要术》称："洛阳北邙有张公夏梨，甚甘，海内唯有一树。"

灵宝在 1952 年至 1986 年曾属洛阳专区。灵宝大枣质细肉厚，清香甘甜，适宜制干枣和酸枣。鲁迅先生曾在信件中称赞好友曹靖华所赠灵宝大枣说："红枣极佳，为南中所无法购得。"

浆面条，是洛阳人普遍喜欢的传统面食，在洛阳有深厚的群众基础。浆面条之于洛阳，类似羊肉烩面之于郑州，灌汤包子之于开封。有人说外乡人来一趟洛阳，不吃"洛阳水席"犹可，不吃浆面条就枉来一趟洛阳了。

浆面条又称浆饭，顾名思义即用"浆水"烹制的面条。"浆水"，是用绿豆磨成的豆浆经发酵而成，味酸而略带馊味，所以也称"酸浆"。浆水本是制作绿豆粉丝（粉条）的副产品，因为洛阳人的酷爱，所以洛阳的老街巷中，有很多专门的"浆坊"，专门制售浆水。走在老城中，不必询问或寻觅，离老远就能闻到那种特殊的酸香。

浆面条对于老洛阳人有着特殊的意义。过去民间常吃粗粮，玉米、红薯、高粱等粗粮难以下咽,因为有浆水的调和,粗粮制成的食物才变得酸香可口。

买回来的浆水放在锅里加热,酸浆初沸,涌起丰富的泡沫。加少许香油,反复搅拌,泡沫渐而消解,酸汤变得光滑细腻,待汤滚沸,下入面条(杂面条更好)煮至烂熟近糊状,加入葱花、黄豆、芹菜、韭菜、辣椒、精盐即可。以前老洛阳浆面条中的配料只有芹菜、咸菜丝、黄豆老三样,如今白菜、萝卜、黄瓜、辣椒等时令蔬菜皆可当作浆面条的配菜,事先切成小丁或细丝,腌渍入味,还可以配以酱菜、榨菜丝、雪菜末等。煮好的浆面条浓稠,配菜清脆,其味酸香清爽,酸中带香、香中有甜、开胃醒神。

洛阳的浆面条不仅是居家饭食,坊中亦有专门的浆面条店铺摊贩。以前卖浆面条的路边摊主喜欢用勺子叩击煮面的铁锅,口中吆喝着"浆面条,大绿豆"招揽生意,人们闻声而至,美美地吃上一大碗,乃去。

浆面条看似简单粗陋,但制作起来也有不少讲究。浆水的优劣直接决定了浆面条的味道。做浆要选用上好的绿豆,浸泡涨发后用石磨磨成豆浆,再过箩滤去豆渣,装在粗陶大缸里慢慢发酵,使浆水变酸。秋冬季节需要生火保持室温,让缸里的浆水充分发酵。老洛阳人喜欢这种古法制作的浆水,他们认为制法一旦变了,那种老味道也就没了。煮浆面条,需小火慢煮,面条看似烂糊却有筋骨,有别于洛阳的另一种小吃糊涂面。

洛阳之外,南阳、汝州、新郑等地居民也爱吃这种浆面条,这种酸腐中酝酿出的清香弥漫了整个河洛地带。沿着黄河一直向西、向北,在山西、陕西、甘肃等地,形成一个大的"食酸文化圈"。但是陕甘地区的浆水面,所用的浆水是用小麦的面汤发酵制成的,酸香爽口,没有绿豆浆水那么冲。倒是运河最北端的北京人,把这种绿豆浆水当作了特色食品,称之为"豆汁儿"。

# 偃师银条

隋大业元年（605 年），隋炀帝杨广营建东京（今河南洛阳），又征发河南、淮北诸郡男女百余万人开凿通济渠。通济渠西段自东京西苑引谷水、洛水，循东汉阳渠故道东流，至偃师东南入洛，由洛入河；东段从板渚（今河南荥阳汜水镇东北牛口峪附近）引黄河水东流，循汴水故道至浚仪（今河南开封）东，折而东南流经陈留、雍丘（今河南杞县）、襄邑（今河南睢县）、宁陵（今河南宁陵东南）至宋城（今河南商丘南），东南入蕲水故道，经谷熟（今河南虞城西南）、酂县（今河南夏邑南）、永城（今河南永城北）、蕲县（今安徽宿州东南）、夏丘（今安徽泗县）至徐城（今江苏洪泽湖西鲍集附近）东南今盱眙对岸处入淮。

偃师，现在是洛阳下辖的县级市，因公元前 11 世纪周武王东征伐纣在此筑城“息偃戎师”而得名，先后有夏、商、东周、东汉、曹魏、西晋、北魏七个朝代在此建都。境内有二里头夏都斟鄩遗址、尸乡沟商城遗址、汉魏洛阳故城遗址和唐代帝陵唐恭陵，隋朝时的太仓遗址就在偃师的翟镇、佃庄一带。

偃师距离洛阳不足百里，当地饮食与洛阳大致相同。

银条，是偃师特有的根茎蔬菜，观之洁白如玉，食之鲜嫩爽脆。凉拌、炒食、蒸煮、做汤均可，又可经酱渍、醋泡、糖浸、蜜饯制成酱菜或甜食，但最常见的是凉拌。

凉拌银条的制作要点，民间有一个歌谣："锅净水宽，忌生防烂；喜姜莫葱，躲酱增酸。"以前宴席上，调制凉拌银条时大多用姜，而戒葱、酱等夺色夺味之物，以保持银条清香脆嫩之质、洁白皎然之貌。

自家料理，则不必拘泥章法。银条随手一掰，在沸水中稍微一焯，过凉去除泥腥味。根据个人口味，加入青、红辣椒丝，韭菜、香葱、小葱亦无不可，陈醋、生抽、香油一拌，银条菜脆生生、白嫩嫩，配菜色彩分明，滋味绝妙。

银条味道清爽，配菜不惧油腻，银条炒肉丝是偃师人钟爱的下饭菜之一。坊间有人以银条炒虾仁，银条洁白、虾仁金黄，食之唇齿留香，回味无穷。

银条喜欢弱酸性的沙质土壤，且喜生地，重茬种植则不生。黄河在河南进入平缓的下游，泥沙不断淤积，于是黄河岸边的偃师成了银条最重要的产地，2010 年，偃师的银条产量占全中国银条总产量的 95% 以上。

银条，学名地笋，唇形科地笋属，在不同地区有地瓜儿苗、地环、地石蚕、山螺蛳、洋参、蛇王草、观音笋、田螺菜、地藕等多种别称。银条全草可入药，乃《本草经》著录的泽兰正品，是一味妇科良药。

唇形科中还有一种水苏属植物，叫作甘露子。植株与银条近似，其别称经常与银条混淆。甘露子的地下块茎较肥大，形状多为念珠状或螺状，多做酱菜或泡菜食用，亦脆嫩甘美，但其形不及银条细长而洁白。

## 怀府闹汤驴肉

焦作，1945 年建市。古称有怀庆、河内、河朔等。夏朝属冀州，称覃怀地。汉代起，属冀州河内郡。五代分属怀州、孟州、郑州、开封府。明分属河内布政使司怀庆路及开封府。

《隋书·炀帝记》记载："大业四年（608 年），隋炀帝开永济渠，引沁水南达于河（黄河），北通涿郡（今北京城区西南隅）。"隋朝开凿大运河时，焦作境内的沁河是大运河北段永济渠的源头，永济渠的渠首就在今焦作境内。

隋大业六年（610 年），永济渠开通后，新乡至卫辉的清水成为永济渠的一部分，唐宋时又称"御河"。元明时期，沁水断流，新乡至卫辉大运河的水源主要靠百泉，其流域多在春秋时的卫地，所以人们称之为卫河。元代开凿京杭大运河。至清代，临清至天津一段，称为南运河；临清以上至河南，仍称卫河。

在 1400 多年的历史变迁中，黄河、沁河多次改道，大运河在焦作路线也发生过较大的改变。历史上著名的引丹济卫水利工程九道堰，沁阳的沁河码头，博爱的蒋沟、界沟，武陟木栾店码头，修武东关码头等，均为隋唐大运河沿用至明清和民国时期的历史遗迹。由博爱经武陟和修武境内向东连通卫河的运粮河，一直到 1949 年左右仍可通航。

焦作名产以四大怀药（山药、菊花、地黄、牛膝）最为著名，名吃则有闹汤驴肉、海蟾宫松花蛋、修武黑山羊和山韭菜等，民间连缀成联曰：

历史上的丹河经沁水汇入永济渠（卫河）

"闹汤驴肉上海蟾宫，修武黑羊下山韭菜。"

闹汤驴肉原产沁阳，沁阳以前是怀庆府的府治，故而焦作、沁阳的驴肉馆多冠以"怀府闹汤驴肉"。闹汤驴肉起源于明清时期沁阳城东的柏香镇，有一董姓人家每日推车到怀庆府城中一条无名小胡同经营驴肉生意，即后来的杀驴胡同。以前柏香镇流传着一句顺口溜："东关粮行，西关糖坊，南关锅口，北关吹手。""南关锅口"指的就是制作闹汤驴肉的汤锅。明清时期的怀庆府，盛产"四大怀药"和棉花、粮食等物产，商贾云集，怀府驴肉也就被客商带往各地，声名远扬。

怀庆府，设立于明洪武元年（1368 年），府治河内（今沁阳）。清沿明制，怀庆府辖河内、济源、修武、武陟、孟、温、原武、阳武共八县，其地理范围相当于现在的焦作市、济源市和新乡市的原阳县所辖地域。民国二年（1913 年），废府存县，属豫北道，河内县名改为沁阳。"怀庆府"成为一个历史地名，后来成为焦作市的别称。

沁河、丹河、济河穿府而过，肥沃的土地滋养了丰茂的药草植被，为畜牧业提供了便利条件。境内地下矿藏丰富，又多丘陵山地，民间多养驴为畜力。东汉许慎《说文解字》中说："驴，似马，长耳。"段玉裁注曰："按，'驴、骡、駃騠、駏驉、驒騱'，太史公皆谓为匈奴奇畜，本中国所不用，故字皆不见经传，盖秦人造之耳。"李时珍在《本草纲目》中说："驴，长颊广额，磔耳修尾，夜鸣应更，性善驮负，入药以黑者为良。女直、辽东出野驴，似驴而色驳，鬃尾长，骨骼大，食之功与驴同。"

闹汤驴肉选用三年至五年的成年驴肉为原料，其肉质不老不嫩、不肥不瘦，切成大块在清水中浸泡两个小时以上，反复冲洗，洗净残留的血水。然后放入老汤锅中，放入花椒、八角、丁香、桂皮、草果、肉蔻等十几味中药材配制的调料包，经大火煮、中火煨、小火焖三道工序，历六七个小

闹汤驴肉

时方成。盛取适量的驴肉原汤，滤净杂质，加入香料、调味料小火熬煮，直到汤汁变得黏稠如饴，浇淋在切好的驴肉上，佐而食之，甘美非常。

闹汤驴肉宜冷食。驴肉或切薄片，或切小块，我更喜欢切块的驴肉。色泽暗红，筋络晶莹，像间杂石英的鸡血石。肉清香而富弹性，沾汤则咸鲜，味觉感受到丰富的醇香。汤汁浓稠，与其说是蘸料，更像是给驴肉抹了一层蜂蜜一样的卤汁，使驴肉的口感趋向嫩的范畴。

古时怀府驴肉并无闹汤之说，闹汤有两种含义，一种是把浇淋的卤汁称作"闹汤"，汤用多种香料熬煮而成，汤锅中水汽氤氲、汤汁沸腾，煞是热闹。另一种含义则取气象浓盛之意，化用宋子京《玉楼春》词中的名句，可谓"怀府驴肉香气闹"了。

怀府闹汤驴肉

# 道口烧鸡

《重修滑县志》记载："周公次八子伯爵封于滑，为滑伯。"滑伯本姬姓，后裔改为滑氏。《元和志》云："滑氏为垒，后人增以为城，临河有台，故曰滑台城。"《水经注》曰："旧说，滑台人自修筑此城，因以名焉。"春秋时，滑县为卫国的曹邑。秦汉时期，滑境称白马县，隶属东郡。隋至明初，滑县称滑州。明洪武三年（1370 年），废白马县入滑州，洪武七年（1374 年）降滑州为滑县。清雍正三年（1725 年），滑县改属河南卫辉府。民国三年（1914 年），裁并府、州，滑县隶属豫北道。

1949 年底，滑县政府驻地自万集村迁至道口镇，先后属濮阳、安阳管辖。2014 年，滑县成为河南省直管县。

行走运河，寻访四方饮食，渐渐发现一个规律。民间美食能声名远扬者必依车船之利，古今皆然，比如津浦铁路上的德州扒鸡、符离集烧鸡等，道口烧鸡亦是如此。

道口镇本为黄河故道上一个古渡口，原名"李家道口"，后简称"道口"，在 1950 年之前，道口镇属浚县。道口镇只是一个方圆不过百里的豫北小镇，但在清末民初时期已经形成了顺河街、一面街、后大街、北辛店街、大集街、关帝庙街、西门街、南门街、东关街、狮子巷街、苦水井街、脚力市街等12 条大街、72 条胡同的规模。

道口毗邻大运河，清朝乾隆年间，道口开始日日有集。清末民初，道口镇水路畅通，上可达百泉，下可抵天津，不足 5 公里的卫河河段上竟设有十几个码头。1907 年又开通了道清铁路（道口至博爱清化镇）。商贾云集、人烟辐辏，有"小天津卫"之美称。

道口镇外的卫河，也就是隋朝大运河的永济渠。《畿辅安澜志》载："卫河，古清、淇二水所导也，汉为白沟，亦曰宿胥渎，隋为永济渠，宋元曰御河，明曰卫河。"卫河发源于辉县市中心西北的苏门山南麓的百泉湖，该河自浚县曹湾村东入滑县境，经道口镇桥上村至军庄村北复入浚县，河域流经道口古镇，由南向北曲穿而过。该河汇合淇河、汤河、安阳河水，流经新乡、浚县、滑县，过汤阴、内黄、濮阳至河北、山东，于馆陶县徐万仓与漳河汇流后称卫运河，汇流进入海河，最终注入渤海。

在道口故城众多街巷中，有一条离卫河大堤几步之遥的地方，有一条四五十米长的街道称作"水街"，据说以前道口镇的居民多在此汲取甘甜的卫河水以供日用。沿水街往前，大集街的路口，有一家"义兴张"烧鸡老铺，在道口烧鸡中最为著名。

据《滑县县志》记载："义兴张"烧鸡始创于清顺治十八年（1661 年），初创时生意清淡，勉强维持。乾隆五十二年（1787 年），义兴张传人张炳得御厨姚寿山传授"要想烧鸡香，八料加老汤"的诀窍，在烹制过程中使用陈皮、肉桂、豆蔻、丁香、白芷、砂仁、草果、良姜八味作料，讲究老汤卤制，所制烧鸡鲜美软烂，其色、香、味、烂被世人称为"四绝"，从此声名大振，张炳把店名改为"义兴张"，寓意"友义兴张"，历久不衰。

1954 年，"义兴张"第六代传人张长贵响应公私合营，其经营的烧鸡老铺加入滑县食品公司，"义兴张"品牌遂为国有。1955 年河南省政协会议上，张长贵向社会公开祖传秘方，"义兴张"烧鸡制作技术开始扩散，

道口烧鸡

道口烧鸡

成为后来道口烧鸡的生产范本。1986 年，张长贵之孙张存有重新经营祖传的"道口义兴张烧鸡老铺"。1997 年，滑县食品公司改制，"义兴张"商标归滑县食品公司所有。后经协商，义兴张传人张存有的产品亦可使用"义兴张"，但其注册商标则是"张存有"。

道口烧鸡，制作时先抹饴糖油炸，再以老汤焖煮，故而色泽金黄略红，如秋日中州山野中初熟的柿子。与他乡相异，道口烧鸡加工时剁去鸡爪，鸡腿交叉插于腹下，双翅衔于口中，形似元宝。道口烧鸡以酥香软烂为征，食用时不需刀匕，拈取大骨轻轻抖动，骨肉即可分离，夹取品尝，入口亦酥软芬芳，一嚼即化。道口烧鸡妙在香料和老汤的浓醇并不掩盖鸡肉本身的清香，咸鲜中回味清甜，回味悠长。

道口烧鸡咸淡适中，不似大部分北地酱鸡卤肉容易过咸，不论热食冷吃皆可。我更偏爱冷吃，烧鸡撕成条状，白嫩的鸡肉与金红的鸡皮相映成趣，腴香鲜嫩中多了一丝韧性，舌端齿间便多了一层值得回味的质感。饮酒合宜，佐茶亦佳。下饭则必河南之烙馍，卷而大嚼，滋味无穷。

# 浚县子馍

北周大定元年（581 年），北周静帝禅让帝位于杨坚，即隋文帝，定国号为"隋"，定都大兴城（今西安）。仅仅 38 年之后，隋大业十四年（618年），隋恭帝杨侑禅让于李渊，619 年王世充废隋哀帝，隋朝灭亡，可谓"其兴也勃焉，其亡也忽焉"。

隋开皇四年（584 年），为解决关中京洛的粮食供给，隋文帝杨坚便开始了大运河的开凿。自大兴城西北引渭水，循着汉代漕渠故道而东，至潼关入黄河，长 150 多公里，称作广通渠，后改称永通渠。

大业元年（605 年），杨广甫一继位就征发百万士兵和夫役，开凿通济渠。同年又改造邗沟。大业四年（608 年），征民工数百万，疏浚山阳渎，又开通永济渠，连接洛河、黄河、汴河、泗水达于淮河。大业六年（610 年），又拓深江南运河以达余杭（今杭州），同时由洛阳附近凿永济渠通往流经卫地的清水河，清水河经临清转天津到涿郡（今北京市南），全线南北沟通。

大运河的作用主要是运输漕粮以供京师，故又称"漕河"。运河两岸，建立了许多粮仓，作为转运或贮粮之所，其中的黎阳仓、广通仓、河阳仓、常平仓被称为天下四大官仓。

隋朝将黄河以北各州征收的粮食，集中于黎阳仓，经黄河或永济渠运往洛阳、长安及兵火前线，充实京师仓廪，供给战争所需，防备水旱灾荒。黎阳仓规模宏大，古有"黎阳收，固九州"之说。宋代张舜民《画墁录》记载："余曾过大伾，仓窖犹存，各容数十万，遍冒一山之上。"

浚县古城

隋末群雄并起，黎阳仓一度成为各方势力争夺的重点。杨玄感据黎阳反隋，经济上即凭借黎阳仓的储粮。其后瓦岗崛起，李密攻占黎阳仓，"开仓恣民就食。浃旬间，得胜兵二十余万"。再后来，"窦建德陷黎阳，尽有山东之地"。

北宋政和年间（1111—1117 年），黄河改道，黎阳仓圮于黄河洪水及河道南迁，深埋于大伾山下的黄土之中。黎阳仓遗址位于现在的河南省鹤壁市浚县伾山街道东关村东。

浚县，商代称黎，西汉置黎阳县、顿丘县，明初改称浚县至今。历史上浚县先后归属司州、黎州、卫州、滑州、澶州、浚州等，明初改属河北大名府，清雍正三年（1725 年），改属河南省卫辉府。民国十六年（1927 年）废道设行署，浚县属河南省第三行署（驻安阳），后一直隶属安阳，直到 1986 年划归鹤壁至今。

《浚县志》记载："隋大业四年，炀帝征发河北民众百余万，浚曹操所开白沟故道，开挖永济渠，南达于河，北通涿郡，长达两千余里，黎阳县（浚县）境内长百余里。" 浚县的运河漕运，自隋唐持续兴盛至清末。明清时期，"凡漕粮入津，芦盐入汴，率由此道"，舳舻云集，千帆相继。1905 年平汉铁路建成后，卫河航运日趋萧条，至 20 世纪 70 年代，卫河水量锐减，最终导致断航。

在浚县，与运河有关的旧地名有100多个，因坐落于河畔而命名的淇门、耿湾、户湾、申湾等；以渡口命名的赵摆、郭渡、王渡、吴摆渡等；以码头命名的交卸、老码头、新码头、码头等；以运河水利工程命名的枋头城、埽头等，不胜枚举。

浚县的景致大抵有两座山，一段古城墙，一座钟鼓楼，还有一座横跨在卫河的石桥。山为大伾、浮丘二山；城墙为明朝所筑；文治阁原名中心阁，始建年代失考，明万历三十年（1602年）移钟于阁上，又称钟鼓楼；桥曰云溪桥，始建于明正德三年（1508年），嘉靖四十四年（1565年）重修，是卫河（隋朝大运河永济渠）上仅存的两座古桥梁之一。

大伾山位于浚县城东南，山势巍峨，景胜秀丽，是我国文献记载最早的名山之一，《尚书·禹贡》中有"东过洛汭，至于大伾"的记载。商周时，浚地称黎，山称黎山。西汉初，朝廷于黎山脚下、黄河之滨置县，"县取山之名，取水在其阳"，因称黎阳，山亦名黎阳山。明初民间俗称浚县东山。

大伾山因其有中国最早、北方最大的石佛而著称于世。天宁寺古称大伾山寺，建于北魏太和年间（328—330年），石佛为弥勒佛造像，神色庄严，异于后世肥胖嬉笑的造型。石佛始建于十六国后赵时期，明代张肯堂《浚县志》记载："大石佛，古称大佛岩。石勒以佛图澄之言，巉崖石为佛像，高寻丈，以镇黄河。"大佛依山开凿，坐西朝东，背倚山崖，总高八丈（22.3米），藏于七丈高的佛楼内，素有"八丈佛爷七丈楼"之称。

自大佛落成，天宁寺香火不断，人们多于节日集结进香、朝山拜佛，逐渐形成庙会。一千多年来，随着浚县的发展变迁，庙会规模逐渐扩大，至明代形成了浚县正月古庙会，庙会从正月初一到二月二，贯穿整个正月，香客游人如织、熙熙不散，有"华北第一古庙会"之称。

当初春的第一缕阳光弥漫大伾山，人如潮水般涌向山麓，更有朝山的香客天不亮即出发，山上灯火如龙。四郊车水马龙，县城人潮如织，商贩云集，南北物资一应俱全。江湖艺人也云集而来，搭棚撂地表演武术、魔术、杂技等，彩声连连。至正月十六，民间社火迎来庙会的最高潮，踩高跷、舞狮、竹马、龙灯、跑旱船、台阁、背阁、顶灯、傀儡戏等，花样繁多，表演的队伍穿过县城，从大伾东山大佛到浮丘西山的云霞仙子延绵近十里，

子馍

人声鼎沸，响遏行云。

　　庙会上的吃食很多，且不说糖葫芦、棉花糖、豌豆糕、关东糖等小食，烧饼、包子、饸饹面、羊肉汤、胡辣汤、炒凉粉等中原小吃应有尽有。初春的寒气挡不住赶会人的热情，冷了，乏了，吃两个子馍喝一碗热汤驱驱寒气接着逛。

　　子馍，又叫石子馍，因在鹅卵石上烤制而得名。子馍需用上等面粉加水和成柔软的面团，饧发充分，分成小面剂子，分别加入猪肉、葱花调制的肉馅，擀成生馍。先在铸铁鏊子上烙烤近熟，再置于烧得滚烫的鹅卵石上慢慢炕制，炕好的子馍即为肉馍，可直接食用。但懂得美食主义的浚县人通常都会在炕熟的子馍边缘开一小口，灌入生鸡蛋，然后放回鹅卵石上继续烤，直至鸡蛋熟透。

170

做好的子馍，是粮食成熟时的金黄色，间杂烟火炙烤产生的焦黄。馍是油酥的，松脆咸香，鸡蛋嫩滑，肉馅鲜香，外焦里嫩，咀嚼时具有不同的层次感。浚县是产粮大县，小麦品质很好，加工成子馍亦可以尝出粮食的清香。鸡蛋、猪肉也是民间最常见的食材，三者合而为一，浑然一体，成为一道朴实醇厚的民间美食。

石子烙馍，具有石器时代的远古遗风。在先民未发明陶器之前，只能用石板、石块当作炊具，炕烙而食。《礼记》记载："夫礼之初，始诸饮食，其燔黍捭豚。"汉人郑玄注："古者未有釜，释米捭肉，加于烧石之上而食之耳。今北狄犹存。"

石子馍在唐代称作"石鏊饼"，唐代李匡文《资暇集》记载："石鏊饼本曰嗏饼，同州人好相嗏，将投公状，必怀此而去，用备狴牢之粮。后增以甘辛，变其名质，以为贡遗矣。"

清代袁枚《随园食单》中的"天然饼"："用上白飞面加糖及脂油为酥，随意搦成饼样如碗大，不拘方圆，厚二分许，用洁净的小鹅卵石衬而焙之，随其自为凹凸，色半黄便起，松美异常，或用盐可。"

石子馍有一种历史的印记，从石器时代历经陶器时代、青铜时代、铁器时代绵延至今，沿着先民活动的足迹而流传四方。山西运城永济、临汾、汾阳等地有石子饼，陕西则称石头饼。沿着运河向北行走五百多里，山东省武城县有一种镟饼，其制法、风味几乎和浚县子馍如出一辙。

# 梁庄壮馍筲灌肠

出浚县，沿卫河北上不足百里即是内黄县。

内黄县，是我少年时便耳熟能详的地名。小时候我长于外婆家，外公喜听评书，当时广播电台中经常播放刘兰芳的《岳飞传》《杨家将》等评书。《岳飞传》第一回就是黄河泛滥，汤阴东岳家庄被淹，岳飞母子在荷花缸中幸免于难，流落内黄县麒麟村。《宋史·岳飞传》记载："未弥月，河决内黄，水暴至，母姚抱飞坐瓮中，冲涛及岸得免，人异之。"自崇宁二年（1103年）到宣和元年（1119年）回汤阴原籍，岳飞的少年时代是在内黄县度过的。

内黄地处黄河故道，因黄河而得名。在4500年前的三皇五帝时期，颛顼、帝喾二帝就曾在此建功立业。汉高祖九年（前198年）始置内黄县，后世先后隶属司州、相州、黎州、魏州、滑州、大名府。清雍正三年（1725年），为方便卫河漕运，改隶河南省彰德府。新中国成立后几度归属濮阳、安阳、新乡；1986年改隶安阳至今。

在城南六十里的梁庄镇三杨庄土山之阳，有一片占地350余亩的人文风景旅游区——颛顼帝喾陵文物景区，即高阳氏颛顼和高辛氏帝喾的陵园，俗称二帝陵。汉代修有陵冢，颛顼陵居东，帝喾陵居西，唐太和四年（830年）建庙，历代祭祀不绝，宋代以后列为定制。因地处黄河故道，河水泛滥，黄沙肆虐，清末二帝陵渐被黄沙湮没。1986年，地方政府对陵墓区和祭祀区进行清沙，元、明、清历代165通御祭碑碣展现于世人面前，出土碑碣

（上）煎灌肠 （图源＿纪录片《老家的味道》） （下）壮馍

之多为我国帝陵之首。

拜谒过二帝陵墓，沿甬道漫步景区，观赏园中的历代碑碣。槐荫掩映，苍翠蓊郁，听鸟鸣于林梢，心头一片清明。

在内黄县，颛顼、帝喾二帝建功立业的地方，岳飞少年生活玩耍的地方，我用品尝当地名吃的方式缅怀古人，拜访梁庄壮馍和筲灌肠。

壮馍，我在第一次沿着京杭大运河行走的时候，在阳谷县曾品尝过。那是一种用不经发酵的面烙成的厚面饼，厚约三分，直径尺余，吃起来筋软柔韧，极其考验咬肌的力量。

梁庄壮馍则是一种巨型馅饼，先用精粉和热水和成柔软细腻的半烫面，擀制成半尺宽、两尺长的长条，将猪肉、大葱、粉皮等调制的馅料摊于其上，然后从一端卷起，便卷边拉抻，注意要将馅料完全包裹住，最后揪去两侧多余的面皮，再擀制成直径逾尺的大饼，放在鏊子中用油煎烤炕烙而成。

煎好的壮馍两面皆金黄，酥香可喜，内馅遇热膨胀，壮馍愈显厚实。壮馍被切作扇形小块，称重售卖。外皮几近油炸，金黄焦脆；内馅柔腻肥美，粉皮吸收了肉的汤汁，柔软却不失韧性，鲜美绝伦。

在内黄，也有人把壮馍写作"状馍"。传说乾隆年间，有一书生中了状元，梁庄好友为庆贺其金榜题名，在御宴上把自家制的面饼呈上供皇上、状元用膳，皇上品尝后赞不绝口，称其为状元馍，民间遂称状馍。我以为这只是传说，因为梁庄壮馍太粗犷宏大了，一个馍小的也有五六斤，大的近十斤。与之相比，古书中一两斤的肉饼就不足为奇了。宋代《唐语林》记载："时豪家食次，起羊肉一斤，层布于巨胡饼，隔中以椒、豉，润以酥，入炉迫之，候肉半熟而食之。呼为'古楼子'。"如果梁庄壮馍果真与状元有渊源，料想也必是武状元。

内黄灌肠起源在清咸丰年间，由县城一邱姓屠户发明，流传至今。内黄灌肠以猪血、猪肠、面粉、香油、五香料为主要原料制成，可以浇蒜汁食用，叫筲灌肠；也可以煎食，称作煎灌肠。当地有民谣《内黄灌肠》曰:"肠子猪血白面灌,小刀一拉下煎盘,小铲儿一翻撮一碗,肚里不饥能解馋。"

内黄灌肠,先将猪肠洗净,把40％的面粉和60％的猪血搅拌成汁灌入猪肠内,将肠子两头扎紧,在锅内煮熟,把煮好的灌肠捞出置于桶中保温,即可摆摊售卖。

食用时将温热的熟灌肠切成片,浇淋加盐的蒜汁,入口细腻滑嫩,辛香不腻。当地人称作"凉调灌肠",实则是温拌灌肠。无论春夏秋冬,不拘早晚,内黄的街头总有卖灌肠的摊子和吃灌肠的老饕。把切好的灌肠置于煎锅中,加油细煎,勤加翻动,待灌肠中内部由红变紫黑,肠衣转为金黄色,脂油津溢时即可装盘食用,这就是内黄煎灌肠,比北京那种只有红薯淀粉的炸灌肠可要香多了。

以前卖灌肠的人,煮好灌肠之后放在木桶里,用扁担挑着沿街叫卖。北方人习惯把竹木制作的水桶称之为"筲",所以装在筲里的灌肠也就成了"筲灌肠"。

我小的时候,在家乡德州一带还有人把铁皮水桶称作"洋筲"。在没有自来水的年代,村里的人会用一根磨得发亮的扁担挑着两个洋筲去井上打水,洋筲晃动,一路叮叮当当。在河滩上种田的乡亲,等不及天下雨,便挑着洋筲去河里打水,浇灌干渴的庄稼。那一条河,便是发源于辉县百泉湖的卫运河,流过了内黄县,流过我的家乡,一直流到天津,与北运河汇合在一起流进渤海。

# 铁锅蛋

我在开封、郑州、洛阳的菜单上多次看到"铁锅蛋",与更多的地方名菜放在一起,我忽略了看似平淡无奇的铁锅蛋。不意在濮阳的清丰县又遇见,于是欣然一试。

卫河出内黄县,流经清丰县西北边界,沿南乐县边界蜿蜒向北,进入河北省魏县、大名县。古时卫河水流丰沛,即是漕运的航道,也是两岸的阻隔。在河南、河北、山东等地,卫河经常被当作划分省界、县界的天然分界线。一水分两岸,十里不同音。

清丰古称顿丘,三国时曹操曾任顿丘令,因隋朝境内出了一个大孝子张清丰,唐大历年间,钦定更名为清丰县,是中国唯一一个以孝子之名命名的县。张清丰,隋顿丘人,善事父母,孝行称于世,开皇中以孝廉征聘不就,人皆敬慕。

铁锅蛋起源于清末民初北京的厚德福饭庄。梁实秋《铁锅蛋》一文中说:"掌柜的陈莲堂是开封人,很有一把手艺,能制道地的河南菜。时值袁世凯当国,河南人士弹冠相庆之下,厚德福的声誉因之鹊起。"

铁锅蛋又称"三鲜铁锅烤蛋"。鲁迅先生很喜欢吃河南菜,《鲁迅日记》多次提及在"厚德福"宴饮的轶事,后来移居上海,鲁迅经常光顾经营豫菜的"梁园"。梁园豫菜馆为最。《鲁迅日记》记载:1935 年 5 月 8 日,"邀胡风及耳耶夫妇夜饭梁园"。《鲁迅日记》中记载的鲁迅爱吃的豫菜有:

酸辣肚丝汤、炸核桃腰、糖醋软熘鲤鱼焙面、三鲜铁锅烤蛋。

铁锅蛋的做法类似民间常见的"涨蛋"。炒鸡蛋人人会做，但实际操作起来也有不少的诀窍和技巧。炒蛋大体可分两种，一种是热锅温油，小火慢炒，蛋嫩而清爽，滑润鲜香，可称作"滑蛋"；另一种则是热锅热油，大火烘炒，鸡蛋急剧受热而迅速膨胀，炒出的蛋油润蓬松，略带焦香，即是"涨蛋"之类。常见的有香椿芽涨蛋、苦瓜涨蛋、济南、扬州有蒲菜涨蛋等。

铁锅蛋起先是用铜锅制作。唐鲁孙《铜锅蛋》中说："河南饭馆有一个菜叫铜锅蛋，鸡蛋五六枚破壳放在大碗里，用竹筷子按同一方向急打一两百下，打得蛋液发酵，在碗里蛋液泡沫如云雾般涨了起来，然后将铜锅在灶火上烧红，放入炼好的猪油、虾子酱油，先爆葱姜，爆香拣出，蛋液倒入油中翻滚，然后用火钳子夹住离火，工夫久暂那就要看大师傅的手艺了。此刻蛋在锅里，已经涨到顶盖，堂倌快跑送到桌上，不但锅里的蛋吱吱作响，而且涨得老高，不仅好看，且腴香诱人。"

铜锅的优点是导热快，缺点是散热也快，所以后来换成了厚重的铸铁锅。制作时不仅特制的厚铁锅受热，而且铁锅盖也烧得通红，上下一起烘烤，把涨蛋做到了极致。梁实秋说："厚德福的铁锅蛋是烧烤的，所以别致。当然先要置备黑铁锅一个，口大底小而相当高，铁要相当厚实。在打好的蛋里加上油盐作料，羼一些肉末绿豌豆也可以，不可太多，然后倒在锅里放在火上连烧带烤，烤到蛋涨到锅口，作焦黄色，就可以上桌了。这道菜的妙处在于铁锅保温，上了桌还有滋滋响的滚沸声，这道理同于所谓的'铁板烧'，而保温之久犹过之。"

铁锅蛋是典型的中原菜，用本地最常见的鸡蛋，裹着江南的火腿、荸荠、

（上）铁锅蛋（图源 纪录片《老家的味道》）
（下）卫河流域

玉兰片，沿海的海米、海参、鱿鱼、鱼肚等，借运河、铁路运输便捷之利，得四方美食良材，才形成这种包容性的独特味道。制作时可繁可简，但基本保持水陆并陈的特色。炽热的铁锅把蕴藏着山海之鲜的蛋浆烘烤凝结，表皮焦香酥松，内里软嫩鲜香，佐姜醋而食，依稀有蟹黄的鲜味。

## 魏县苦累

魏县，别称昌乐、繁水、洹水等。汉高祖十二年（前195年）设魏县，属魏郡。清属直隶大名府，乾隆二十二年（1757年）魏县入大名、元城二县，属直隶冀南道。1940年复置魏县；1949年8月由河南省划归河北省邯郸。

魏县地处漳河和黄河水系改道冲淤而成的平原，属黑龙港流域。卫河是魏县东南方向的界河，是魏县的主要水源；自西向东穿境而过的漳河为季节性河流，在馆陶县与大名县交界处的徐万仓并入卫河，旱季断流无水，雨季洪涝成灾。魏县地势低洼，泄水不畅，历来旱涝灾害频繁，盐渍危害也极其严重。这片贫瘠的土地上收获稀薄，所谓美食无非萝卜、大葱等土产，或者烧饼、油条、挂面、大锅菜等平常的食物，唯有个大皮薄、色艳肉细的鸭梨小有名气，堪可称道。民间有"淹梨旱枣"的说法，由盛产鸭梨可见魏县地势之低洼。

魏县民间有一种特别的食物，唤作"苦累"，当地人也皆知其音，不辨其字。"苦累"是饥饿的年代留给魏县人民的遗产，用少量的粮食掺和大量的野菜做成充饥的食物，在1959—1961年的"三年困难时期"乃至20世纪70年代，"苦累"是魏县人饭桌上最常见的食物。

在那个每天为肚子发愁的年代，对于如何节省粮食这个课题，人们曾总结出若干经验，创造出很多发明，比如粮菜混吃的"瓜菜代"，比如在污水坑里培养的小球藻，比如可以欺骗眼睛和肚子的"双蒸法"。在逐渐远离饥饿的80年代，魏县还流传着以前的一句顺口溜："擀面省，烙饼费，蒸干粮不如烁'苦累'。"

"苦累"是穷人饭食，既是菜又是饭。蒸"苦累"的原料并没有定式，能采到什么菜用什么菜，榆钱、榆叶、槐花、灰菜、苋菜、老豆角、萝卜缨、扫帚苗、苜蓿芽等皆是蒸"苦累"的主料；在没有野菜可采摘的冬天，磨豆面碾下的黄豆皮也是蒸"苦累"的好材料。一大盆野菜掺上少许玉米面，蒸完浇上醋蒜汁调味，以减轻野菜的苦涩和粗粮的粗糙感，辛酸交融，已是那个年月里难得的美食了。

吃"苦累"，忆苦思甜，有升华灵魂的积极作用。现在的"苦累"多以白面粉配以榆钱或槐花，或老豆角，或荠菜菜，或萝卜丝精细蒸制，醋蒜汁里加上香油，或者干脆把蒸好的"苦累"再用辣椒油翻炒一遍，已经吃不出老人记忆里的那种艰辛了。野菜"苦累"中，数"榆钱苦累"最好吃，蒸熟的榆钱有青味儿，略有一些黏滑，消减了玉米面的干涩，回味清甜，沾辛辣的蒜汁，口中的味道如华北平原早春的阳光，干净而清新。

苦累不算是魏县的特产，在过去的年月里，类似的充饥食品曾普及大半个中国，在华北平原上遗存广泛。在北京、天津"榆钱苦累"则直呼"榆钱饭"，刘绍棠在《榆钱饭》一文中说："九成榆钱儿搅合一成玉米面，上屉锅里蒸，水一开花就算熟，只填一灶柴火就够火候儿。然后，盛进碗里，把切碎的碧绿白嫩的青葱，泡上隔年的老腌汤，拌在榆钱饭里；吃着很顺口，也能哄饱肚皮。"

"苦累"的滋味，一如它的名字。面对一盘"榆钱苦累"，我对美食的渴望与饥饿感正在一起消失，遂慢慢品尝出一个时代的酸甜苦辣咸来。

# 大名羊肉卤馓

馓，通常读作sǎn，其含义为馓子，是一种常见的油炸食品，南北方皆有之。但是在大名，馓读作sà，是用麦仁和羊肉或牛肉制成的一种浓汤。

战国时期，大名曾是魏武侯之子公子元的食邑，属邺地。汉高祖十二年（前195年），以邺地为中心设立魏郡，在大名建县称元城。唐建中三年（782年），田悦改魏州为大名府，为"大名"被用作地名之始。北宋时期，境内元城县、大名县、魏县先属河北路，后属河北东路大名府，称之为"北京"。1945年划城区及周围建大名市；1946年降大名市为县辖市；1949年8月，改为城关区，废元朝县，将张鲁、王奉之外地区全部并入大名，自此大名县归属河北邯郸至今。

大名的羊肉卤馓，店铺多集中于老城南关一带，其中以老字号"羊群馓铺"最为知名。馓本是南关清真寺里的一种粥食，逢开斋节，寺内做馓以飨穆斯林信众。将熬煮的浓稠软烂的麦仁粥浇上浓烈鲜香的羊肉卤，食用时可将馒头、火烧等主食浸泡其中，浓香醇美，冬季早餐食用既疗饥又御寒，堪称一绝。因其味美，馓渐渐传入民间。清末民初时，大名县城已有走街串巷的挑担卖馓之人，皆秋后上市，入夏则停卖。

当时最有名的馓为南关回民丹金玉所经营，扁担一头挑着馓锅泥炉，一头挑着羊肉卤子、碗筷、馒头、火烧等，走街串巷，吆喝叫卖，天一亮大名城南的居民就能听见他清亮的叫卖声。后来用卖馓的生意积蓄，丹金玉在南关开了一家店铺经营羊肉卤馓。

羊肉卤馓 （摄影＿王卫东）

大名羊肉卤馓

传至 20 世纪 80 年代，绰号"羊群"的丹群山，已是"丹家徽铺"的第三代传人。"羊群"貌不惊人，但有两样本事闻名于大名县城：一是徽做得好，其亲手熬制的徽味道香美，执大名之牛耳，其妻儿所制亦有不及；二是酒喝得邪，每饮必醉，每醉必酾睡数日，颇有刘伶之风。所以当时的丹家羊肉卤徽有时有，有时无，何时营业要看"羊群"有没有喝醉，人送雅号"羊群醉徽"。1993 年，时任大名县委书记的赵明信担心这一传统美食有绝迹之虞，专程到南关品尝羊肉卤徽，对"羊群"提出喝酒适当节制的要求，并请书法家杨克庄同志为其题写"大名徽铺"店名，落款为"明信嘱克庄书"。自此"羊群"的徽铺才天天营业，日日有徽。

现在这家徽铺已传到了第五代人经营，铺名改为"羊群徽铺"，先后两块招牌分别为田殿元、李海明书写，但落款皆是"赵明信题"，以纪念赵明信对"羊群"的关怀之情。现在的"羊群徽铺"坐落于大名南关十字街西侧，门面两间，西灶东厅。西屋锅灶之外有桌凳三四处，东屋条桌六七张。

大名的羊肉卤徽单独熬煮麦仁粥，盛碗时先放麦仁再盛汤，后再浇上羊肉卤和羊油。脱尽麸皮的麦仁需先用热水浸泡七八个小时，再上火熬煮数小时至绵软浓稠。制羊肉卤需先熬制羊尾油，再下豆瓣酱煸炒，随后下入切成骰子大小的羊肉丁继续翻炒，加入调料和高汤熬制近一个小时方成，出锅时用笊篱把羊肉捞出，汤与肉分开盛放。制作牛肉卤则用牛肉和牛骨髓油。大锅里放羊骨头和足量的水，大火炖煮约一小时，用面粉糊勾芡成汤。

与外地的糁相比，大名的徽更加香醇，油而不腻。在春寒料峭的三月的早上，我捧着一碗琥珀色的热汤，麦仁软黏郁香，羊肉肥美酥烂，徽汤的腾腾热气很快蔓延到我的身体中，周身充满暖意。

丰收的麦田 （摄影_王卫东）

在沿着京杭大运河向南行走的时候，我曾多次喝过 sà 汤。sà 汤在鲁南、苏北、皖北等地流传甚广。sà 字在山东临沂、济宁等地写作"糁"，在江苏徐州称啥汤，写作"饣它"，安徽宿县写作"膔"。我在古籍中寻找 sà 的源流，初以为它来自周朝的"糁"。《礼记·内则》称："糁，取牛、羊之肉，三如一，小切之。与稻米二，肉一，合以为饵，煎之。"

# 离家五百里的乡愁

在浩瀚的历史长河中，饮食只是一朵不起眼的浪花，很难左右大河的方向和流速。但在一个人几十年近百年的生命中，"吃喝"二字则是不得了的大事情。吃饱喝足，滋养身体之外，饮食还关乎人的精神世界，抚慰心灵的寂寥，谓之乡愁。若身在千里之外，关山路遥，故里寻常的食物也会变成"一湾浅浅的海峡"的乡愁。南宋陆游《老学庵笔记》载："故都李和炒栗，名闻四方。他人百计效之，终不可及。绍兴中，陈福公及钱上阁，出使虏庭，至燕山，忽有两人持炒栗各十裹来献，三节人亦各得一裹，自赞曰：'李和儿也。'挥涕而去。"

清道光元年（1821年），山东济南府人士王湘云来大名谋生，最初在道台衙中当厨师，后见大名商业繁华、饮食业兴盛，于是在大名城内道前街关帝庙西边开设店铺，制作香肠及熟肉制品。因大名距老家济南府约五百里路，故取店名"五百居"。王湘云制作的香肠风味鲜美，醇厚浓郁，成为当时大名官府宴席上不可缺少的佳肴，省、府、道、县衙中，食香肠皆以"五百居"为首选。1956年公私合营，"五百居"并入国营，与二毛烧鸡、郭八火烧并称"二五八"，为大名传统名吃之冠。

"五百居"香肠以新鲜猪腿肉、肋肉、臀肉等为主料，三肥七瘦相搭配，先切成指头大小的肉丁，加入姜末、莳萝子、砂仁、精盐、白糖、高粱酒及陈年酱油等，搅拌均匀，腌渍三四个小时。待肉丁入味，灌入漂洗干净的肠衣中，每隔四五寸用麻绳结扎一次，边灌边扎。灌好的香肠需挂在架上经风干晾晒数日方成，待肥肉融化沁出油花、肠衣干缩与肉丁成为一体时，即可蒸而食之。蒸熟的"五百居"香肠香气馥郁，醇厚鲜美，瘦肉不柴，肥肉不腻，咸鲜中略有回甘，饱满的肉香中带有一丝酒香。

在"五百居"香肠的创始人王湘云的故乡济南，这种香肠被称作南肠，据说因其口味配方借鉴南方香肠而得名。清朝末年济南历城人苏志亭，由济南、淄博辗转到莱芜落户，以经营南肠为业。以当地优良品种"莱芜黑猪"肉为原料，配以砂仁、八角、企边桂、花椒、莳萝子等八种香料，所制香肠鲜香袭人，醇香适口，民间素有"赶不尽的莱芜猪，香不过的老南肠"之说。

"南肠"之名不知始于何时，"南肠"之"南"亦无确切记载。如今物流交通发达，信息交流方便，很多食物渐无南北之分。

旧时北方制作香肠加砂仁，但南方香肠则不加。唐鲁孙《桂子飘香·栗子甜》一文中说："砂仁产岭南，外褐内白，辛香爽口，饭后嚼几粒，确有去油化腻的功效。在北平盒子铺所卖香肠，灌制时要加上少许砂仁。砂仁出在岭南，而广东香肠又是全国知名的，可是走遍广府东江，凡是擅制香肠的乡镇，没有一家是加砂仁的。有一次我跟北平宝华斋曹掌柜的聊天，他年轻的时候，南七北五到过的省份可不少。他说广东香肠要买回来自己蒸熟了，当下饭菜吃，北平酱肘子铺的砂仁香肠是下酒就饭吃的熟菜，买回家不用再蒸就可凉吃，加上点砂仁可以去腥。他说的虽然不无理由，可是否真的如此，就不得而知了。"

大名的"五百居"香肠、济南香肠、莱芜香肠，都是一脉相承的"南肠"，制作时配料加入大量的陈年酱油，经过晾晒，酱紫的颜色渗入瘦肉中，蒸熟后亦枣红黑亮，食之有浓郁的酱香。

考察京杭大运河的延长线浙东运河的时候，我曾在古城绍兴流连过数

安昌古城

日。绍兴市柯桥区有一座古镇叫作安昌，冬天靠近河埠头的道路挂满了香肠，安昌的香肠颜色黑亮，微风拂过，小镇都飘散着浓浓的酱香，像是给长廊装上了醇香的珠帘。

绍兴，不正是中国的南方吗？在我的想象中，一位绍兴的游子客居济南，忽然想起了家乡的香肠，于是便依法炮制，以慰乡愁之苦，于是济南便有了"南肠"。后来南肠又被带到了其他地方落地生根，竟成了当地的名产，可谓"此心安处是吾乡"了。

# 临西饼卷儿

卫河蜿蜒北流，在馆陶徐万仓与西来的漳河汇流，缓缓流向东北方向，成为山东、河北两省的天然界河，河西依次是河北省的馆陶、临西、清河、故城，河东为山东的冠县、临清、夏津、武城，而后在武城四女寺分流进入南运河和漳卫新河。

临西，本是临清的一部分。临清之名始于后赵，取临近清河之意。汉代置清渊县（治今临西）。北魏更名临清县（治今临西）。金元以后，县治迁徙水东（治今临清），遂成为临清县的河西部分。1964 年析临清县卫运河以西 5 个区设临西县，属河北邢台至今。

元代大运河（会通河）在临清穿城而过，在问津桥入卫河。自临清向北至德州南，运河借卫河河道而行，称卫运河。明永乐十五年（1417 年），元代运河临清段淤塞，遂开挖会通河南支自头闸入卫，挖出的泥土集中堆积，此后历年疏浚运河清挖出的泥土皆累积于此，后来竟然成了鲁西平原上最大的人造土山，名曰龙山。1949 年后，辟为"龙山公园"。

元运河、明运河、卫河在临清连接成一个三角形，周围方圆数里称为"中洲"。《临清县志》记载："清华（属河南省）之竹、焦作之煤，以及天津之杂货、煤油等均由此河输入。而本地之棉、麦、牛皮等则由此河输出。每年帆船上下不下三千只。行船期达九个月。夏秋水涨，由此至德州并通小汽船。运河停运后，临清商务不多衰减者，赖此河运输之力为多。此卫河之利不仅在漕运一端也。"

明嘉靖年间，在卫河分叉处建观音阁、甘堂祠、登瀛楼、吕祖堂等建筑群，称"鳌头矶"。《临清县志》载："在鳌背桥西南数十步中州东起处，砌以石，如鳌头突出。筑观音阁于其上，旧闸、新闸各二，分左右如鳌足，而广济桥尾其后"，明知州马纶题曰"鳌头矶"。

夏天我曾住在鳌头矶附近，日出则考察运河寻访美食，日落则回宾馆记录写作。我想沿着运河的河堤行走，去南关一带看看现在京杭大运河与卫河的交汇，还想步行过桥到临西县盘桓数日。但正值汛期，上游泄洪入卫河，浊水汤汤，两岸之间茫茫一片，河滩中的庄稼仅剩玉米、高粱的顶梢可见。河堤上防洪抗灾的执勤人员劝阻了我的冒险，秋天我终于还是到了临西。

临西从临清析出不过 50 余年，当地民俗、方言皆与临清无异，但饮食不及临清之花样繁多，毕竟临清是曾被称作"小天津"的州城。临西有一种吃食叫作饼卷肉，在临西县城较为常见，但在临清却不多。

饼卷肉，又称"吹喇叭"，临西人称之为"饼卷儿"。相传起源于明朝永乐年间，运河岸边有两家摊铺，一家经营烙饼，一家卖酱牛肉。时有河工纤夫买饼卷牛肉而食，滋味香美，蔚然成风。后来有人兼营烙饼、牛肉，现烙大饼，卷好碎牛肉出售，颇受欢迎，流传至今。在临西众多的饼卷儿店铺中，以吴老胖饼卷和王三饼店最为著名。

临西饼卷儿，原料无非面粉、牛肉和油，但其制法、口味皆不同于家常的烙饼卷牛肉。临西饼卷儿通常用烫面制作，擀好的饼才能薄如纸张，筋道柔软；烙饼时最好用果木柴火，火势稳而耐烧；牛肉选用肥瘦得宜的部位，浸泡数小时洗净血水，再用老汤小火炖煮而成。饼铛烧热刷上少许清棉油，把擀好的薄饼置于饼铛上，薄饼瞬间受热，饼面鼓起小气泡，溢出香甜的麦香。迅速翻面，继续烙烤另一面，摊上切好的熟牛肉，把饼向里折叠，卷成圆筒即可食用，一份饼卷儿只需一分钟左右即可完成。一份合格的临西饼卷儿，饼需绵软柔韧，肉要浓郁醇香，用当地人的说法就是"饼有劲儿，肉有味儿"。饼借肉香，肉借饼味，二者交融为一，回味无穷。

开始我有些疑惑，临西饼卷儿的起源并没有确切记载，但为什么笃定起源于永乐年间呢？永乐年间临清发生过什么大事，促使了饼卷儿的产生呢？在临清市图书馆查阅资料发现，"永乐十五年（1417年），元代运河临清段淤塞，遂开挖会通河南支自头闸入卫河"，老临清的标志性建筑鳌头矶亦修建于这一年。

历代运河的疏浚、挑掘和治理都会耗费大量的人力、物力；作为一条北高南低的人工运河，漕运亦离不开大量河工、纤夫的血汗劳作。明东昌府司理谢肇淛《挑河行》曰："堤遥遥，河弥弥，分水祠前人如蚁。鹑衣短发行且僵，尽是六郡良家子。浅水没足泥没骭，五更疾作至夜半。夜半西风天雨霜，十人九人趾欲断。黄绶长官虬赤须，北人骑马南人舆。五百先后恣诃挞，日昃喘汗归邃荫。五百诃犹可，里胥怒杀我。无钱水中居，有钱立道左。天寒日短动欲夕，倾筐百反不盈尺。道旁湿草炊无烟，水面浮冰割人膝。都水使者日行堤，新土堆与旧崖齐。可怜今日岸上土，雨中仍作河中泥。君不见，会通河畔千株柳，年年折断官夫手。金钱散罢夫归来，催筑南河黑风口。"

在运河漕运畅通的年月里，饼卷儿有粮有肉，制作方便快捷，也就成了运河边上汉子们和过往商旅充饥饱腹的理想食物了。

# 炸麻糖

在我很小的时候，小到了解外面的世界，只能通过离炕头一尺多高的那一面窗和日落时归来的家人。那时我总是在炕的这一端，趴在窗台上，听院子里苍蝇或蜜蜂嗡嗡地振翅飞过，看碎金一样的枣花无声飘落。外婆盘腿坐在另一端，守着一个装满针线、布头儿的小筐篓，缝补着乡间的时光。外婆不识字，不懂得老学堂里的《三字经》《百家姓》，也不懂新式学校里的"a、o、e、i、u、ü"，她只会教我数"岔儿"。

"岔儿"，就是儿歌、童谣。前后语句没什么必然的逻辑，只求押韵上口，类似于相声中的"君不君，程咬金。臣（沉）不臣（沉），大火轮。父（富）不（父）富，开当铺。子（紫）不子（紫），大茄子"。

乡间的儿歌总是围着饭桌转，离不开粮食和劳作。"倒背、竖背，葱花、芫荽。疙瘩、蹲下，韭菜、起来。天上是嘛？天上是星。地上是嘛？地上是坑。坑里有嘛？坑里有水。水里有嘛？水里有蛤蟆。呱——""打箩箩，筛箩箩，下来麦子蒸馍馍。打箩箩，筛筐筐，下来麦子蒸干粮。打箩箩，摔剂剂，叫俺小儿，吃屁屁。""炸、炸、炸麻糖，腰里戴着铁铃铛。待开不开，扭头一百。香油的，鸡蛋的，烧饼馃子一串的。你一串我一串，咱俩合伙做买卖。你敲梆子我敲鼓，咱俩玩个小老虎。小老虎撅尾巴，一撅撅到锅底下。""小板凳，四个腿儿，孩儿他娘，去赶会儿，买个麻糖扭个劲儿，买个桃儿有道缝儿，买瓶磨油有香味儿，买瓶腐乳有怪味儿，买个蓼花都是气儿。"诸如此类，不胜枚举。

麻糖（摄影_张立云）

油条

　　用百度搜索"麻糖"，搜索结果都是孝感麻糖，那是一种加了芝麻的糖。类似于腊月二十三过小年，祭灶用的糖瓜（关东糖）。

　　我乡的"麻糖"却是一种类似于油条的油炸食品，也叫作馃子。外形却不似油条（天津的"馃子"）那么大，原料亦是加了矾、碱、盐的混合面团。把两块约一寸宽、二三寸长的面团叠在一起，中间划一刀放入锅中油炸，用二尺长的筷子拨动面坯中间的切口，面团会在筷子的作用下旋转，膨胀成巴掌大小的椭圆环形，颜色金黄，刚出锅比油条要更酥脆，冷掉后更柔软。炸麻糖的多有店铺，在廊檐支起油锅炸。乡间的麻糖除了趁热卖给街坊邻居，还可以晾凉装在木箱里去临近的村中叫卖。麻糖须用一尺多长的高粱秆或细竹竿穿成排，分层悬挂在木箱中，取出来售卖时还保持着刚出锅时的外形。炸麻糖一般用清棉油，但叫卖时都吆喝"香—油—麻糖！"

从小我便觉得"麻糖"之名奇怪，常见的既无芝麻，也没有糖。有加红糖面团制作的"糖麻糖"，读之颇拗口，乡人干脆称之为"糖馃子"。莫非它的全名应该叫"麻油糖馃子"？却无从查考。

据临清学人刘英顺考证，"炸麻糖"正字应为"炸马堂"。明万历二十七年（1599年），中官马堂受遣为天津税监，兼管临清。在临清期间，马堂横征暴敛，强取豪夺，纵容党徒无赖数百人，白昼行劫，使得众多手工业者、商人、工匠失业流离，生活无着。《神宗实录》记载："临清缎店三十二座，今闭门二十一家；布店七十三座，今闭门四十五家；杂货店六十五座，今闭门四十一家"。临清百姓痛恨马堂，有小贩边炸油条边咒骂，把"炸油条"称作"炸马堂"，"炸马堂"和"吃马堂"的叫法迅速在临清百姓中流传开来。后来，往来于运河上的各地客商又把"麻糖"一词传播到外地，使之成为运河经济带通用的名词。

杭州人把油条叫作"油炸桧"，临清人把油条称作"炸马堂"，一南一北，相映成趣。这种憎恨出美食的传统，也许是升斗小民对贪官奸臣唯一的抗议方式，恨一个人，就把"他"吃掉。

早年乡间生活贫困，人们大多囊中羞涩。走亲戚时，空手而去显得失礼，只能买一斤麻糖。刚炸好的麻糖金黄酥香，用一根纸捻儿串起来，灿黄如金，提在手里也不显寒酸。东西虽少，却是一片心意。比起现在过年过节时成箱的营养品、花枝招展的果篮，可有人情味儿多了。

炸麻糖

## 闲说临清酱菜

近年报章网络皆云吃盐过多有各种危害,人到中年开始惜命,日常治馔煎炒烹炸皆以淡为原则,唯啜粥时的腌酱小菜无法戒除。

行走四方,如果在一个地方停留数日,我喜欢去逛菜市场或赶集,观察在某一个时段这里的大多数人们正在吃什么。看到售卖酱菜的摊铺,总会走过去闻一闻酱醋的香味,买一点酱菜,尝尝一个城市或者一个村庄的咸淡。

从咸菜到酱菜,大约算是饮食精致化的开始。小时候在我生活的村庄,人们习惯自家腌咸菜,而很少买酱菜。我的故乡在卫运河东岸一个叫渡口驿的村庄,以前家家都有咸菜缸,黄瓜、辣椒、豆角、菜瓜、萝卜、疙瘩,什么蔬菜当季价廉,买回来用粗盐随便一搓,往咸菜缸里一丢。有了咸味就捞着吃,佐粥下饭都从那一缸里捞。精细一点的人家按蔬菜的不同腌在不同的缸里,夏天腌一小盆韭菜茄泥、韭菜花黄瓜,冬天则腌豆豉萝卜咸菜,是棒子面黏粥的良配。

夏日农忙,汗流浃背,农村人无暇好好做饭。馒头咸菜凑合一下就是一顿饭,酱菜、猪头肉便是对自己的犒劳。每到这个季节,那个卖酱菜的人就来得特别勤。驴车上拉着两个大木桶装着酱油和醋,十几个深瓷盆里装着各种酱菜。"豆腐乳,臭豆腐,临清的好酱油,好香醋……"吆喝声穿过几条胡同,叫醒午睡的渡口驿。

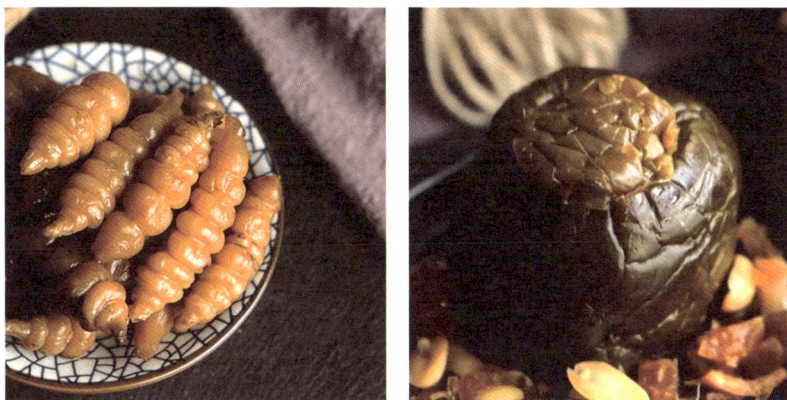

（上）酱甘露 （下）酱包瓜

　　临清在我乡之南六十里，地处漕运孔道，连通漳河、卫河、汶水，自明朝即为四方辐辏之地，舟车毕集、货财萃止，是当时山东最大的城市，清末民初有"小天津"之称。每年农历四月至十一月，漕粮北运，运河上帆樯如织，舳舻相继。船上河埠，官吏士绅、商贩店伙、纤夫船工、运丁脚夫，林林总总，以运河谋生者数十万计。沿运河码头大量流动人口群的食宿需求带动了临清餐饮业的昌盛，众多的底层劳苦工人多在临清大量购买咸菜，以备路途之需。

　　明清时期，京杭大运河南北贯通，商贾络绎，征收过往船只物品的关税遂成为政府的税收来源之一。明朝称纸币为钞，因起初以钞交税，故称"钞关"。明朝全国设有八大钞关，其中七个设于运河沿线，由北至南依次为：北京崇文门钞关、天津河西务钞关、临清钞关、淮安钞关、扬州钞关、苏州浒墅钞关、杭州北新钞关。其中临清、北新两关征收船料与货税，其他各关只征收船料。南来的盐商，为少缴纳关税，往往在过关前卸卖部分食盐，所以在临清钞关前食盐价格低廉，有商人见机在此开设酱菜铺，到清朝末年，临清陆续开设的酱菜铺竟有几十家之多。

临清运河钞关

清乾隆五十七年（1792 年），安徽歙县人汪永椿沿运河北上经商，见临清的酱菜业有利可图，便在临清城中购地开办酱园，字号为"远香斋"。"远香斋"的酱菜用料精良，口味独特，很快声名鹊起，远近驰名。道光二年（1822 年），"远香斋"豆腐乳、小菜被清廷列为御用贡品入宫，誉为"进京腐乳""贡品小菜"。至清末民初，"远香斋"更名为"济美酱园"，取《左传》中的"世济其美，不损其名"之意。其时"济美酱园"有腌菜大缸 1000 口，产品涵盖干渍、咸渍、酱渍、酱油、味醋、豆制品等六大类，尤以豆腐乳与甜酱瓜享有盛誉。

我几乎都记不起济美豆腐乳的味道了。小时候父亲总喜欢买几块，搁在一个瓷碗里，表面红彤彤的，用筷子拨开表皮，内里是黄色的，像熟透的杏子。吃起来很细腻，我觉得很咸，每次只能用筷子头挑一点点。

我更喜欢花样繁多、质感各异的什锦小菜。切成小指大小的萝卜干有一点韧，艮脆；波浪纹的萝卜酱香味浓；酱花生米微咸中有清甜；好像还有苤蓝辣丝、酱渍牛蒡和洋姜。印象最深刻的是酱甘露，形状像一枚螺，或者一挂串珠，清脆鲜甜，在什锦小菜中总是第一个被我和妹妹挑尽吃完的。

甘露，别称宝塔菜、地蚕、草石蚕等，唇形科水苏属植物。小学四五年级的时候，我曾在院子里种过一株甘露，叶子有点像薄荷，可惜结出的甘露子并不好，有很粗的纤维，原来不是所有的甘露都像酱菜中的那么好吃。第二年，没有掘净的根茎又长出了新苗，蔓蔓延延长成一大片，母亲挖了好几遍才清理干净。

甜酱瓜，俗称酱瓜，是以新鲜的菜瓜为原料，先用食盐腌渍，再经晾晒压榨去除多余的盐分，然后浸泡在甜面酱中酱制，使酱中的糖分、氨基酸等渗透到咸菜瓜中，咸中带甜，脆嫩鲜香。

菜瓜，南方也叫稍瓜、越瓜等，葫芦科甜瓜属，是甜瓜的一个变种。果实棒状，浅绿色，长可达二三尺，果肉致密，口感发艮。明王世懋撰《学圃杂疏》记载："瓜之不堪生啖而堪酱食者，曰菜瓜。"少时村中有一个憨厚惧内的男人，与妻吵架后离家出走，不知何往，遂顺河堤南行。至十五里外油坊集，花二分钱购得硕长菜瓜一根，边走边吃，步行回村仍未吃完。见熟人仍愤愤，大嚼一口菜瓜说："不过了！"一时引为村中谐趣之事。

不知什么时候开始，村中饭店、杂货铺里出现了瓶装、利乐包的酱油、醋，走街串巷地卖临清酱菜的人消失了。集市上的酱菜不知从哪里批发来的，味道怪怪的，实在不中吃。

有一年，父亲在院子里开出一畦菜地，种上菜瓜，结出几十根胳膊粗的大菜瓜，于是买来甜面酱自己动手腌酱瓜，没想到第一次腌制，味道就出奇地好，成了亲友争相索求的抢手货。后来每年腌一小缸酱瓜成了父母的习惯。

## 八个碗

出临清顺水北行六十里，卫运河东岸是我的故乡渡口驿，属山东省德州市夏津县。西岸也有一个村庄叫作渡口驿，属河北省邢台市清河县，用家乡话说，那是我的"姥姥门上"。上学之前，我一直跟外公、外婆生活在一起，清河亦是我的故乡。

清河之名始于汉代。因境内有清河流经而得名，《水经注》记："清河又经清阳县故城西。"今清河县境，西周属邢国，春秋时为晋国地，战国时为赵国辖域。秦代置厝县（故城在今县西北），属钜鹿郡。汉高帝四年（前203年）置清河郡（治在青阳县，即今清河县地），东汉时郡治徙于甘陵县（今河北省邢台市临西县地），遂更名甘陵郡。曹魏时，郡、县（甘陵县）均改名为清河，但其县并非今清河县境（治在今河北省临西县）。北齐时，于今清河县地设武城县，并迁清河郡治此，隋开皇六年（586年）改武城县名为清河县，自此沿袭发展为今之清河。

清河地处古黄河、海河等水系泛滥冲积而成的平原上，地势平坦开阔，沙丘、沙岗地貌土质多沙，洼地又多盐碱。清河自古以农业为主，物产比较丰富但无特色，近几十年羊绒加工行业发展迅速，有"世界羊绒看中国，中国羊绒看清河"之说。

平原而无山川，所以清河物产都即为常见，饮食亦无山珍海味，皆以本乡土产为主。民国二十三年（1934年）《清河县志》卷九《风土志》记载了旧时清河的饮食："以高粱与米为主品，以菽、稷、黍、玉蜀为副品，以麦食为贵重食品，筵客或遇庆贺皆食之，常食麦者仅限于富家及商人。麦制品以馒头为大宗，俗名馍馍，作此生意者曰馍馍房。又有烧饼、麻糖、包子、汤饼诸类，皆以麦面为之。小卖者有用黍穄蒸糕、糯米作粽沿街唤卖。民家习惯则以粽点缀端午节，以糕点缀年节，节不以常食也。菽类黄豆制者干豆腐、水豆腐二种，绿豆制者粉条粉皮二种。菜蔬邑东西两部若，黄芽白菜、菠菜、葱、韭均土产。红薯、花生尤食品之大宗。肉则以牛为普通食品，猪次之，羊又次之，必盛馔始供鸡。近以肉价奇昂，除婚丧庆贺或肆嘉宾，外食者绝少。饮食嗜好，集市会场多有食煎包者，中等社会以下则嗜食以豆浆所制之豆脑，名曰'老豆腐'。"

少年时运河已经不能航船了，仅作排洪、灌溉之用。两岸人民皆务农为生，民间生活清苦，只有过年过节才能吃到相对丰富的肉食。红白喜事上的高桩馍馍和肉片豆腐汤（或肉片冬瓜汤、粉条熬白菜等），大片的猪肉炖得稀烂，豆腐松软入味，浇上一勺乌黑油亮的黑棉油，已是乡人心中难得的美食。

民间婚宴，除了豆腐汤和高桩馍馍，还有一种高规格的菜肴，叫作"八个碗"，以鸡鸭鱼肉等原料精心制作，先经煎炒烹炸煮焖烩炖，再装在大碗中蒸透上桌。在物资匮乏的年代，不是每个参加婚宴的人都可以享用"八个碗"，通常只制作一席，用来招待新亲（新娘的送亲人）。酒席上先上四凉四热八个下酒菜，多为时令蔬菜搭配肉、蛋制作，吃饭时上"八个碗"，主食为馒头，搭配鸡蛋汤。"八个碗"在院子里的大灶上蒸透，上菜时被装在一个四尺多长的长托盘里，上菜的人把托盘举在肩头，迅速而稳健地穿过喜棚，"八个碗"是那时孩子们味蕾上可望而不可即的海市蜃楼。至20世纪八九十年代，农村生活渐富裕，"八个碗"成为婚宴的标准配置，人们才把参加婚宴的俗称"吃喜馍馍"改为"坐席"。

八个碗

 

"筵席"本意为铺地藉坐的垫子，古时中原没有椅凳等高型坐具，席地而坐。宋代高承《事物纪原》引《风俗通》称："汉灵帝好胡服，景师作胡床，此盖其始也，今交椅是也。"古时制度，筵铺在下面，席加于上。《礼记·乐记》："铺筵席，陈尊俎，列笾豆。"

日子好了，有些人家春节时也会做"八个碗"招待亲友。我乡的"八个碗"略受临清"二八席"的影响，和清河"八大碗"大致相同。清河"八大碗"大致包括鸡、鱼、猪肉、牛肉、羊肉、藕夹、豆腐夹、鹅脖、酥肉、红烧丸子、水氽丸子、素丸子、假菜、木耳、鸡蛋、海带丝、面筋等十几种菜肴，根据各自的爱好进行搭配，共计八种上桌。

童年时听过一首儿歌："月姥姥，八丈高。骑白马，带快刀。带快刀，切辣椒。辣椒辣，切黄瓜。黄瓜黄，切老姜。老姜老，切蜜枣。蜜枣蜜，切公鸡。公鸡公，切大葱。大葱大，切蛤蟆。蛤蟆一瞪眼儿，七个碟子八个碗儿。"长大后，为了生计四处漂泊，吃过的很多珍稀的东西转眼就忘记了味道。八个碗，只有回老家过年的时候才能吃到，也只有在老家才能吃出那种记忆中的味道。

我乡春节民俗，腊月三十，清早"请爷爷奶奶"，即请故去的祖先回家过年，须手持香火去坟地方向迎接，家里中堂悬挂书写有历代宗亲名讳的"轴子"，方桌上摆放三荤两素的贡品，香炉中香火不绝。初一日，清早放鞭炮，吃饺子，串门拜年，至每家必先跪拜"爷爷奶奶"，再拜在世的长辈。初二，送"爷爷奶奶"至族中茔地，烧纸祭祀。初三，女儿携丈夫、孩子回娘家拜年。初四、初五走访亲姑姨娘家拜年。破五儿之后，商铺重新营业，年味儿渐淡。记得少时每年初三，母亲给我和妹妹换好新衣，父亲提着酒肉、糕点等礼物，全家乘船渡过运河去外婆家拜年，那一天的午饭总是丰盛的"八个碗"。

上供的红公鸡被剁成大块，在锅里煸炒一下，加甜面酱炖着吃。鲤鱼整条红烧，装在大碗里头尾都翘在外边。熟猪肉、牛肉切大片各蒸一碗。丸子用牛腿肉，肉剁得很细，但可以尝到脆的筋腱颗粒。酥肉不酥，先炸后蒸，软糯肥嫩。藕夹、豆腐夹切块，浇上炖肉的骨肉汤上屉蒸。"鹅脖"是用豆油皮包裹肉馅炸成的，外酥里嫩，肥而不腻。

外公做"碗儿"，经常会炒一大碗木樨肉。木耳、黄花菜干和鸡蛋经过蒸制，吸饱了肉的香味，上边撒上香菜，是我至今最喜欢的菜。我尤其爱里面的黄花菜，清香软嫩，略带纤维质的韧，那是外婆制作供品时装饰性的"供尖儿"。

从我的父母结婚第一年开始，一直到外公患病卧床无法操持厨房，每一年外公都会做一席"八个碗"招待我的父亲，数十年下来父亲已经变成了"老女婿"，外公一如开始那样郑重其事。母亲劝外公"不必这么复杂，省事儿一点就好"，外公则回答说"怎么也得像回事儿吧"。在亲人之间情感上缺少语言交流的农村，不论生活如何困顿或优越，外公一直都把我的父亲"当回事儿"。或丰或俭的"八个碗"里没有山珍海味，却让我们吃出了不同的味道，品出了饭菜中的尊重和珍惜。外公做的"八个碗"，是我记忆中最难忘的味道，在物资匮乏的岁月里，他给了我们他所能及的最好的宴席。

## 凉汤与温面

麦子，是中国北方最重要的粮食，也是华北最常见的作物之一。鲁西北所种的是冬小麦，九月播种，来年五月收获。

二月，春河解冻，万物复苏，冬眠后的麦子迅速生长。至四月小满，麦子慢慢接近成熟。《礼记·月令》云："孟夏之月，农乃登麦，天子乃以彘尝麦，先荐寝庙。"这时麦子还没完全成熟，皇帝所尝的是青麦仁，还配着猪肉吃，想来不错。小时我们也吃青麦仁，但都是大人检验麦子的饱满程度时揪下来的麦穗，绑成一束，在灶膛里烧，待麦芒燎尽，取出来剥烤熟的麦仁吃。清香，甜甜的，带着烟火气。但从来只有几个麦穗而已。

"夜来南风起，小麦覆陇黄"，正经尝新麦，是夏至这一天，喝凉汤。汤，是我乡对面条的叫法。在我乡，说"打汤"指制作蛋汤、蔬菜汤等，说"下汤"则是煮面条的意思。面条称作汤饼，是很古远的事情了，不知为何在我乡沿袭至今。凉汤，即是凉面。

喝凉汤，首先要擀汤（面条），都是用自家的新面，手工擀制。我记事的时候，村里已经没有石磨了，磨面需带自家的麦子去磨坊加工，用的是电磨。和好的面团柔软而有弹性，在女主人灵巧的手中先擀成一张直径二三尺的薄饼，然后折叠起来切成一分宽的细条。切好撒上面醭，在"盖垫"（一种用高粱秆串连而成的圆形搁置工具）上摊开晾着。

凉汤，其实是一种打卤面。除了汤（面条），还要有菜码、佐料和卤子。

菜码很简单，就是黄瓜丝。佐料有一碟朱红的胡萝卜咸菜末；一碟墨绿的腌香椿，也切作末；捣碎的蒜泥加醋、香油调成蒜汁；还可以用凉开水澥一小碗芝麻酱。

卤子多是时令的新鲜蔬菜。我家最爱吃的是豆角鸡蛋卤，刚应市的长豆角（豇豆）切成黄豆大小的丁儿，鸡蛋不能提前炒好，而是炒豆角的时候，鸡蛋磕一个小洞，把蛋液甩在半熟的豆角上，然后一起炒熟，吃起来更像荷包蛋的味道。西红柿鸡蛋卤也好吃，西红柿要露天自然熟的才甜，炒得稀烂，汤汁都浸到了鸡蛋里。西葫芦炒鸡蛋就差一些，西葫芦味道寡淡，不香，要擦成丝加肉包饺子才好吃。茄子卤，茄子切成小指粗细的条，切点青辣椒丝，多加一点油焖透了，出锅前加蒜末。自己一家人吃，通常只炒一种卤子，有客人时会多炒一碟鸡蛋，鸡蛋金黄而蓬松，用筷子边炒边拨散，方便拌面。

炒卤子的时候，如果有多一个灶，便可以同时下汤（煮面条）了。煮好的汤用井拔凉水过凉，初夏时只过一遍，酷热的天气就多过冲洗几遍。

一切准备停当，便可以把汤盛到大碗里，拌上卤子和佐料开始喝了。我乡说"喝凉汤"，而不是"吃凉汤"。刚收获的新麦磨面擀成面条，光滑而有筋道，吃到嘴里爽快利索，往往还没嚼太碎就滑下喉咙了。面条清凉爽滑，卤子味浓鲜香，黄瓜脆嫩，再浇上一勺辛香的蒜汁，我 20 岁的时候一口气能喝三大碗。

我一直以为老家的凉汤和外地的凉面是一回事，至外出求学时，吃到四川凉面和北京麻酱面之后，才知道差别颇大。我在北京居住时，馋了也做过这种家乡味的凉汤。有朋友来吃饭，一尝之下竟大叫失声，视为异端："里面怎么可以加热菜呢，面条一烫就不凉了，温温吞吞，这还是凉面吗？"

凉面

在我乡之南六十里，临清也这样吃，菜色更丰富，随季节不同变换蔬菜。其同时上桌的卤子、佐料多达十几种，称之为"什香面"，也写作"十香面"。临清市区所经营的什香面，刀工更精细，以食材特质分别切成丝、丁、末，单独炒制。主要的卤子有：炒茄子丝、炒西葫芦丝、炒绿豆芽、炒韭菜、炒蒜薹末、炒豆角末、煎鸡蛋花。佐以小碗调味料：香醋、芝麻盐、芝麻酱、蒜泥。随桌的小菜有：鲜黄瓜丝、酱瓜末、胡萝卜末、咸疙瘩末、韭菜花末。

考证什香面的源流，可以看到天津"捞面"的影子，还有沿袭自《金瓶梅》中"温面"的风俗。

# 故城熏肉

从渡口驿沿运河向北走五六里，河东属山东省德州市武城县，而运河西侧的辛堤村已是河北省衡水市故城县的地界了。辛堤，我少年时曾随大人去过，买粮食种子还是卖牲口，已经不记得了。故城的县城郑口我却是第一次到达。

故城县境，夏、商、西周三代，属兖州地；春秋战国时期为四战之地，先后属晋国东阳、齐国昔阳、燕国厝寿、赵国东武城；秦时属巨鹿郡厝县；隋开皇六年（586年）析枣强县，在今故城镇置东阳县，开皇十八年（598年）改称漳南县；唐武德七年（624年）治所迁至今武城县漳南镇，改属贝州；宋至和元年（1054年），漳南县省入历亭县；元至元元年（1264年），在原漳南故城始置故城县，自此始有"故城"之名。自1945年始，县城迁至今郑口镇；1964年以卫运河为界，将山东省武城县河西地区划归故城县，故城县河东村划归武城县。

故城现在的县治在郑口镇。"郑口"，开始并非村镇之名，明代，有一郑姓人在京杭大运河上设舟摆渡，时人遂称该地为"郑家渡口"，后简称为郑家口、郑口。

郑口濒临京杭大运河，得漕渔之利，物阜民丰，至清代中期郑口已成为一个仅次于县城的大集镇，三街五镇，店铺栉比，客商云集。新中国成立初期，在郑口仍可看到运河上帆樯如林的景象。清代乡人时廷珍有诗赞曰："两岸多停沽客舟，帆樯影里酒家楼。橹声摇曳喧前渡，灯火高低照乱流。乐府谁翻商妇怨，踏歌争唱大堤头。六如老去繁华歇，莫向清溪记旧游。"

熏肉是故城的名吃，不大的县城内经营熏肉的店铺摊点俯拾皆是，字号有别，最有名的有曹家、王家、印雪肉食等。至衡水市区，经营熏肉者多冠以"故城熏肉"。故城熏肉以新鲜猪肉、牛肉、鸡肉等为原材料，以猪头肉、猪下水为主要品种，先卤后熏。制好的熏肉枣红油亮，皮烂肉嫩，肥而不腻，瘦而不柴，味道醇香，引人胃口大开。

熏肉是个技术活儿。唐鲁孙《北平的独特食品》中说："北平所谓酱肘子铺，全都带卖生猪肉跟宰现成的鸡鸭，所以又叫猪肉杠。酱肘子铺后柜，都有熏卤作坊。像天福吧，后院有口万古常新的陈年卤锅，每天到了下作料的时候，总得老掌柜的亲自动手，那是铺眼儿规矩。等混到能在熏炉旁边插个手、帮个忙，那这个学徒就快熬出来啦。"

故城熏肉，熏制时置白糖、小米、锯末、谷糠等于铁锅内，将酱卤好的肉类摆在锅中的箅子上，锅下生火加热，糖类慢慢焦化，冒出浓重的白烟，盖上锅盖熏制数分钟即成。火小则生，味甜腻难以上色；火大则焦，颜色黯淡产生煳味。用什么材料熏制，熏多长时间，全凭经验，甜与苦，存乎一心。

故城熏肉不知起源于何时。据当地老人回忆，早年间卫运河通航的时候，水上舳舻相继；岸边酒肆、茶馆、饭店、旅馆、杂货店等商铺林立。那时就常有小贩手提食盒沿河埠头叫卖烧鸡熏肉："烧鸡、熏肉、烧鸽子哎——热乎的！""熏鸡、熏蛋、熏鸡杂哦——"船东客商多买回船上食用，佐饭下酒皆宜。

故城熏肉的风味，颇似民国时期老北京的"红柜子"所卖的熏肉。唐

（上）故城郑口镇　（摄影　赵登勤）

（下）故城熏肉

鲁孙在《北平的红柜子·熏鱼儿·炸面筋》中说："他们所卖的吃食除了熏鱼面筋鸡蛋片火烧之外，其余吃食五花八门，种类繁多，可全是猪身上的。……他们每天下街，以猪肝销路最好，做出来的猪肝卤后加熏，味道虽淡，可是腴润而鲜，细细咀嚼后味还带点甜丝丝的。他用淮澧闪烁的大片刀，把猪肝切得飞薄胜纸，拿来下酒，虽算不上什么珍品上味，可是微得甘香，腴而能爽。……猪头肉是他们卖的主要肉类，配合着他们卖的发面片儿火烧，在酒刚足兴，来两个片儿火烧夹猪头肉，酣畅怡曼，既醉且饱，也不输于元修玉食呢。……到了夏天喝晚酒的朋友就都喜爱买点红柜子上的猪耳朵来下酒啦。他们熏的猪耳朵骨脆而皮烂，咸淡适中，最宜于低斟浅酌。"

# 馋人说蝉

芒种：初候，螳螂生。二候，鵙始鸣。三候，反舌无声。

干燥的温带季风从东南方向吹来，一望无际的碧绿麦田变成一片金色的海洋。风吹麦浪，干燥的麦芒相互摩擦，发出沙沙的声响，像千万个亿万个精灵在轻声吟唱。树林中传来伯劳的歌声，布谷鸟日夜不休地发出"布咕布咕"的啼鸣，大人说它是在催促人们"割麦、播谷"，孩子们却认为它说的是"桑葚刚熟"，因为此时桑葚刚好成熟，乌黑紫红的桑葚，星星点点挂满了桑树。

"桑"与"丧"同音，为我乡人所忌讳。桑树多种植于村外，或独木成荫，或蔚然成林。桑葚采摘不易，葚农多用芦席、包袱承接于树下，用顶端装好铁钩的竹竿钩住树枝用力摇晃，葚子便纷纷坠落如雨。若采摘时粗疏大意，葚子便会落在地上，沾染泥土。葚子用水清洗后甜度降低，食之无味。孩子们偷偷爬到桑树上，摘一颗，吃一颗，直到腹满肚圆，嘴角、手指都被浸染成紫红的颜色。

树林里静悄悄的，草长虫鸣依稀入耳，蚱蜢"嗖"的一蹦，"嘎达嘎达"地飞出不多远，又落在草丛中。不知是谁先发现的，惊喜地叫嚷："听，有结柳儿叫了！"

结柳儿是我乡对蝉的俗称，正字为"蟪蟟"。1990年版《夏津县志》第二十六编《杂志·方言》中写为"结柳"，因为蝉最喜欢在柳树上鸣叫。

蝉的别称很多。《康熙字典》注疏中说："《释虫》云：'蜩蜋、蜩螗，舍人曰：皆蝉也。'方语不同，三辅以西为蜩，梁宋以西谓蜩为螗，楚地谓之蟪蛄。"现代人对蝉的别称多由其叫声的谐音产生，最常见的叫法为"知了"，北京称作"唧鸟"，山东滨州地区称之为"消息"。

蝉的种类很多。明代李时珍《本草纲目》："蝉，诸蜩总名也。夏月始鸣，大而色黑者，蚱蝉也，曰蝒，曰马蜩，《诗》五月鸣蜩者是也。头上有花冠，曰螗蜩，曰螗，曰胡蝉，《荡诗》如蜩如螗者是也。具五色者曰蜋蜩，见《夏小正》，并可入药用。小而有文者曰螓，曰麦蚻。小而色青绿者曰茅蜩，曰茅蠽。秋月鸣而色青紫者曰蟪蛄，曰蛁蟟，曰蜓蚞，曰螇螰，曰蛥蚗。小而色青赤者曰寒蝉，曰寒蜩，曰寒蜇，曰蜺。"

全世界已知的蝉大约有2500种，在中国常见的主要有蚱蝉、蟪蛄、鸣鸣蝉、草蝉等。在我乡，人们并不仔细分辨，只笼统地分为三种：第一种体长二厘米左右，出现于小满、芒种时节，其时正值麦子成熟收获，称作"麦结柳"。第二种是黑蚱蝉，体长四五厘米，最为常见，是我乡所谓的"大结柳"。第三种体型也小，与麦结柳相若，出现于入伏之后，其叫声酷似"伏天儿——伏天儿——"，遂称作"伏天儿"。

1934年《清河县志》载："蝉，化生，以翼鸣。《淮南子》：'蝉无口而鸣'，三十日而死，伏日鸣则声躁以急，秋日鸣则声凄以长，秋末则声噤以促，故谓之寒蝉。"

其实蝉不是用翅膀摩擦发声，雄蝉的腹基部有一个发音器，两片鳞状的盖板下有一层薄薄的鼓膜，鼓膜受到振动而发出声音，蝉的鸣肌每秒能伸缩约1万次，盖板和鼓膜之间的空隙产生共鸣。雌蝉则不会发声，俗称"哑巴蝉"。

中国古代的文人很喜欢蝉。三国时期曹植有一篇《蝉赋》，对蝉极力赞美："唯夫蝉之清素兮，潜厥类乎太阴。在盛阳之仲夏兮，始游豫乎芳林。实澹泊而寡欲兮，独怡乐而长吟。声皦皦而弥厉兮，似贞士之介心。内含和而弗食兮，与众物而无求。栖高枝而仰首兮，漱朝露之清流。"唐代虞世南有一首咏蝉诗："垂緌饮清露，流响出疏桐。居高声自远，非是藉秋风。"借物抒怀，其风高洁。

我乡人不大欣赏嘶哑的蝉声，听声儿不如蝈蝈。以前种植庄稼比较少用农药，秋日艳阳下，大豆田中的蝈蝈叫成一片。就连灶间墙缝里的蛐蛐声也比蝉声悦耳呢。

蝉在我乡，通常被当成一种美味。说是吃蝉，其实主要吃它的若虫，古籍中称作"蝮育"，我乡俗称为"结柳爬儿"，外乡有金蝉、知了龟、知了猴、爬权、知拇吖、蚂知了、哗蝉、消息牛等多种别称。东汉王充《论衡》云："蝉之未蜕，为蝮育；已蜕也，去蝮育之体，更为蝉之形。"

金乌西坠，天色将晚。放了学的孩子们三三两两地走进房前屋后的树林，在树下的泥土中寻找尚未爬出洞穴的结柳爬儿。见地上有豆粒大小的孔洞，洞口的泥土湿润而单薄，十有八九是结柳爬儿正在努力地从下往上掘进，随时准备破土而出。用手指或树枝轻轻一抠，洞口豁然开朗，就会看到一只结柳爬儿凸着两只复眼傻愣在那里，此时需眼疾手快把它捉住，不然它就会滑落到洞穴中，需借助工具才能捕获。所以孩子都随身携带挖掘工具，有削尖的木棍、有铅笔刀、有瓦刀等，遇到带锅铲的也不算稀奇。

暮霭四合，夜色笼罩古老的村庄。在黑暗的掩护下，结柳爬儿纷纷爬出洞穴，攀到附近的树上准备蜕壳。这时用手电筒一照，就会看见树干上正在努力攀爬的结柳爬儿，伸手即可轻易获取，像采摘树上的果实。

212

卫运河在村庄的西侧，河堤的截面略似"凸"字的梯形，两侧广植树木，以榆树、柳树居多，堤顶则以红土轧实成路，连接南北。夏夜村中居民喜欢到河堤上乘凉，多持手电筒，顺便捉结柳爬儿。以前结柳爬儿很多，随便溜达一圈就能捉到几十只。

蝉属于不完全变态类昆虫，由卵孵化成若虫（结柳爬儿），不经过蛹的阶段，经过一次蜕皮即变为成虫。蝉有一个细长的刺吸式口器，幼虫在途中刺吸植物根部汁液，成虫在树梢吸食树木汁液。蝉的成虫寿命只有一两个月，而结柳爬儿通常会在土中待上几年甚至十几年，如3年、5年，最长还会有17年。有意思的是，结柳爬儿在土中停留的年数均为质数，因为质数的因数很少，在钻出泥土时则可以避免和别的蝉类同时出生，减少生存竞争。

中国食蝉的最早记载见于《礼记·内则》，三十一种君王所用的食品中就包括蜩，也就是蝉。北魏贾思勰《齐民要术》记载："蝉脯菹法：捶之，火炙令熟，细擘下酢。又云：蒸之细切，香菜置上。又云：下沸中即出，擘如上香菜蓼法。"

结柳爬儿的吃法，我乡以油炸为主。先将捉到的结柳爬儿在水中清洗干净，碗中加水没过结柳爬儿，撒上一撮盐，腌渍一夜。次日沥干水分，在热油中炸至金黄就是一盘菜，在物资匮乏的年代里是难得的佳肴。结柳爬儿的味道就是油炸蛋白质的味道，其腹部味道略像蚕蛹，而背部有一块指甲大小的肉，扎实紧密，吃起来像鸡肉或牛肉。最好吃的是刚刚脱壳的蝉，油炸后金黄松脆，比虾饼还酥。如果运气不好，这一晚上只捉到三两只结柳爬儿，馋嘴的孩子就会把它们穿在树枝上，在灶火上烧烤一下，等不及晾凉就丢进了嘴巴里。

如今家乡河堤上的大树伐尽了，堤坡上居然种上了庄稼。村庄里的蝉

渡口驿的运河 （摄影 _ 林桂芬）

声越来越少了，结柳爬儿却没减少，居然成了宴席上的野味菜肴，每只价值人民币一元。原来有人每年秋天去树下拣拾带有蝉卵的树枝，埋在自家的果园或树林里，无须管理，几年之后就可以年年收获大量的结柳爬儿。但养殖出的结柳爬儿缺少足够的树木滋养，普遍都瘦小，吃起来没什么滋味，大不如以前野生的。

吃结柳爬儿的习惯，主要集中于黄河中下游地区。前几年我住在北京通州玉桥的时候，小区后面有一个小公园，公园里柳树很多。夏天晚饭后，我们全家下楼散步，便到公园里去捉结柳爬儿。找结柳爬儿的人很多，有一次我听见有人交谈，其中一个人笃定地说："这东西是高蛋白，一只相当于三个鸡蛋！"根据口音判断，应该是我的山东老乡。

214

## 茄夹子·藕夹子

少年时在农村老家，双脚的根系深入农耕生活，忽然想吃某一种食物，往往不是欲念的驱使，而是自然的规律。如《国风·豳风·七月》所云："六月食郁及薁，七月亨葵及菽，八月剥枣，十月获稻，为此春酒，以介眉寿。七月食瓜，八月断壶，九月叔苴，采荼薪樗，食我农夫。"一切顺其自然地发生着。

东风暖了，草木萌动，燕雀在遥远的南方刚刚启程。昏睡了一冬的麦子一天比一天更精神。荠菜紫红色的叶子伸展开，从里到外染上一抹新绿。此时枯草落叶覆盖下的韭菜最为肥嫩，清鲜无比。西风响了，水边的芦苇和荻花飘荡起来，准备随时出发流浪到下一个远方。枯黄的叶子发出萧瑟的叹息，路边野菊反而抖擞地开成一地碎金，经历过寒霜的大白菜外表变得残败颓废，而包裹得紧紧的菜心变得鲜甜可人，一个冬天都吃不厌。

夏天最好吃的蔬菜是茄子。茄子又名落苏、落酥、酪酥等，管状花目茄科植物。原产印度、泰国等亚洲热带地区，东汉时传入中国。北宋陶谷《清异录》记载："落酥本名茄子，炀帝缘饰为'昆仑紫瓜'，人间但名'昆味'而已。"据王辟之《渑水燕谈》载，吴越王钱镠有一儿子腿瘸，当地之人为避讳，就把茄子改称"落酥"。

茄子喜荤腥。家常上屉蒸的烂熟，晾凉加大量的蒜末和香醋、酱油、香油凉拌，柔嫩如酥，清爽滑嫩，是夏季最常见的凉菜。加韭菜凉拌则需多加盐，制成"韭菜茄泥"，简称"韭茄"，软嫩清鲜，最宜啜粥下饭。炖煮则切块搭配肥瘦猪肉片，可加粉条、粉皮当作配菜，腴软肥美。若不加腥荤佐助，又缺油少盐，茄子便有一种奇怪的青气，不堪入口。

以前我乡人不吃红烧茄子，因为不会做。

在渡口驿，人们能给予茄子的最大的礼遇便是做茄夹子。我乡多种植长卵圆形的茄子，不知是何品种，每个有一两斤重，切开横截面有烧饼那么大。水嫩饱满的茄子切厚片，每两片不完全切开而成一茄夹，中间夹入调好的猪肉馅，像一个个鼓起的荷包。下锅煎至两面焦黄，再加入花椒、大料、酱油、水等烧开，小火烧炖至肉香四溢、茄子软烂。出锅时每两三个茄夹装一碗，浇上汤汁，撒少许香菜即可。炖好的茄夹子色相不好，茄子皮中的花青素被氧化融在汤中，灰扑扑的没什么美感，但味道却肥美香醇，菜借肉香、肉借菜味，妙不可言。若以貌取人，多半会与这一美味失之交臂。由于卖相不佳，家乡的茄夹子一直没能走进饭馆酒店，只有在自己家才能吃到这种味道。我去过不少地方，好像只有我家乡的人才会这样吃茄子。

我在北京时，曾用圆茄子、长茄子试着做这一道家常菜，但茄子肉质不够绵密，味道差强人意。长茄子含水量大，肉质细嫩松软，适合配青红椒炒茄子丝。如果做茄夹，只能做成"炸茄盒"，切薄片，夹上肉馅挂面糊炸得金黄，外酥里嫩，蘸着椒盐吃。

与炸茄盒相似，还有炸藕盒，我乡称作"藕夹子"。以前在渡口驿，吃藕夹子通常在新年之前。我乡干旱缺水，少有人栽荷种藕，莲藕多赖外地输入。秋冬时节，带着新鲜淤泥的莲藕出现在集市上，购买者寥寥，唯有赶年集时家家都必买藕，就为了过年炸藕夹子。

炸藕夹子需要先把莲藕刮洗干净。莲藕质脆，切片时需小心，也是每

（左）藕夹子 （右）茄夹子

两片之间不完全切开成为一个夹子。用筷子把调好的肉馅抹在藕片中间的空隙中，轻轻捏一下，肉馅便从藕的孔洞中冒出来少许。用筷子夹住藕夹子在鸡蛋、面粉和水调制的面糊中滚一下，均匀地挂上面衣，放入热油中炸至色泽金黄，自然浮起于油锅中，周围开始发出"哔哔叭叭"的声响时便可以出锅了。

刚炸好的藕夹子外表金黄酥脆、藕片清脆回甘、内馅软嫩清香，怎么也吃不够，所以每家每户都会炸一大盆，留着春节慢慢吃。炸好的藕从中间切开，摆在细花瓷碗中，浇上一勺骨头汤，上屉蒸透，香醇酥软，便成了春节待客的"八个碗"之一的"蒸藕盒"。

妻子和儿子都爱吃藕夹子。城里随时都可以买到新鲜的莲藕，馋了，我便买两节莲藕，炸一次。也许是经验不足、手艺不精，我炸的藕夹子总不及母亲炸的好吃。

记忆中的每年腊月二十八，赶完村子里的最后一个集，母亲便会剁好肉馅，夹在切好的莲藕中，一切准备停当，开始炸鱼、炸酥肉、炸藕夹子。诱人的香气从厨房里飘出来，穿过庭院，一直飘到全家人的心底。

# 德州羊肠汤

德州的运河原为汉之屯氏河，隋之永济渠。自元朝至元十九年（1282年）始开通济州河、会通河后称大运河。卫运河在夏津、武城境内穿过，蜿蜒二百里，在四女寺水利枢纽节制闸分流，一部分河水经漳卫新河（古鬲津河）在无棣大口河注入渤海，而大部分河水转弯北上天津，称作南运河。

德州特产五香脱骨扒鸡，是远近闻名的特产，却非寻常百姓的常食。在德州最接地气的小吃，要数老豆腐和羊肠汤。

老豆腐是鲁西北常见的小吃，羊肠汤则为德州市区独有，郊县则无。羊肠汤只有早晚售卖，乡下人到德州办事，日上三竿才到，太阳西下而归，多半吃不到羊肠汤，所以羊肠汤一直囿于德州城区。

最好是在白露为霜的秋冬季节，天蒙蒙亮，街巷寂静，树木上的薄霜尚未消散。卖羊肠汤的摊位多为长方形的小车，车前是装着碗筷的水桶、盛放作料的小盆；车后码放供食客坐的马扎；中间是一只煤炉，上面架着一口烧汤煮肠用的大锅；摊主笼着手站在车后等待食客的光临。食客来了，摊主便揭开锅盖烫煮羊肠子，骨汤翻腾，羊肠子沉浮其中。吃的时候捞出，无须砧板，摊主一手拎起羊肠，一手用快刀割成小段落入碗中，麻利地浇上羊骨高汤，撒上葱花、芫荽、辣椒、胡椒，一碗热气腾腾的羊肠汤就做成了。然而德州的羊肠汤端上来，碗里并没有真正的肠子，亦无羊肉、羊杂，只有一种用肠衣、羊血灌制的血肠。血肠煮熟后外表粉白，颇似挂霜，

德州羊肠汤

亦称"羊霜肠"。血肠好吃与否，取决于灌料中羊血和面粉的比例，粉多了黏，血多了散，甚至还有人在其中加入研磨成粉的香料。血肠清新鲜嫩，丝毫没有腥膻味儿，配上两个油酥烧饼，说不出的快意。汤锅沸腾，香气弥漫氤氲，氤氲德州的早晨。

羊肠汤，北到沧州、青县，南至泊头、德州，运河两岸皆有，且风味各异。沧州地区的羊肠子则肥肠、血肠并重，醇香浓郁，肥糯油润。所以以前沧州人喝羊肠，通常配以粗面饼子。德州人吃羊肠子，只吃血肠，浇上清亮的羊骨高汤，味道清鲜不腻。

德州羊肠汤的出现，源于德州、沧州一带汉、回、满等多民族杂居的民族结构。因为信仰不同，回族同胞不吃羊血，所以用羊血加工的血肠（羊霜肠）历来都卖给汉民，北京牛街的羊霜肠也是如此。"八旗劲旅，以强半翊卫京师，以少半驻防天下，而山海要隘，往往布满。"顺治二年（1645 年），德州即设驻防八旗。顺治五年（1648），沧州为正白、镶白二旗满洲兵、蒙古兵合驻。吃血肠（羊霜肠），是清官兵带给德州人的习俗。

# 老豆腐

老豆腐是卫运河两岸最常见的小吃之一，德州（武城、夏津、平原）、衡水（故城）、邢台（临西、清河）、聊城（临清、高唐），县城里、集市上随处可见。现今在山东省内，以德州平原老豆腐、济南商河老豆腐、聊城高唐老豆腐最负盛名，三地相去不远，但所制老豆腐口味有别，各有千秋。

老豆腐之"老"，是相对于石膏点卤的豆腐脑而言，洁白如玉、嫩而不松。北方制豆腐，皆以卤水点浆，豆浆凝固便是老豆腐；老豆腐包上纱布盛入木盒中压制便是常见的水豆腐；如果把豆花分开包在多层纱布中压制便是干豆腐，这是北方豆腐最常见的三种形态。《故都食物百咏》中称老豆腐："云肤花貌认参差，已是抛书睡起时。果似佳人称半老，犹堪搔首弄风姿。"可谓诙谐。注说："老豆腐较豆腐脑稍硬，形状则相同。豆腐脑如妙龄少女，老豆腐则似半老佳人。"这比喻恰如其分，水嫩的豆腐脑在南方是可以加糖吃的，当然也可以加香葱、酱油、榨菜、辣油，如少女天真烂漫，生命中具有各种可能性；但老豆腐已形成了它特有的风韵，只能依照故有的方式烹制食用。

老豆腐所用之"豆腐"，无非先把黄豆去皮碾碎，在井水中浸泡之后，用石磨磨成浆，撇去浮沫，滤掉渣滓，入锅熬煮后点卤凝固成形。以前做老豆腐的人多选用本地黄豆，近年鲁西北病虫害严重，大豆产量不高，改用东北大豆。

老豆腐的调料很简单，只是浇上酱油卤和熟棉油而食，吃起来比打卤

老豆腐

的豆腐脑素净清爽。德州的老豆腐，常见的卤汁多为酱油卤，好酱油加上盐、水及各色香料小火熬制而成，不勾芡，亦无木耳、黄花等辅料，乍尝只是咸香，回味也只是清浅的酱香。

老豆腐的点睛之笔在于黑棉油。华北平原多为棉乡，过去棉籽油是当地人民的主要食用油，粗榨的棉籽油颜色紫红乌黑，民间称之为"黑棉油"。黑棉油需要用文火反复熬数小时，撇去油沫及杂质，然后加入葱、姜、花椒、八角等香料，小火慢慢炸出香味，滤净释放完辛香的配料，装在白瓷碗里，颜色紫红黑亮，异香扑鼻。黑棉油是德州地区吃老豆腐和大锅菜不可或缺的材料，堪比甜面酱之于北京烤鸭。

一碗合格的老豆腐，豆腐嫩而不溏，卤汁清而不淡，棉油香而不腻。装在粗瓷大碗里，半碗软玉半碗琥珀，浇上一勺黑亮的棉油，撒上一撮儿香菜和韭菜末，爱吃辣的还可以加一勺红亮的辣椒油。于是，世俗的生活也在一碗平常的乡间食物中，变得活色生香起来。

## 粉生大：明史里的山西味道

从我乡沿运河北上不足十里，河的西岸便是衡水市地界。运河可称衡水和沧州、德州的界河，运河东侧是德州的夏津、武城和德城区；沧州的吴桥和东光，西岸依次是衡水市故城、景县、阜城三县。大运河衡水段总流程近 180 公里，其中故城 75.2 公里，景县 73.2 公里，阜城 30.65 公里。

大运河衡水段原为漳河故渎，也为黄河故道，九河下梢，河汊众多。秦汉以前称定王河，汉代称屯氏河、屯氏别河，也称清河。隋开凿为永济渠，自隋至元代称御河，元为京杭大运河组成部分。明代称漕河，因该河发源于周代的卫国，统称卫河。自 1958 年在河道上兴建四女寺水利枢纽后，四女寺以南（上游）称卫运河，以北（下游）称南运河。

运河从黄河到天津落差高达 40 米，为了解决水位落差给航运带来的不便，古人设计了很多弯道延缓河水的流速。湍急的水流在河道转弯处冲击力过大，易造成决口，为了防止水流淘刷，堤岸上急弯处会修建丁坝、垛、护岸等工程，统称"险工"。

景县安陵镇华家口村，地处南运河拐弯处，河段经常决堤崩口，沿岸百姓流离失所。民国元年（1912 年），景县知县王为仁主持修建了华家口大坝。华家口夯土险工全长 255 米，呈梯形，南北走向，顶宽 13 米，全段高程 5.8—6.7 米不等，平均收分 20%，堤内坡采用黄土、白灰加糯米浆夯筑成坝墙，坝墙每步宽 1.8 米，厚 18 厘米，分步夯筑，底部采用坝基抗滑木桩施工工艺，外坡与顶部为素土夯实而成。

一百多年过去了，华家口再没有决堤，但大坝也渐露疲惫。坝体失去内聚力，夯土剥落、疏松，平静地接受岁月的冲刷。堤岸上夯土结实，植被稀疏，干涸的河床上青草离离，放牧着几只山羊。

看完大坝去镇上吃饭，品尝当地名吃粉饣它（gǎda）。粉饣它，是用绿豆面浆摊成的饼，制作手法和煎饼类似却又明显不同。摊粉饣它的鏊子中间凹四周略微凸起，和好的绿豆面浆倒在烧热的鏊子上，待中间的面浆熟透略显透明时铲下，向内折叠成三角状，吃的时候凉拌、炒、焖、烩都可以。同样都是用鏊子烙制的绿豆制品，粉饣它和天津的锅巴菜有几分相似，按照方言的读音，锅巴菜似乎写成"饣它巴菜"更合适一些。但天津的锅巴菜薄如纸帛，景县的粉饣它却厚如皮革，口感截然不同。

说是名吃，粉饣它在景县却是一种非常普通的传统食物。绿豆面制成的粉饣它既是菜，也是饭，乡里人喜欢买回去烩白菜。

餐馆里烹制粉饣它，通常是糖醋，或者醋熘。粉饣它切成三四厘米的菱形块，下油锅炸至金黄酥脆捞出，葱姜末烹出香味下糖醋汁，汤汁浓稠时加入粉饣它迅速翻炒，酸甜的汁水紧紧包裹着金黄的粉饣它，外脆里嫩，别具风味。

粉饣它主要流行于衡水、沧州一带运河沿岸，阜城称之为粉嘎巴，常见的做法也是酸甜口，这与华北平原咸鲜的口味颇有不同。传说景县人做粉饣它的习俗始于明朝初年的山西移民，沿袭了故里吃酸的习惯。

景县人坚持将"gǎda"书写成生僻的"饣它"，似乎写成"疙瘩"就是对信仰的背叛。但其他地方不太在意写作"嘎巴"还是"疙瘩"。在华北平原上，"疙瘩"说的是小块状的面疙瘩，如疙瘩汤，绝无做成饼状的。几年前和朋友去山西，在上党及附近甘肃的一些地区有一种叫"圪坨"的

粉乇大

粗粮吃食。玉米面、荞麦面或黑面粉加热水做成烫面，揉和成面剂再掐段，用手捏成直径约 8 厘米的圆面饼，或直接用手团成圆状，放入开水的锅中煮熟，炝锅加洋芋块、酸菜连汤食用味道特别好。上党现在是山西省长治市的一个区，唐宋以降皆属潞州。

历史记载，明朝初年为解决宽乡劳力不足，狭乡缺少土地的矛盾，自洪武六年（1373 年）开始陆续从山西向河南、河北、山东西部移民垦田。"洪武二十一年八月，徙泽、潞民无业者垦河南、北田，赐钞备家具，复三年。"（《明史》卷三）"永乐三年九月，徙山西太原，平阳、泽、潞、辽、汾民万户实北京。"（《明太宗实录》卷四）

沿运河继续北上，天津静海的独流镇也吃粉乇巴，切丝油炸后加糖醋汁，称之为"糖醋嘎巴"。到北京通州，老字号"小楼饭庄"有一道拿手菜"焦馏咯吱"，所用原料"咯吱"与景县的"粉乇大"别无二致。

## 津冬菜

1999年9月9日，我到天津上大学，报名完毕已是下午，第一顿饭是一位在津经商的亲友招待，记得那天吃的有家熬棘头鱼、爆三样、独面筋、扒两样等天津特色的家常菜，酒足饭饱后已近深夜，回到学校冲过冷水澡即倒头大睡。第二天仍没正式开学，起床很晚，我拿着一个硕大的搪瓷饭盆去食堂吃饭，买了一份馄饨，售饭窗口里的天津师傅称之为"云吞"。

天津的馄饨皮子很薄，馅是鲜肉的，汤是清水，讲究一点的则是猪骨清汤。我一边打量着食堂里来来往往的陌生校友，一边不慌不忙地吃馄饨。忽然吃到几块细小的腌菜，脆嫩而香。开始以为是榨菜，嚼过几下便觉得不同，仔细观察发现这种腌菜颜色浅黄，不明所以，询问食堂里的师傅才知道是冬菜。

天津、北京的馄饨，作料讲究一个"全"字，其中紫菜、香菜、冬菜、虾皮等不可或缺。侯宝林在相声《卖包子》中，曾模仿著名京剧演员金少山先生被迫改行卖馄饨时的唱词："昨一晚买肉把汤熬，俩子儿一碗真不少，香菜、紫菜、冬菜、虾米皮子，醋白饶，吆喝了半天，我一碗没卖了！"前些年北京老字号"馄饨侯"扩大经营规模，为了保持其馄饨的老味道，到处淘换冬菜，最后在河北青县才找到"对味"的生产厂家，为其专门生产坛装冬菜。就算居民小区里的馄饨摊，哪天碗里如果没放冬菜，老顾客肯定会表示不满，或者腹诽几句。

冬菜主要有两种。京津居民喜欢吃的是大白菜加蒜泥所制，产于天津、沧州一带，称作"津冬菜"，即天津冬菜；四川出产的"川冬菜"，是用芥菜配以盐和香料装坛腌制而成。天津冬菜始于清代，盛于民初；源于沧州，兴盛于天津静海。

相传清乾隆年间，沧州"艺丰园"酱园，用白菜加盐，拌以糖蒜，做成"什锦小菜"出售，首创"素冬菜"。后来，天津大直沽"广茂居"酱园又改制"五香冬菜"，专销台湾和香港地区。此后大直沽的东泉居、东露居酱园和大直沽酒店等也生产冬菜。1920 年，大直沽"义聚永"酒店在静海县纪庄子就地采购白菜，设场切菜，把天津制作冬菜的技术传到静海县。纪庄子"广昌德"酱园于 1923 年也开办了冬菜作坊，名"山泉涌"，所制冬菜还制定了"人马牌"商标，标签注明"山泉涌常万三制造"字样。自 20 世纪 30 年代开始，以山泉涌和义聚永为代表的天津冬菜开始大量出口，沧州所产冬菜以天津为集散地，也冠以"天津冬菜"，远销海外。1956 年实行公私合营，义丰涌黄晋利的飞机牌、振丰永王子琨的农民牌、广茂居王福元的五福牌、义聚永的蓝宝星、陈美成的牡丹牌、山泉永常万山的人马牌等六家冬菜厂的品牌合并到中国食品出口公司天津分公司，即天津食品进出口股份有限公司的前身。1965 年起，天津市食品进出口公司在静海县陈官屯、东双塘各建冬菜加工厂，标名为"天津冬菜"，并开始使用"长城牌"商标。

大运河在沧州、天津穿境而过，清冽的河水滋润两岸的菜田，沿岸出产的"小核桃纹青麻叶"白菜，筋细、肉厚、口甜，堪称大白菜之冠。沧州、天津自古为食盐产地，渤海岸边的长芦盐场是我国海盐产量最大的盐场。据《沧州志》记载，原支沧州境内古漳河岸边多生芦苇，故得名"长芦"，北周大象二年（580 年）设长芦县。蒙古太宗六年（1234 年）设河间盐运司，明初改名长芦，以运司驻长芦镇而得名。清康熙年间运司移驻天津，沿袭"长芦"之名。从霜降到小雪前后，运河岸边的白菜饱满成熟，采收下来

的白菜剥去青叶老帮，只用嫩白菜心，切成小块晒至半干，加食盐充分揉
搓入缸压实。封缸两三天后将菜坯取出，加入红皮大蒜压制的蒜泥拌匀，
装缸发酵至第二年春方成。腌好后冬菜脆嫩爽口，甘咸适度，味道可口。
因加有蒜泥，所以有特殊的荤香，所以又称"荤冬菜"。

在广东吃潮汕砂锅粥，惊喜地发现里面居然有冬菜，北方味道的冬菜。
原来潮汕的冬菜和天津冬菜颇有渊源。早先潮汕冬菜皆由天津贩运而来，
清乾隆四年（1739 年），由广东、福建两地商帮联合在天津建立了闽粤会
馆，是天津出现最早的会馆。后来实力雄厚的潮汕人独立一派，闽粤商帮
由两帮便为三帮。至抗日战争期间运输断绝，澄海县的莲阳公平腐乳厂延
聘天津技师，开始生产冬菜。

潮汕美食作家张新民在《潮菜天下》中说："津菜的传统调味料荤冬
菜（加蒜），作为'北货'之一，不但被潮商推销到海外，也在潮汕落地
生根，被广为制作和食用，不同的是只要原料天津青麻叶大白菜被改成了
南方更易种植的卷心菜了。"

## 独流老醋与焖鱼

醋这一味，不管山西的益源庆"宁化府"，还是镇江的"恒顺"，到了天津统统不灵。天津人吃醋，只认本地的独流老醋。

独流，是天津市区西南20多公里处，静海县辖下的一个镇。据《静海县志》记载，独流地处九河下梢，始建于宋辽对峙时期，明永乐二年（1404年），大兴屯田，渐成集镇。因海河流域的子牙河、大清河、南运河三河汇集到此，合为一流，由此而得名——独流。独流自古便是重要的水旱码头，扼守京、津、鲁、冀、豫的水陆交通要道。曾经，这里河水清澈甘甜，漕运船只往来如梭，一派兴隆。明嘉靖年间刻印的《河间府志》有独流北砦、独流东砦等六砦，独流砦在北宋末年也称独流口，自明朝称独流镇至今。

独流醋的记载最早见于明嘉靖年间编撰的《河间府志》，书中记载了"春分酿酒拌醋"的习俗。后来随着酿造工艺的不断改良，独流醋逐渐形成了自己的风味和特色，称之为"独流老醋"。现在名声最大的"天立独流老醋"，其源头为"天立酱园"，始创于清康熙四年（1665年）。清朝末年，独流镇较为著名的制醋作坊除天立酱园外，还有老三立、福盛华、永聚、意诚信、诚庆永、新富兴、达记、奎盛等多家，在大浪淘沙的岁月中，如今仅存"天立"一枝独秀。

独流老醋精选黄米、红高粱、豌豆、小麦等为原料，与选用高粱、豌豆、大麦、玉米等为原料的山西醋有所不同。大缸固体发酵，二次成熟，伏天曝晒，九天捞冰，经三年方成，故又称之"三伏老醋"，这也是老陈醋的显著特征。独流老醋和山西陈醋的区别在于，水土不同决定了口感不同。山西醋用发源于管涔山的汾河水，山西昼夜温差大，酿造出的醋味浓郁，酸度高，口感醇厚，正适合粗犷豪迈的刀削面；而独流醋采用甘甜的运河水，酿造出的醋酸而回甘，酸度较低，口感软绵，佐食清新的海河两鲜堪称良配。可谓一方水土养一方人，一方调料成就一方美食。

天津人爱独流老醋。中正平和的鲁菜"木樨肉"到了天津被改版成"醋熘木须"，外地人大多吃不习惯，天津人却甘之如饴。老爆三里的锅边醋尤为提神，一来去除肝尖儿、腰花儿的脏器味儿，二来清爽开胃化油解腻。"吃鱼吃虾，天津为家"，佐食大虾、螃蟹的醋碟不说，天津的名菜罾蹦鲤鱼、贴饽饽熬小鱼、烹刀鱼等也都离不了独流老醋。

最凸显独流老醋风味的，还要数独流镇的名吃——焖鱼。焖鱼，也叫酥鱼。做独流焖鱼，原料以一两左右的小鲫鱼为佳，鱼大则肉粗骨硬，鲜味不足。小鲫鱼整治干净下锅炸成金黄色，铁锅内爆香八角、葱、姜、蒜等香料，加入独流老醋和酱油、老汤、精盐、白糖等调料，将炸好的鲫鱼放入锅内小火焖煮 10 小时左右即成。俟凉透方可出锅，否则酥软的鱼一夹就烂，无法保持完整的鱼形。

我第一次吃独流焖鱼，是在南市的石头门坎素包店。点了两个特色大素包和一碟焖鱼，并一瓶啤酒。两寸许的鲫鱼先炸过又被焖成酱黄色，只闻醋香，而无醋之酸。头尾完整，举箸夹而不碎，轻轻一咬半条鱼已入口，鱼肉细嫩香醇，舌尖一抿就已不见了。鱼刺在醋的作用下已酥软，丝毫不用考虑吐刺的问题。吃罢鱼肉，喝一杯啤酒，继而吃鱼头，酥化的鱼骨有脆的钙质和浓香的鱼脑，与嫩的鱼肉形成一种对比，让吃鱼的过程有了韵律感，一瓶啤酒下肚，焖鱼也一扫而空，甚美。

独流镇有一家"曹三焖鱼"，源自清朝末年独流镇厨师曹国章（别名

静海独流镇　破冰捕鱼

曹三）经营的一家饭店，已被列为静海县非物质文化遗产。

　　静海自古民风彪悍，多习武之人，"津门大侠"霍元甲即是静海人，霍大侠的老家南河镇现在划归了西青区，2009 年更名精武镇。

独流老醋与焖鱼

## 牛肉烧麦·回头

九河下梢天津卫，三道浮桥两道关。沿着海河转悠一圈，发现天津好吃的馆子有不少是清真馆子，鸿起顺的红烧牛舌尾、同聚成的羊蝎子、黄门脸的炖牛肉、恩德发的蒸饺、大福来的锅巴菜等，不胜枚举。

自回族在中国形成开始，天津境内就有回民定居。"元朝回回遍天下"，元至大二年（1309 年），元武宗海山曾派康里军两千"于直沽沿海屯种"。明代洪武、建文年间，有浙江钱塘人穆重和跟随燕王朱棣从南京到燕京（北京），后落户直沽小孙庄，遂称穆家庄，后与天齐庙村合成天穆村，是至今天津最大的回族聚居区。明清时期，大运河上的漕船、商船不绝，天津迅速发展成为南北交汇五方杂处的大码头，运河沿岸北京、沧州、孟村、大厂等地的大批回民涌入天津，散居于天津各地。民国时期，随着近代工商业发展，清真菜成为天津餐饮业中一个重要的商业门类，至 1936 年日军侵占华北前，天津清真菜达到高峰，出现了永元德、庆兴楼、鸿宾楼、宴宾楼、会宾楼、同庆楼、畅宾楼、燕春楼、会芳楼、富贵楼、大观楼、又一春等"清真十二楼"。天津解放后，"清真十二楼"仅余九家，公私合营时期，全部改为国有。1955 年鸿宾楼迁至北京，曾被誉为"京城清真餐饮第一楼"。

清真小吃当中，我最喜欢的是牛肉烧麦。烧麦，也写作烧卖，是一种用烫面为皮、裹馅蒸制而成的面制食品。明代称烧麦为纱帽，清代称之为鬼蓬头。明末清初起源于内蒙古西部地区，后流传至京、津一带，又经运河传播至江南。现今南北方皆有，但材料、做法却有很大差异。北方清真

烧麦以牛肉或羊肉为馅，南方清真烧麦则是以糯米和牛羊肉为馅，南北方
又各有汉民所制猪肉烧麦，形制各地亦不同。

关于烧麦最早的记载，出自在 14 世纪高丽（今朝鲜）出版的汉语教
科书《朴事通》上，其中有元大都（今北京）出售"素酸馅稍麦"的记载。
书中云："皮薄肉实切碎肉，当顶撮细似线稍系，故曰稍麦。"又说："以
面作皮，以肉为馅，当顶做花蕊，方言谓之烧卖。"后来有文人附会说"烧
麦，顶稍可见肉馅，红润如梅"，谓之稍梅。

明清时期，"烧卖""烧麦"屡见记载。清代吴敬梓《儒林外史》
第十回："席上上了两盘点心，一盘猪肉心的烧卖，一盘鹅油白糖蒸的
饺儿。"《清平山堂话本·快嘴李翠莲记》："烧卖、匾食有何难，三
汤两割我也会。"

尘封七十年，1937 年完稿、2007 年才得以出版的《绥远通志稿》中
记载："惟室内所售捎卖一种，则为食品中之特色，因茶肆附带卖之。
俗语谓'附带'为捎，故称捎卖。且归化（呼和浩特）烧麦，自昔驰名
远近。外县或外埠亦有仿制以为业者。而风味稍逊矣。"

天津的牛肉烧麦皮薄而柔韧，肉馅隐约可见，顶部呈荷花形，既区别
于北京烧麦的"麦穗形"和南方烧麦的"石榴形"。用筷子夹住顶部的花
边面皮，烧麦丰满的腹部自然下坠，咬下去汤水淋漓满口流油，牛肉味浓
而不膻，鲜嫩醇香，肥美润泽。美中不足的就是吃牛肉烧麦需快，烧麦凉
了里面的牛油就会凝固黏口，风味大减。

烧麦皮薄而多汁，不易按个而论。天津的烧麦论匾而卖，皮、馅一起
计重，通常一匾为一斤，十二个。在烧麦的起源地——内蒙古呼和浩特市，
正宗烧麦馆子按面皮的重量计价，说要几两指的是面皮重量，肉馅重量不
包含其中，所以在呼市有"二两烧麦撑死汉"的说法。以前草原盛产牛羊

（左）牛肉烧麦　（右）回头

而缺粮，所以内蒙古的包子、烧麦等尤其皮薄馅大。如此一来，烧麦写作"稍麦"也是有道理的，肉馅管够，稍微用一点麦子面粉而已。

　　天津还有一种牛肉馅饼，因包的时候需四面回头而得名"回头"，其来源已无法考证。《天津通志·民俗志》中说："回头，是一种与锅贴类似的食品，但较之锅贴要稍大，包的馅也多，呈长方形，两头不封口，而且要向中间褶回，叠上即可，用油煎制而成。食用时佐以醋、蒜。"

　　制作牛肉回头的面团需柔软而有韧性，擀出的面皮才薄而不破。肉馅所用的牛肉要肥，剁入大量的葱、姜，加酱油、料酒、盐和花椒油调馅。薄薄的面皮包裹牛肉馅，向里折叠成枕头形，上鏊子煎烙。牛肉中的油脂融化沁入面皮，使回头的外皮焦香酥脆，内馅肥嫩多汁，妙不可言。

　　"回头"一词，似乎是清真餐馆的专利。汉民餐馆中类似做法的食物，形制却小得多，叫作"褡裢火烧"。

# 霸州素冒儿

隋朝大运河之永济渠的南段（自今河南新乡至天津静海）有文献记载，而永济渠的北段（自静海独流镇至北京）的行迹，因史料缺失，一直存在争议。其中最多的说法是：永济渠自独流口折向西北，至信安（今霸州市东北信安镇）北上，经永清县东境、安次县东，经桑干河河道抵达蓟城（今北京城南）。

霸州，秦属广阳郡，汉属涿郡益昌县，五代后周显德六年（959 年）建置霸州。历经金、元、明、清各朝，均为直隶管，民国二年（1913 年）改州为县，属京兆特区。1990 年撤县建市，由廊坊市代管。

霸州有一种小吃叫作素冒儿汤，顾名思义即是素的，各种素的食材浮于汤面，霸州人亲切地称之为"素冒儿"。

素冒儿颜色酱褐色，略似中原地区的胡辣汤，看似平凡的近乎粗糙的一碗汤，从准备食材到煮好上桌，竟要花费大半天的光景。

挑选好的黄豆前一天晚上用清水浸泡，次日把饱满丰盈的大豆磨成浆，过滤出豆浆，可煮熟饮用或点卤做豆腐。剩下的豆渣看似粗糙无用，其实营养丰富，霸州人把它和淀粉、面粉搅拌后炸成素丸子，外酥里嫩，豆香浓郁，有的店家则改进为豆腐丸子，口感更加细腻。然后炸豆腐、面皮、酥卷。面皮和酥卷是素冒儿中的"脆料"，面皮用小麦面粉和面，擀成薄如蝉翼的面皮，层层相叠，先切成宽条，再切成长 2 厘米、宽 1 厘米的菱

霸州素冒儿

形小块，下锅油炸后面皮膨胀酥脆。酥卷则是用面粉加鸡蛋和水搅拌成面糊，先摊成薄饼，再卷起来切小段油炸，制作过程类似北京的咯吱盒，焦香酥脆。

做素冒儿先用葱姜末炝锅，再加水、白胡椒、醋和酱油为汤底，勾以芡汁，再放入豆渣、炸豆泡、面片、酥卷、菠菜和豆芽六种主料加以烩煮，盛入碗中，撒上香菜，点几滴香油，素冒汤就算做好了。本来香脆的面片和酥卷变得酥软，豆渣丸子外软内脆，炸豆腐柔韧筋道，菠菜和豆芽清新而甜，与酸辣的汤汁交融，层次分明而丰富，回味无穷。

酸辣清爽的素冒儿最宜搭配外焦里嫩的芝麻烧饼，芝麻在齿间爆开一个个微小的惊喜，与素冒汤相映生辉。

素冒儿算不上让人惊艳的美食精馔，但工序极繁，材料却又极简。它只是一碗内容丰富的素汤，清爽如蓟北的秋。现在的霸州繁华而宁静，曾经的燕云烽火、蓟城往事都磨灭在历史的长河中，也许尘世间所有的忙忙碌碌，所求不过是一碗热汤罢了。

# 老舍的芝麻酱

北京人对芝麻酱的感情之深，外地人很难理解，也许只有酷爱热干面的武汉人会惺惺相惜引为知音。

《希望政府解决芝麻酱的供应问题》——这是时任人大代表的老舍先生在北京市人大会议上的提案，那一年北京芝麻酱缺货。老舍是北京人，他说："北京人夏天爱吃拍黄瓜，离不开芝麻酱！"以我在北京多年的生活经验看来，北京人何止夏天离不开芝麻酱，简直一年四季都围着芝麻酱转。

在北京，早晨可以喝一碗"面茶"。最初的面茶中，确实有茶的成分，清袁枚《随园食单》中所录"面茶"："熬粗茶汁，炒面兑入，加芝麻酱亦可，加牛乳亦可，微加一撮盐。无乳则加奶酥、奶皮亦可。"现在的面茶，名字虽说是茶，其实是一种咸粥。不仅不需用茶，连加牛奶的步骤也省了，原料由最初的面粉改进为糜子面或小米面，只有芝麻酱必不可少，北京的文史学者成善卿先生有一首竹枝词："风味小吃曰面茶，味美解饥实堪夸。糜子小米熬作粥，椒盐麻酱姜末撒。"

糜子面茶熬得了，盛在碗里表面撒上花椒盐，淋上芝麻酱就成了。面茶所用的芝麻酱不能太稠，提起来要成一条线，转着圈地浇在面茶上。做面茶的澥芝麻酱，需用香油而不能用水，否则味儿就淡了。

喝面茶讲究不用勺不用筷，而是手托碗底，把嘴贴到碗边上吸溜着喝，一边喝一边轻轻地转动碗，每一口中都既有面茶又有芝麻酱，又香又热。看似不够文雅，但是换了别的吃法却行不通。面茶很烫，如果用勺搅动降

芝麻酱面条

温，芝麻酱就澥了，香味不足；如果多加一些芝麻酱，开始还好，喝到最后难免有些腻口。这是一种生活的智慧。

糜子，中文学名稷、黍等，禾本科黍属植物，是中国最古老的作物之一。糜子的籽实叫黍，淡黄色；去皮后称黍米，俗称黄米；黍米再磨成面，俗称黄米面。糜子有非糯性与糯性之分，非糯性的，一般和小米一样熬粥用；糯性的，可磨面做糕点，北方传统的年糕大多是黄面糕，粽子也是黄米小枣的。

北京的涮羊肉和爆肚儿，小料离不开芝麻酱。

以前吃涮羊肉，都是芝麻酱、绍兴黄酒、磨成汁的豆腐乳、腌韭菜花、酱油、卤虾油、辣椒油、米醋这八种作料和葱花、香菜末分别装在小碗里，食者可以根据个人口味进行调配。现在店家大多都事先把芝麻酱澥开，统一调配好，只有辣椒油、米醋及葱花、香菜单独上桌，依然是"辛、辣、卤、糟、鲜"的传统风味，各家店的小料口味便有了差异，有的店家还研发出其他的秘制配料，成为其特色。肥嫩的羊肉有了麻酱小料的衬托才鲜香适口，如果换作麻辣蘸水就吃不出羊肉的本味了。

爆肚儿的小料，也是澥开的芝麻酱为主，但不加腐乳汁、韭花酱和卤虾油，不然就遮了羊肚儿的清鲜。调好的芝麻酱里可以加一勺现炸的辣椒油，辣椒酥香微辣，凸显羊肚儿的脆嫩鲜香。

如果在家里自己做着吃，吃荤的可以做一道麻酱腰片，剔净的腰子切成薄片，下锅一余即熟，加芝麻酱、酱油、米醋等拌着吃，软滑脆嫩；吃素的可以拌麻酱豆角、拍黄瓜拌粉皮，吃的是个清爽。

北京人喜欢用芝麻酱制作面食，其中有一种麻酱烧饼。先把面团擀成片状，包裹芝麻酱和椒盐叠起来，再压成饼坯烤烙而成。烤好的麻酱烧饼外皮焦酥，内瓤松软，芝麻酱特有的香气浓郁。可作为吃涮羊肉时的主食，

做茶汤的糜子

老舍的芝麻酱

也可以配一碗热汤当早餐，吃完全身都暖融融的，这是咸味的。

另一种是糖火烧。糖火烧需要把红糖加烤熟的面粉搓散，然后加入芝麻酱、桂花、油调和成馅，案上工艺和麻将烧饼类似，但不压扁，个头只有两寸左右，揉好的饼坯放入烤炉烤熟，晾凉后还要放入木箱中闷透回软才售卖。糖火烧香甜味厚，绵软不粘，吃起来感觉更像糕点。

麻酱面是北京人夏天的恩物。

以前老北京人吃面，讲究用手工抻面。煮好的面条用井拔凉水一激，配上嫩黄瓜丝，浇上澥好的芝麻酱，来一勺米醋，就几瓣狗牙蒜，清香爽利。如果再讲究一点，还要有现炸的花椒油、自己焖的芥末酱、春天腌好的香椿末。简单的一碗面，要想吃得舒服熨帖还真不简单，吃主儿们还就是不怕麻烦。

澥芝麻酱是个技术活儿。吃凉面、拌凉菜，澥芝麻酱用凉开水（讲究一些还加适量的香油，澥好的芝麻酱更香浓）。先把芝麻酱扛到小碗里，用筷子沿着顺时针方向一直搅拌，边搅边加水，一开始芝麻酱会变得更加浓稠，然后再慢慢变稀，等到提起筷子酱汁可以缓缓地流下时就好了。如果一下子加入太多水，油水分离怎么也搅不好。学会调制一碗合格的芝麻酱，油麦菜、豇豆、豆芽菜统统可以拿来一拌了之，整个夏天都会变得清凉起来。

北京人喜欢吃的芝麻酱其实不是纯芝麻酱，而是芝麻和花生按一定比例加工而成的。老辈人偏爱的"二八酱"，因二分芝麻八分花生而得名，其口味香甜，兑水量大而实惠，现在市面上已经不多见了。2014年，北京电视台的节目中曾报道隐藏在胡同深处的赵府街副食店，几十年如一日，仍在供应酱菜、散装的黄酱和芝麻酱等副食。一时间，闻名而来的顾客快把小店的门槛都踏破了。有的老顾客花几个小时的时间穿过大半个北京来店里，为的就是打上一两斤"二八酱"，这是过去的时代留给北京人的特有的印记。

老舍先生太爱芝麻酱了，据汪曾祺《学人谈吃》之序中记述，老舍先生好客，宴请朋友时，爱吃一道菜是芝麻酱炖黄花鱼。我试着做过，但不得其法，总有黑暗料理之嫌。问过北京的朋友，这道菜现在没人会做了，北京的餐馆里也吃不到。这一道芝麻酱炖黄花鱼，已经随着老舍先生的逝去成了广陵绝响。

沿着运河南下，天津人也爱吃芝麻酱，早餐的豆腐脑、锅巴菜里都要浇一勺芝麻酱，包子馅儿有一种用腐乳汁、芝麻酱和绿豆芽调制的"津味儿素"馅；山东的凉面和北京类似，也有加芝麻酱的习惯，鲁菜中有一道麻粉肘子，清爽利口，味浓而不腻；再往南走，芝麻酱就慢慢变少了，翻阅1977年版的《中国菜谱（浙江）》，200多道菜中用到芝麻酱的只有一道"八味酿笋"。

芝麻，管状花目胡麻科植物，又称胡麻、脂麻等。芝麻发源于热带地区，史学界通常认为芝麻可能是张骞通西域之后，由非洲或印度经西域传入中国的，故称胡麻。芝麻又名巨胜，唐朝韦巨源拜尚书令，上烧尾食。其烧尾宴食账中有"巨胜奴"，据考证类似现在的芝麻麻花。1958年浙江杭州水田畈遗址中出土了芝麻种子，这一发现表明，五千年前的良渚文化早期中国就有芝麻了。

## 北京奶酪

北京市朝阳区有一个怪异的地名叫"奶子房",辽金时期定都北京的游牧民族依然保留着喝马奶的习俗,曾在此设立"马奶子房"。明初这里曾兴建大明第六座行宫,取名"奶子宫",不料毁于永乐七年(1409 年)的一场大火。清朝建国后,与清皇族联姻的蒙古博王(清太祖赐号博尔济吉特氏为"博多勒噶台",博尔济吉特氏即元代黄金家族"孛儿只斤氏")上书重建"奶子房"得到允许,"奶子房"才重见于历史。

我初到北京的时候,喜欢背着一部相机串胡同,拍摄老北京人的日常生活。葫芦、丝瓜爬满四合院的墙头,白色的槐花如一地碎银落满寂静的街道。我喜欢胡同里老旧的副食商店,阳伞下摆一个冰柜,冰棍、矿泉水之外,还有瓷瓶的酸奶和"北冰洋"汽水。那时超市里还没有各种青花瓷图案的"××老酸奶",北京的酸奶只有这一种,装在米白色的瓷瓶中,瓶口用橡皮筋勒着一张蓝白相间的商标纸,边缘印刷从 1—31 的数字,用剪切出的缺口标明生产日期,中间印刷奶牛头部图案、书写"蜂蜜酸牛奶"字样。拿一根儿较粗的吸管"啪"的一下儿扎下去,用力一嘬,浓稠酸甜的酸奶便进入口中,奶香浓郁,清甜凉爽。这种酸奶,妙在不会过酸或过甜,也没有增稠剂导致太稠,既解馋又解渴。

奶酪也是北京的特色食品,与发酵过的西式 cheese 不同,北京的奶酪是一种半固体状的冷饮。唐鲁孙在《也谈北平独特小吃奶酪》中说:"几位老北平凑在一块儿,谈来谈去就谈到北平小吃上去了。有人说,酸豆汁

就辣咸菜，又酸又辣真过瘾。有人说，羊油炒麻豆腐加豆嘴儿，没尝这个
滋味盖有年矣。有人说，焦熘饹馇带勾汁迸焦酥脆挂卤更够味。笔者独独
怀念北平乳香馥郁的奶酪。"

　　旧时卖奶酪的或挑担叫卖，或由"奶茶铺"经营。清嘉庆年间的得硕
亭作京都竹枝词集《草珠一串》，其中有云："奶茶有铺独京华，乳酪如
冰浸齿牙。名唤喀拉颜色黑，一文钱买一杯茶。"诗在乳酪后有注曰："奶
茶铺所卖，惟乳酪可食，蓁以奶为茶曰奶茶，以油面奶为茶曰面茶，熬茶
曰喀茶。"

　　清人雪印轩主的《燕都小食品杂咏》中也有"牛奶酪"："鲜新美味
属燕都，敢与佳人赛雪肤。饮罢相如烦渴解，芒生齿颊润于酥。"原诗有注：
"以牛乳含糖入碗，凝结成酷而冷食之，置碗于木桶中，挑担沿街叫卖，
味颇美，制此者为牛奶房也。"

　　清人朱彝尊在《食宪鸿秘》中记乳酪的制作："从乳出酪，从酪出酥，
从生酥出熟酥，从熟酥出醍醐。牛乳一碗，掺水半钟，入白面三撮，滤过，
下锅，微火熬之，待滚，下白糖霜。然后用紧火，将木杓打一会儿，熟了
再滤入碗。糖内和薄荷末一撮最佳。"

　　生长于北京的近人唐鲁孙对奶酪的了解就高明多了，他在《北平的奶
酪》一文中说："北平的奶酪，那是满洲人日常吃的一种冷饮小甜食。做
酪所用原料，主要是不掺水的纯牛奶，再加上适量的酒酿和糖，一碗一碗
的用炭火来烤，到了某种程度，再用冰来凝结。真是莹润如脂，入口甘沁，
不但冷香绕舌，而且融澈心脾，饭后喝上一碗，真能化食解腻，更是醒酒
的无上妙品。"

　　奶酪风味很特别，比酸奶更浓稠而凝结，以细腻见长。奶酪乳香味浓，

微甜而带淡淡的酒香，沁人心脾。梁实秋比较欣赏加了果仁的果子酪："大碗带果的尤佳，酪里面有瓜子仁儿，于喝咽之外有点东西咀嚼，别有风味。"我更喜欢单纯的原味，奶酪魏、文宇奶酪店所售俱佳。三园梅园的松仁奶酪，加少许的松子仁，多了一丝清香，却恰到好处。

清代沈太侔《东华琐录》称："市肆亦有市牛乳者，有凝如膏，所谓酪也。或饰之以瓜子之属，谓之八宝，红白紫绿，斑斓可观。溶之如汤，则白如饧，沃如沸雪，所谓妳（奶）茶也。炙妳令热，熟卷为片，有酥皮、火皮之目，实以山楂核桃，杂以诸果，双卷两端，切为寸断，奶卷也。其余或凝而范以模，如棋子，以为饼；或屑为面，实以馅而为饽，其实皆所谓酥酪而已。"

唐鲁孙说："奶卷是用牛奶结成皮子，卷上山楂糕，或是黑白芝麻白糖馅儿。一边卷山楂糕一边卷芝麻馅叫作鸳鸯馅，您听这个名儿多雅致。雪白的小瓷盘放上三寸来长，外白里红，腴润如脂的奶卷，甭说吃，看着就令人馋涎欲滴了。奶饽饽有芝麻白糖馅儿，也有枣泥馅儿的。因为这是精细小吃，豆沙馅儿就上不了台盘了。奶饽饽是用稍厚点奶皮子放在模子里，包上馅再磕出来，有方有圆，有梅花点子，有同心方胜，您要是到奶酪铺去喝酪，只要伙计把奶卷奶饽饽往上一端，没有人不想拈两块来尝尝的。"

现在奶酪魏、三园梅园仍可品尝到奶卷，奶香浓郁、内馅香甜。但我更喜欢滋味清爽的奶酪多一点。至于水乌他、奶乌他，"用小银叉叉起来往嘴里一送，上膛跟舌头一挤，就化成一股浓馥乳香的浆液了"，现在已成广陵绝响，吃不到了。

## 爆肚儿滋味长

离开北京几年，我最想念的北京食物是爆肚儿。爆肚儿特有的脆嫩清鲜，别的菜不可比拟。吾道不孤，梁实秋《雅舍谈吃》一书中曾记述他对爆肚儿的热爱："记得从前在外留学时，想吃的家乡菜以爆肚儿为第一。后来回到北平，东车站一下车，时已过午，料想家中午饭已毕，乃把行李寄存车站，步行到煤市街致美斋独自小酌，一口气叫了三个爆肚儿，盐爆油爆汤爆，吃得我牙根清酸。然后一个清油饼一碗烩鸡丝，酒足饭饱，大摇大摆还家。生平快意之餐，隔五十余年犹不能忘。"

"爆"是一种烹饪技法，分为水爆、汤爆、芫爆三种。爆肚儿之"爆"是水爆，就是把切好的羊肚放进滚开的热水里，一焯即刻出锅，类似于粤菜中白灼的手法。

羊是偶蹄目牛科羊亚科的反刍动物，牛羊的胃分为四个胃室，分别为瘤胃、网胃、瓣胃和皱胃。每一部分质地不同，皱褶起伏，有薄有厚，加工时需要根据部位不同分割改刀。严格来说，北京的爆肚儿大多是"水爆羊肚儿"，做"水爆牛肚儿"较为少见。一套完整的羊肚可以细分为食信儿、肚领儿、肚板儿、肚仁儿、散丹、葫芦、蘑菇、蘑菇尖等若干个品种，每个部位口感不同，有的软嫩，有的清脆，有的艮，有的韧，各有各的滋味儿。根据质地不同，"爆"的时候每个品类又各自有不同的时间要求，从几秒钟到十几秒不等，差别只是须臾，全靠经验和手感。

爆肚儿的小料，也是以澥开的芝麻酱为主，但不加腐乳汁、韭花酱和卤虾油,不然就遮住羊肚儿自有的鲜味儿。调好的芝麻酱里可以加少许葱花和香菜末,来一勺现炸的辣椒油,凸显羊肚儿的脆嫩鲜香。

吃爆肚儿讲究先老后嫩,从最难嚼的食信儿、肚板儿等一直吃到最嫩的肚仁儿。每次上桌只是一小盘,现爆现吃。食信儿硬,肚板儿韧,虽然嚼不烂,但是慢慢咀嚼能吃出一种鲜甜。品品味儿,最后实在嚼不烂只能囫囵吞下,所以清代杨米人《都门竹枝词》中写道:"入汤顷刻便微温,佐料齐全酒一樽,齿钝未能都嚼烂,囫囵下咽果生吞。"

散丹是最受欢迎的部位,在牛身上称作百叶。吃起来咯吱咯吱作响,有一种爽脆。肚仁儿是肚领去掉皮、中间的白嫩部位,口感最细嫩,一只羊肚只能切出几小块,一小碟需要用好几个羊肚。其鲜嫩不输于鲜贝,是爆肚中最名贵的部分。

爆肚儿看似简单,却不宜在家自制。其一,新鲜的羊肚要以最快的速度洗净,慢了就会沾染草料的臭气,然后要放在流水中不停冲洗。其二,羊肚怎么按部位分割,怎么改刀也是个问题。其三,水爆的火候太难掌握。

2010年底我离开北京前,朋友张跃从牛街买了一挂羊肚,来我家里亲手做爆肚儿为我饯行。不料第一次料理此物,不得其法,足足折腾了半天才吃到嘴里,味道倒也不错,就是忒麻烦。但也正是因为这份麻烦,才让我总是想念北京的爆肚儿。

清末光绪年间,山东临清人冯天杰来京,在东安门大街摆摊卖爆肚,因其做工精细,人送外号"爆肚冯",后迁至金鱼胡同西口路南的八旗演兵场(日后的东安市场),继续经营。20世纪30年代,"爆肚冯"第二代传人冯金生潜心钻研,改进了刀法和调料配方,备受好评。于是在东安市场原址开了一家正规的爆肚餐厅,起字号为"金生隆"。1956年公私合营,

爆肚儿

东安市场马宽的豆腐脑、何玉秀的豆汁、徐纯的豆汁、张明的扒糕凉粉火烧排叉儿、仉家福的肉饼、陈孝先的茶馆、王金良的爆肚、冯金生的爆肚这8个北京风味小吃合并，以"金生隆"命名，冯金生亦成为国营职工。后来老东安市场拆建，小吃店随之关门。1998年，冯家第三代传人冯国明在东城区簋街开办金生隆爆肚店，后来迁移到现在安德路六铺炕的店址。

现在拥有商标专利权的"爆肚冯"，是清光绪年间由山东陵县人冯立山所创立的。光绪末年由第二代传人冯金河继续经营，因其爆肚味道浓厚，深受宫内画匠、太监等人的偏爱，还成了清宫御膳房专用肚子的特供点。民国时期，冯金河在前门外廊房二条与爆肉马、烫面饺马等五家组成了一个小吃店，深受古玩商人、梨园名角、军政要员的喜爱，还送给这六家小吃摊儿一个"小六国饭店"雅号。1937年"七七事变"之后，"爆肚冯"搬到门框胡同，加盟小吃街。当时的门框胡同，除了爆肚冯，还有豆腐脑白、年糕杨、厨子杨、爆肚杨、豌豆黄宛、年糕王、复顺斋酱牛肉、奶酪魏、康家老豆腐、包子杨、祥瑞号褡裢火烧、德兴斋烧羊肉、羊头马等多家店铺，是众多文化界、影视界、戏曲界名人经常光顾之地。1957年，"爆肚冯"等被并进门框胡同的同羲馆饭馆，合营后的同羲饭馆仍由原先各家的传人负责各种小吃的制作。1985年，第三代传人冯广聚在前外廊房二条24号又恢复了"爆肚冯"老字号，现在的"爆肚冯"是第四代传人执掌。

在北京的时候，我以前还常去什刹海边儿上的"爆肚张"。冬天的黄昏，湖面上结了一层薄薄的冰，湖边的杨树光秃秃的，枝丫在风中瑟缩。两盘爆肚儿，一瓶"小二儿"，晚来天欲雪，能饮一杯无？

## 卤煮火烧·炖吊子

从根源上讲，北京的饮食并没有多少本地特色。"三烤一涮"，烤鸭是明朝从南京传过来的，烤肉是蒙古人的吃法，涮羊肉是清军入关带来的"野意锅子"，烤白薯更别提，明朝万历二十一年（1593 年），福建县华侨陈振龙才把番薯（白薯）从南洋"偷"回中国。

从宋朝往前捯，北京一直是一个军事重镇，直到辽、金时期才成为都城，历经元、明、清三代才发展成为中国的政治、文化中心。北京的饮食风俗随着王朝更替不断变化，元朝吃蒙古菜，明朝吃南京菜，清朝吃东北菜，民国初期山东馆子是主流，袁世凯执政时又流行过河南菜。但是作为京城，北京有着天生的包容性和融合性，五湖四海的饮食只要在北京扎下根，过不了几十年就会变成专属于北京的"京味儿"。北京烤鸭的名声远大过南京，丰泽园的"葱烧海参"比济南的更出色。

老北京的饮食大致可分为两类，一种源于明清宫廷菜和官府菜，食不厌精、脍不厌细，食材精细、技艺高超，即所谓的"大菜"；另一种则是面向穷苦的劳动人民，材料易得、价格低廉，虽废料糟粕亦可入菜，即所谓的"小吃"（不包括甜食点心），比如豆汁、白水羊头、爆肚儿等。

有意思的是，就连宫廷御宴，一旦流入民间，也会因地制宜、就地取材，变成滋味咸鲜下饭的"重口味"。

清代宫廷菜中有一道"苏造肘子"，将肘子用香油炸至颜色金黄，再加甘草、萝卜、陈皮、葱姜、酱油、冰糖、绍酒等小火煨炖，至汤汁收干

（上）卤煮火烧 （下）炖吊子

方成，肘子酥软滋润，异香扑鼻。据嵯峨浩（末代皇帝溥仪之弟溥杰的夫人）所著《食在宫廷》一书中说："此菜是由苏州著名厨师张东官传入清宫。清宫膳单上的所谓'苏灶'，说到底，全出自张东官主理的厨房。苏指苏州，灶指厨房。本来地方菜少滋味而多油腻，张东官深知这一点。进入清宫以后，他掌握了皇帝的饮食好尚，因此他做的菜，颇合皇帝的口味。菜味多样而又醇美，'苏灶'遂誉满宫廷内外。直到现在，北京民间没有不知道'苏灶'的。流行于北京民间的'苏灶肉'和'苏灶鱼'等，都是当年张东官留下来的。"

清末民初徐珂编撰的《清稗类钞》中有苏造肉的记载："宫中于五月食椴木铰……又有苏造糕、苏造酱诸物，相传孝全后生长吴中，亲自仿造，故以名之。"

民间制售的苏造肉，除猪肉以外，其中还有心、肝、肺、肚、肠等内脏，酥软醇厚，香烂可口，肉锅中还泡有硬面火烧，浸煮之后切小块与苏造肉一起热吃。清末，有人每日清晨设摊于东华门外，为进入升平署的官员制作早点，人称"南府苏造肉"。猪内脏腥臊味重，需先用盐、醋、矾反复揉洗，卤制时还要加丁香、官桂、甘草、砂仁、桂皮、肉果、蔻仁、广皮、肉桂等九味药料。

清人雪印轩主《燕都小食品杂咏》中"苏造肉"："苏造肥鲜饱老饕，火烧汤渍肉来嵌。纵然饕餮人称腻，一脔膏油已满衫。"注曰："苏造肉者，以长条肥肉，酱汁炖之极烂，其味极厚，并将火烧同煮锅中，买者多以肉嵌火烧内食之。"

苏造肉进一步演变，原料中猪肉减少，内脏以猪肠比例最高，并加入炸豆腐，食用时淋韭花酱、腐乳汁、辣椒油、醋、蒜汁等，称作卤煮小肠。老字号"小肠陈"的祖上就是以卖苏造肉为营生。

民间还有更简易的做法，汤锅中只有大肠、猪肺等下水，佐以炸豆腐和硬面火烧，称之为卤煮火烧。因为原料腥味较大，卤制时需加入更多的葱、姜、蒜、药料、豆腐乳、豆豉等，大部分吃起来味浓而咸，只要菜底而不加火烧基本行不通。2006年的时候，我住在朝阳北路农民日报社旁边，楼下有一家卤煮店，他家的卤煮肉烂而不糟，火烧透而不黏，而且不会过咸。我清晨起床开始写作，到中午腹中空虚时恰好写完一篇专栏文章，于是下楼要一个菜底下酒，一碗卤煮果腹，酒饭皆足。

和卤煮火烧类似的，还有一种炖吊子，据说其做法也是源自苏造肉。"吊子"正字应为"銚子"，是一种带柄有嘴的小锅，可用来煎药、煮茶、烧水。炖吊子其实就是砂锅炖猪下水，以猪肠为主，加猪心、猪肚、猪肺等为原料，独不加猪肝。慢火细煨炖，不加香辛料，仅在上桌前撒一点葱、姜、蒜末去腥味，吃的就是一个原汁原味。

下水做的菜好吃与否，关键是内脏要清洗干净，没有异味。心、肝、肺要在清水中反复浸泡，洗尽内部的残血；肠、肚需要在杀猪肉时及时清洗后再用清水浸泡，不然沾染臭气难以根除。

也有人说，卤煮火烧里的内脏要洗干净，但不能太干净，要保留一点特有的脏器味才好吃，就像做人可以无恶习，但不能没人味。对此我持保留意见。

后记

饮食，既是生活中最平常之事，又是一门很深的学问。

孙中山先生在《建国方略》中说："夫饮食者，至寻常、至易行之事也，亦人生至重要之事而不可一日或缺者也。凡一切人类、物类皆能行之，婴孩一出母胎则能之，雏鸡一脱蛋壳则能之，无待于教者也。然吾人试以饮食一事，反躬自问，究能知其底蕴者乎？"

我出生于20世纪70年代末，自幼就是一个馋人。在我童年时期的鲁西北农村，物质远不及如今这么丰裕。我所能吃到的美食无非是一些时令的瓜果、野地里可入口的"野味"之类。鸡鸭鱼肉之类的高级蛋白质，通常只有过年过节才能大快朵颐。我两岁的时候，妹妹出生了。兼顾务农经商的父母，无法同时照顾两个孩子，我便跟随外公外婆在运河对岸的村庄生活。一直住到上学我才回到山东。那四五年的时间，是我人生中最快乐的时光。

外公全家都很疼我，对于这个断奶不久就离开母亲的孩子，他们有一些溺爱。我馋，他们就尽可能的给我做些不一样的吃食，给我改善生活。春天紫红带绿的第一茬香椿芽，炒鸡蛋最香；夏天的嫩豇豆汆烫了用芝麻酱和蒜泥凉拌才好吃；秋天舅舅在田里捉到几只大蚂蚱，外婆会用油煎了给我吃；冬天外婆做早饭的时候我还没有睡醒，外婆会在柴火灶的炭火里埋上一块红薯，我醒的时候红薯刚刚烤好。

五岁那年的冬天，母亲把我从外婆家的煤炉边接走，送进了村里的小学。山东的家，那时对于我来说是陌生的。春生夏长，秋收冬藏，父母总是有忙不完的事情。我和父亲这边的亲戚都不熟悉，和谁都不怎么亲，到二年级的时候，我才和堂姐堂妹们一起上学、玩耍。最大的改变是饮食方面。母亲的性格要强，一天到晚心思都在家里的几亩地上。母亲洗好苹果放在桌子上，妹妹抓起来就啃，母亲问我为什么不吃，我说在外婆家都是削了皮切成块才给我的。

我吃饭很慢，要求也挑剔。母亲经常气得把我骂一顿，然后开始讲她小时候的事情教育我：有饭吃是一件很幸福的事。

母亲出生在 1952 年，"三年困难时期"正是她记忆最深刻的年龄。那时候农村地区推行人民公社大食堂，1959 年母亲所在的公社，日人均口粮只有一两八钱。"粮不够，瓜菜凑"，各种蔬菜、粗粮加在一起仍然吃不饱。大食堂只好把粮食下发，让每家自行解决。当时只有 7 岁的母亲每天提着篮子出门，采树叶、挖野菜、捋草籽。少年时我在故乡所见过的植物，几乎没有母亲没吃过的。她说杨树、柳树都苦，榆树没有异味，不光榆钱、榆叶可以吃，榆树皮也好吃，磨成面可以烙饼、擀面条。野菜当中马齿苋滑，苋菜涩，最难吃的是蒺藜面，苦到伸不开舌头。最好吃的是河边的水稗子，古代曾被当作粮食，种子颗粒比较大，吃起来像米。饥荒结束后的好几年，外婆家还囤留着两大口袋草籽。

家里境况好了，母亲仍然会偶尔做一些粗粮吃，我和妹妹很难对粗粮产生好感。母亲就会用一碗棒子面黏粥，一锅豆角拿糕，或者一盘凉拌的马齿苋，随时把我打发回到 1960 年。

　　据说"味道"一词，1916 年章太炎才把它用在食物上，之前评价食物只有好吃，或不好吃。在 1960 年，我的母亲眼里，万物只有一种价值判断，能吃，或不能吃。

　　时至今日我还是个馋人，我想这一辈子都改不了了。我爱饮食，写饮食，朋友们有时戏称我为"美食家"，我感到十分惶恐，充其量我只是一个饮食工作者，我只是把一些吃过的、见过的、听过的饮食资料记录下来。从味道的角度解读中国大运河文化，我也试图从饮食的表象中悟出一点道理，奈何笔力不逮，只做了一些笨功夫，从古人笔记、地方志中对大运河饮食加以考证、记录。在本书的写作过程中，参考了朱伟先生的《考吃》、王稼句先生的《姑苏食话》、王世襄先生的《锦灰堆》、爱新觉罗·浩先生的《食在宫廷》、陈晓卿先生的《至味在人间》、姜师立先生的《传奇中国：大运河》，以及运河沿途县市的方志资料等。书中部分图片未联系到作者，请作者联系本人（邮箱：rododo@qq.com），以便奉上稿酬。希望我的工作对别人会有一点点价值，虽然文字并不能直接解决吃饭问题。

　　感谢朋友们在本书出版过程中的帮助与支持，感谢设计师赵博女士的辛勤付出！

　　谨以此书，献给我的母亲，我的大运河！

张泽峰

2022 年 9 月

大运河无锡段

**图书在版编目（CIP）数据**

寻味一水间：大运河饮食笔记 . 2，浙东运河、隋唐大运河卷 /
张泽峰著 . -- 北京：中国言实出版社，2022.9
ISBN 978-7-5171-4211-9

Ⅰ . ①寻… Ⅱ . ①张… Ⅲ . ①随笔—作品集—中国—当代
Ⅳ . ①I267.1

中国版本图书馆 CIP 数据核字（2022）第 154561 号


**寻味一水间**
**大运河饮食笔记2·浙东运河、隋唐大运河卷**

责任编辑：张馨睿
责任校对：宫媛媛

出版发行：中国言实出版社
　　　地　　址：北京市朝阳区北苑路180号加利大厦5号楼105室
　　　邮　　编：100101
　　　编辑部：北京市海淀区花园路6号院B座6层
　　　邮　　编：100088
　　　电　　话：010-64924853（总编室）　 010-64924716（发行部）
　　　网　　址：www.zgyscbs.cn　电子邮箱：zgyscbs@263.net

经　　销：新华书店
印　　刷：徐州绪权印刷有限公司
版　　次：2022年9月第1版　　2022年9月第1次印刷
规　　格：890毫米×1240毫米　　1/32　　8.25印张
字　　数：210千字

定　　价：68.00元
书　　号：ISBN 978-7-5171-4211-9